毕淑敏精选集

毕淑敏 著

所有的动力
都来自内心的沸腾

人民日报出版社

目录
CONTENTS

第一辑 不忘初心,方得始终

人生有三件事不可俭省 …… 3
保持惊奇 …………………… 5
对自己诚实一点 …………… 10
呵护心灵 …………………… 13
造心 ………………………… 17
自信第一课 ………………… 20
我很重要 …………………… 24
拍卖你的生涯 ……………… 28
你站在金字塔的第几层 …… 35
你为什么而活着 …………… 40
精神的三间小屋 …………… 46
为生命找到意义 …………… 50
心是一只美丽的小箱子 …… 52
像烟灰一样放松 …………… 54
人生的九大关系 …………… 55
与寂寞共处 ………………… 58
挖掘心灵第一图 …………… 60
研究真诚 …………………… 64

面对不确定性的忍耐……… 67
宁静有一种特殊的力量…… 71
素面朝天………………… 73
从伊甸园带走的礼物……… 76

第二辑　旌旗猎猎,浩然前行

你要学着自己强大………… 81
机遇在不知不觉中降临…… 84
击碎无所不在的尺………… 86
所有的动力都来自内心的沸腾
………………………… 88
每天都冒一点险…………… 90
一个人就是一支骑兵……… 93
你的身体里必有一颗成功的种
子………………………… 97
你不能要求没有风暴的海洋
………………………… 99
没有一棵小草自惭形秽 … 101
每只小狗都有一个目标 … 104
绿手指 ………………… 107
阖闭星云之眼 ………… 109
第二志愿 ……………… 111
变化的哀伤 …………… 115
逃避苦难 ……………… 117
轰毁心中的魔床 ……… 121
握紧你的右手 ………… 127

卑微也是我们的朋友 …… 130
孤独是一种兽性 ………… 133
蚕是被自己的丝裹住的 … 135
我在寻找那片野花 ……… 139
苦难之后 ………………… 143
回头是土 ………………… 147

第三辑　心香如兰,幸福自来

恰到好处的幸福 ………… 151
幸福的七种颜色 ………… 155
提醒幸福 ………………… 159
分泌幸福的"内啡肽" …… 163
欣喜是自酿的 …………… 168
感动是一种能力 ………… 174
为自己建立快乐的生长点
………………………… 176
锻造心情 ………………… 180
好心态 …………………… 182
用宽容治愈焦虑 ………… 184
幸福有盲点,失去过的人才知其
可贵 …………………… 186
忍受快乐 ………………… 192
抑郁的源头 ……………… 196
泥沙俱下地生活 ………… 198
在纸上写下你的忧伤 …… 201
幸福是一种内心的稳定 … 207

爱怕什么 …………… *210*

梅花催 …………… *213*

关于爱的奇谈怪论 ……… *216*

哑幸福 …………… *221*

第四辑　人生纷繁，素履而往

带上灵魂去旅行 ………… *225*

旅行使我们谦虚 ………… *229*

山妖的阶梯 …………… *231*

丹麦的独腿锡兵 ………… *234*

在印度河上游 …………… *244*

为什么要到非洲 ………… *251*

荒原上的古镇 …………… *260*

这是我的第 113 个国家 … *270*

青尼罗河瀑布 …………… *285*

第一辑　不忘初心,方得始终

人生有三件事不可俭省

无论世界变得如何奢华,我还是喜欢俭省。这已经变得和金钱没有很密切的关系,只是一个习惯。我这样说,实在是因为俭省的机会其实很多,俯拾即是、遍地滋生。比如不论牙膏管子多么丰满,你只能在牙刷毛上挤出1.5到2厘米长的膏条,而不是1尺长,因为你用不了那么多,你不能把自己的嘴巴变成螃蟹聚会的洞穴。再比如无论你坐拥多少橱柜的衣服,当暑气蒸人的时候,你只能穿一件纯棉的T恤衫,如果把貂皮大衣捂在身上,轻则长满红肿热痛的痱毒,重了就会中暑倒地、一命呜呼。俭省比奢华要容易得多,是偷懒人的好伴侣——用最直截了当的方式和最小的代价直抵目标。

然而有三件事你不能俭省。

第一件事是学习。学习是需要费用的,就算圣人孔子,答疑解惑也要收干肉为礼。学习费用支出的时候,和买卖其他货物略有不同。你不知道究竟能得到多少知识,这不单决定于老师的水平,也决定于你自己的状态,这在某种情况下就有点"隔山买牛"的味道,甚至比股票的风险还大。谁也不能保证你在付出了学费之后一定能考上大学,你只能先期投入。机遇是牵着婚纱的小童,如果你不学习,新娘就永远不会出现在你人生的殿堂。

第二件事是旅游。每个人出生的时候都是蝌蚪,长大了都变作井底之蛙。这不是你的过错,只是你的局限,但你要想法弥补。要了解世界,必须到远方去。旅游是需要花钱的,这谁都知道。旅游的好处却不是一眼就能看到的,常常需要日积月累、潜移默化的蓄积。有人以为旅游只是照一些相片买一些小小的工艺品,其实不然。旅行让我们的身体感受到不同的风和水,我们的头脑也在不同风土人情的滋养下变得机敏,目光因此多彩,谈吐因此谦逊。

第三件事是锻炼身体。原始人没有专门锻炼身体的习惯,饥一顿饱一顿全无赘肉。生存的需要逼得他们不停奔跑狩猎,闲暇的时候就装神弄鬼,在岩壁上凿画,在篝火边跳舞,都不是轻体力劳动,积攒不下多余的卡路里。社会进步了,物质丰富了,用不完的热量成了我们挥之不去的负担。于是要人为地在机器上跋涉,在残余氯的池子里浮沉,在人造的雪和冰面上打滚,在水泥峭壁上攀爬……这真是愚蠢的奢侈啊,可我们没有办法,只有不间断地投入金钱,操练羸弱的肌肉和骨骼,才能保持最起码的力量和最基本的敏捷。

有没有省钱的方法呢?其实也是有的。把人生当作课堂,向一切人学习,就省了上学的钱。徒步到远方去,就省了旅游的钱。不用任何健身器械,就在家里踢毽子、高抬腿、做广播体操……就省了健身的钱。

然而,这也是破费,因为我们付出了时间。

保持惊奇

惊奇,是天性的一种流露。

生命的第一瞬就是惊奇。我们周围的世界,为什么由黑暗变得明朗?周围为什么由水变成了气?温度为什么由温暖变得清凉?外界的声音为何如此响亮?那个不断俯视我们亲吻我们的女人是谁?……

从此我们在惊奇中成长。

这个世界上,有多少值得惊奇的事情啊。苹果为什么落地,流星为什么下雨,人为什么兵戎相见,史为什么世代更迭……

孩子大睁着纯洁的双眼,面对着未知的世界,不断地惊奇着,探索着,在惊奇中渐渐长大。

惊奇是幼稚的特权,惊奇是一张白纸。

但人是不可以总是惊奇着的。在生命的某一个时辰,你突然因为你的惊奇,遭逢尴尬与嘲笑。你惊奇地发现——惊奇在更多的时候,是稚弱的表现,是少见多怪的代名词,是一种原始蛮荒的状态。

对于我们这个崇尚见怪不怪其怪自败尊重老练成熟的民族心理,惊奇是如胎发一般的标志。

你想成功吗?你首先须成功地把自己的惊奇掩盖起来。

我们的词典里，印着许多诸如"处变不惊""荣辱不惊"的词汇，使"不惊"镀着大将风度的金辉，而"惊"则屈于永久的贬义。

翻那词典，后面更有了"惊慌失措""大惊失色""惊恐万分"的形容，"惊"堕落着，简直就是怯懦、退缩、畏葸的同义语了。

于是人们开始厌恶惊奇。你想做大事吗？一个必备的基本功，就是训练自己丧失惊奇。

你看到爱情远不是传说中那般纯洁，你不要惊奇。

你看到生活远没有书本上描写的那么美好，你不要惊奇。

你看到友谊根本不是故事中那般忠诚，你不要惊奇。

你看到日子绝不如想象中那般绚烂，你不要惊奇……

如果你惊奇了，你就违反了一条透明的规则，会遭到别人阳光下或是暗影里的嘲笑：这个孩子还嫩着呢。

你在一次次碰壁后省悟到：即使你对这个世界还一知半解，你还搞不清问题的全部，但有一点你现在就能做到——那就是——埋葬你的惊奇。

你看到丑恶，假装没有看到，依旧面不改色谈笑风生，人们就会送你人情练达的评价。你听到秽闻，仿佛在那一刻患了突发性的耳聋，脸上毫无表情，人们会感觉你老于世故可以信赖。你被美丽美好美妙的景色感动，只可以默默地藏在心底，脸上切不可露出少见多怪的惊异，人们就会以为你少年老成，有大谋略大气魄，是可做将帅的优良材料。你碰到可歌可泣的人间至情，要把心肠练得硬如钻石，脸不变色心不跳。就算真搅得肝肠寸断，只可夜晚躲在无人处暗自咀嚼，切不可叫人觑了去，落得个柔情寡断的罪名……

现代社会是一只飞速旋转的风火轮，把无数信息强行灌输给我们。见多不怪，我们的心灵渐渐在震颤中麻痹，更不消说有意识地掩饰我们的惊讶，会更猛烈地加速心灵粗糙。在纷繁的灯红酒绿和人为的打磨中，我们必将极快地丧失掉惊奇的本能。

于是我们看到太多矜持的面孔。我们遭遇无数微笑后面的冷淡。我们把惊奇视作一种性格缺憾，我们以为永不惊讶才是人生的至高境界。

细细分析起来，"惊奇"是由两部分组成的，先有了"惊"，其次才是"奇"。如果说"惊"属于一种对陌生事物认识局限的愕然，"奇"则是对未知事物积极探讨的萌芽了。

否认了"惊"，就扼杀了它的同胞兄弟。我们将在无意之中，失去众多丰富自己的机遇。

假如牛顿不惊奇，他也许就把那个包裹着真理的金苹果，吃到自己的小肚子里面了。人类与伟大的万有引力相逢，也许还要迟滞很多年。

假如瓦特不惊奇，水壶盖噗噗响着，一个划时代的发现，就蒸发到厨房的空气中了。我们的蒸汽火车头，也许还要在牛车漫长的辙道里蹒跚亿万公里。

即使对普通人来说，掩盖惊奇，也易闹笑话。一位乡下朋友，第一次住进城里的宾馆。面对盥洗室里那些式样别致的洁具，他想不通人洗一个脸，何至于如此麻烦。他不会使用这些物件，本来请教一下服务小姐，也就迎刃而解了。可是他不想暴露自己的惊奇，就用地上一个雪白的盛着半盆水的瓷器，洗了脸。后来他才知道，那是马桶。

这当然是一个极端的例子了。我之所以把它写在这里，绝无幸灾乐祸之意。现代社会令人眼花缭乱，每个人在某种意义上说，都是孤陋寡闻的。你在你的行业里是专家里手，在其他领域，完全可能是白痴。这不是羞愧的事情，坦率地流露惊奇，表示自己对这一方面的无知以及求知的探索，是一种可嘉的勇气。

我认识一位老人,一天兴致勃勃地同我探讨电脑的种种输入方法。他整整82岁了,肾脏功能已经衰竭,我坚信他这一辈子也不可能在电脑键盘上敲出一个字。他在自己的专业范畴里,是一位德高望重的长者,但对电脑的理解多有谬误,就连我这个二把刀也听出了许多破绽。但是老人家充满探索之光的惊奇的眼神,却在这一瞬像探照灯一样扫过我的灵魂。面对他青筋暴突微微颤抖的手,我想,不知我这一生可否活得这样高寿?不论我生命的历程有多长,我一定要记得这目光炯炯的惊奇,学习他对世界的这份挚爱。绝不仅仅沉浸在熟悉的航道,始终保持对辽阔海域的探索,直到我最后一次呼吸。

惊奇是一种天然,而不是制造出来的。它是真情实感的火花。一块滚圆的鹅卵石,便不再会惊讶江河的波涛。惊奇蕴含着奋进的活力。

惊奇不仅仅是幼稚,惊奇不仅仅是无知,惊奇是在它们基础上的深化和挺进。

你既然惊奇了,你就要探索这奥妙。你既然惊奇了,你就不能仅仅止于惊奇。爱好惊奇的人,也须惊奇将惊奇转化为平凡。消灭惊奇的过程,也就是学习的过程,惊奇在熟悉中淡化,才干在惊奇中成长。

世界是没有止境的,惊奇也是没有止境的。惊奇是流动的水,它使我们的思想翻滚着,散发着清新,抗拒着腐烂。

在城市里待得久了,常常使我们丧失惊奇的本能。我们蟮一样滑行着,浑身粘满市侩的黏液。

到自然中去,造化永远给我们以大惊喜。和寥廓的宇宙相比,个人的得失是怎样的微不足道啊。不要小看山水的洗涤,假如真正同天地对一次话,我们定会惊奇自己重新获得活力。

如果无法到自然中去,就同与自己没有利害关系的从小的朋友,做一次促膝的谈心。利害关系这件事,实在是交友的大敌。我不相信有永久的利益,我更珍视患难与共的友谊。长留史册的,不是锱铢必较的利益,而是肝胆相照的情分。和朋友坦诚的交往,会使我们留存着对真情的敏感,会使我们的眼睛抹去云翳,心境重新开朗,惊奇就在这清明的心境中,翩翩来临了。

　　假如既没有自然可以依傍,又没有朋友可以信赖,真是人生的大憾事。只有在静夜中同自己对话,回忆那些经历中最美好的片段,温习曾经使心灵震撼的镜头。它也许是很小的一朵旷野花,也许是冬天的一盏红灯笼,也许是苍茫的大漠暮色,也许是雄浑激荡的乐曲……总之那是独属于你的一份秘密,只有你才知道它对于你的惊奇的意义。古语说:学而时习之,不亦说乎。复习以往我们情感中最精彩的片段,常常会使我们整旧如新。

　　保持惊奇,我常常这样对自己说。它是一眼永不干涸的温泉,会有汩汩的对于世界的热爱,蒸腾而起,滋润着我们的心灵。

对自己诚实一点

当你企图在两个不同的自我之间游走时,你在生活中的形象就变得复杂混乱,你面临的形势也更加琢磨不透,甚至你的身体也无所适从了。

我们总是希图表现得比我们实际的情况要好一些。

好比我们小的时候,如果有客人要来,我们会被父母要求:"你要乖一些啊!"等到客人走了,父母会说:"好了,现在你可以放松一下了。"这些都是很平常的话,却在不知不觉中给我们留存了一个印象——你要在某些特殊的场合和人物面前,努力表现得比你实际拥有的状况更好。

什么是更好呢?

就是按照世俗的标准,我们要更聪明、更好学、更勤劳、更大度、更幽默、更有责任感、更勇敢、更……还可以举出更多的"更"。总之,是比你本人更完美。

这个主观动机可能并不是太坏。爱美之心,人皆有之嘛!

不过,这就形成了一个习惯。我们把一个不真实的自我呈现在别人面前,并以为这才是可爱的,才是有价值的。而那个真实的自我,则是上不得台面的残次品,是应该被掩藏和遮盖的。

这就是自我形象的分裂。我们不喜欢真实的自我,我们把一个乔装打扮的"假我"拿给大家看。当这个"假我"被人欢迎和夸赞的时候,我们一方面沾沾自喜,觉得自己成功地扮演了一个角色,而这个角色就是别人眼中的"我"。另外一方面,我们的自卑加重了,我们知道外界的评价都是给予那个不存在的"我",真实的我反倒像灰姑娘一样,躲在角落里捡煤渣。

长久下去,我们就变成了一个分裂的人。

这种现象,比比皆是。比如我们常常听到女性朋友说,结婚以后,他的真面目暴露出来了,我几乎不敢相信他和结婚前是同一个人。

也有的领导会说,这个人是我招聘的,当时看他十分勤快,想不到真的走上岗位以后,却非常懒惰,毫无工作的主动性。

以上这两个例子,最后是以离婚和炒鱿鱼作结。可见,伪装的自我,可以骗人一时,却不能矫饰久远,最后吃亏的还是你。

如果你觉得真实的自我还不够完善,那么最好的方法,是让自己渐渐变得完善起来,而不是敷衍、遮盖或欺骗。那样的话,自己很辛苦不说,离完美是越来越远。再有,天下的人都不是傻子,你装得了一时三刻,却没有法子永远生活在一个不属于你的光环中。一旦被人家识破,你被减分更多。

我年轻的时候,心其实很累。因为总想表现得比自己真实的状态更好一些,便不由自主地要作假。明明不快乐,怕被人看出,以为是思想问题,就表现出欢天喜地的兴奋。对领导有意见,怕领导对自己看法不良,影响进步,就故意在领导面前格外卖力地工作。其实,那彼此的不融洽,大家心知肚明。在会议上有不同意见,因为判断出自己是少数,就放弃主见随大溜,默不作声……凡此种种,以为是老练的举措,都让我做人辛苦,不胜其烦。

后来,终于明白了,要以自己的真实面目示人。没有必要取悦他人,没有必要委屈自己。这样做了以后,我本以为机会一定要少很多,因为抱定了破釜沉舟的决心,只求这一生做一个真实的自我,付出代价也认了。不想,却多了朋友,多了机缘。

思来想去,原来大家都更喜欢真实的东西。你真实了,自己安全了,也让他人觉得安全,机遇反倒萌生。从此,竭力真实。不但自己省力、省心,节省出的能量可以做更多的事情,而且成功的概率也高了起来。

呵护心灵

那一年我十七岁,在西藏雪域的高原部队当卫生兵,具体工作是化验员。

一天,一个小战士拿着化验单找我,要求做一项很特别的检查。医生怀疑他得了一种古怪的病,这个试验可以最后确诊。

试验的做法是:先把病人的血抽出来,快速分离出血清。然后在摄氏五十六度的条件下,加温三十分钟。再用这种血清做试验,就可以得出结果来了。

我去找开化验单的医生,说,这个试验我做不了。

医生说,化验员,想想办法吧。要是没有这个化验的结果,一切治疗都是盲人摸象。

听了医生的话,本着对病人负责的精神,我还仔细琢磨了半天,想出一个笨法子,就答应了医生的请求。

那个战士的胳膊比红蓝铅笔粗不了多少,抽血的时候面色惨白,好像是要把他的骨髓吸出来了。

我点燃一盏古老的印度油灯。青烟缭绕如丝,好像有童话从雪亮的玻璃罩子里飘出。柔和的茄蓝色火焰吐出稀薄的热度,将高原严寒的空气炙出些微的温暖。我特意做了一个铁架子,支在油灯的上方。架子上安放一只盛水的烧杯,杯里斜插水温计,红色的汞柱好像一条冬眠的小蛇,随着水温的渐渐升高而舒展身躯。

当烧杯水温到五十六摄氏度的时候,我手疾眼快地把盛着血清的试管放入水中,然后双眼一眨不眨地盯着温度计。当温度升高的时候,就把油灯向铁架子的边移动。当水温略有下降的趋势,就把火焰向烧杯的中心移去。像一个烘烤面包的大师傅,精心保持着血清温度的恒定……

时间艰难地在油灯的移动中前进,大约到了第二十八分钟的时间,一个好朋友推门进来。她看我目光炯炯的样子,大叫了一声说,你不是在闹鬼吧,大白天点了盏油灯!

我瞪了她一眼说,我是在全心全意地为病人服务,正像孵小鸡一样地给血清加温呢!

她说,什么血清?血清在哪里?

我说,血清就在烧杯里呀。

我用目光引导着她去看我的发明创造。当我注视到水银计的时候,看到红线已经膨胀到七十摄氏度。劈手捞出血清试管,可就在我说这一句话的工夫,原本像澄清茶水一般流动的血清,已经在热力的作用下,凝固得像一块古旧的琥珀。

完了!血清已像鸡蛋一样被我煮熟,标本作废,再也无法完成试验。

我恨不得将油灯打得粉碎。但是油灯粉身碎骨也于事无补,我不该在关键时刻信马由缰。现在面临的问题是我该怎么办,空白化验单像一张问询的苦脸,我不知填上怎样的回答。

最好的办法是找病人再抽上一管鲜血,一切让我们重新开始,但是病人惜血如命,我如何向他解释?就说我的工作失误了吗?那是多么没有面子的事情!人人都知道我是一个尽职尽责的好化验员,这不是给自己抹黑吗？

想啊想，我终于设计出了如何对病人说。

我把那个小个子兵叫来，由于对疾病的恐惧，他如惊弓之鸟战战兢兢。

我不看他的脸，压抑着心跳，用一个十七岁女孩可以装出的最大严肃对他说，我已经检查了你的血，可能……

他的脸刷地变成霜地，颤抖着嗓音问，我的血是不是有问题？我是不是得了重病？

这个……你知道像这样的检查，应该是很慎重的，单凭一次结果很难下最后的结论……

说完这句话，我故意长时间地沉吟着，一副模棱两可的样子，让他在恐惧的炭火中慢慢煎熬，直到相信自己罹患重疾。

他瘦弱的头颅点得像啄木鸟，说，我给你添了麻烦，可是得了这样的病，没办法……

我说，我不怕麻烦，只是本着对你负责，对你的病负责，还要为你复查一遍，结果才更可靠。

他苍白的脸立刻充满血液，眼里闪出星星点点的水斑。他说，化验员，真是太谢谢了，想不到你这样年轻，心地这样好，想得这么周到。

小个子说着，几乎是迫不及待地撸起袖子，露出细细的臂膀，让我再次抽他的血。

我心里窃笑着，脸上还做出不情愿的样子，很矜持地用针扎进他的血管。这一回，为了保险，我特意抽了满满的两管鲜血，以防万一。

古老的油灯又一次青烟缭绕，我自始至终都不敢大意，终于取得了结果。

他的血清呈阴性反应。也就是说——他没有病。

再次见到小个子的时候,他对我千恩万谢。他说,化验员哪,你可真是认真哪。那一次通知我复查,我想一定是我有病,吓死我了。这几天,我思前想后,把一辈子的事都想过了一遍。幸亏又查了一次,证明我没病。你为病人真是不怕辛苦啊!

我抿着嘴不吭声。

后来领导和同志们知道了这件事,都夸我工作认真并谦虚谨慎。

在以后很长的时间里,我都为自己当时的灵动机智而得意。

我的年纪渐长,青春离我远去,肌体像奔跑过久的拖拉机,开始穿越病魔布下的沼泽。有一天,当我也面临重病的笼罩,对最后的化验结果望穿秋水的时候,我才懂得了自己当年的残忍。我对医生的一颦一笑察言观色,我千百次地咀嚼护士无意的话语。我明白了,当人们忐忑在生死边缘时,心灵是多么的脆弱。

为了掩盖自己一个小小的过失,不惜粗暴地弹拨病人弓弦般紧张的神经,我感到深深的懊悔。

我们可以吓唬别人,但不可吓唬病人。当他们患病的时候,精神是一片深秋的旷野,无论多么轻微的寒风,都会引起萧萧黄叶的凋零。

让我们像呵护水晶一样呵护人的心灵。

造心

蜜蜂会造蜂巢。蚂蚁会造蚁穴。人会造房屋、机器,造美丽的艺术品和动听的歌。但是,对于我们最重要最宝贵的东西——自己的心,谁是它的建造者?

孔雀绚丽的羽毛,是大自然物竞天择造出。白杨笔直刺向碧宇,是密集的群体和高远的阳光造出。清香的花草和缤纷的落英,是植物吸引异性繁衍后代的本能造出。卓尔不群坚忍顽强的性格,是禀赋的优异和生活的历练造出。

我们的心,是长久地不知不觉地以自己的双手,塑造而成。

造心先得有材料。有的心是用钢铁造的,沉黑无比。有的心是用冰雪造的,高洁酷寒。有的心是用丝绸造的,柔滑飘逸。有的心是用玻璃造的,晶莹脆薄。有的心是用竹子造的,锋利多刺。有的心是用木头造的,安稳麻木。有的心是用红土造的,粗糙朴素。有的心是用黄连造的,苦楚不堪。有的心是用垃圾造的,面目可憎。有的心是用谎言造的,百孔千疮。有的心是用尸骸造的,腐恶熏天。有的心是用眼镜蛇唾液造的,剧毒凶残。

造心要有手艺。一只灵巧的心,缝制得如同金丝荷包。一罐古朴的心,醇厚得好似百年老酒。一枚机敏的心,感应快捷电光石火。

一颗潦草的心,门可罗雀疏可走马。一摊胡乱堆就的心,乏善可陈杂乱无章。一片编织荆棘的心,暗设机关处处陷阱。一道半是细腻半是马虎的心,好似白蚁蛀咬的断堤。一个绣花枕头内里虚空的心,是假冒伪劣心界的水货。

造心需要时间。少则一分一秒,多则一世一生。片刻而成的大智大勇之心,未必就不玲珑。久拖不决的谨小慎微之心,未必就很精致。有的人,小小年纪,就竣工一颗完整坚实之心。有的人,须发皆白,还在心的地基挖土打桩。有的人,半途而废不了了之,把半成品的心扔在荒野。有的人,成百里半九十,丢下不曾结尾的工程。有的人,精雕细刻一辈子,临终还在打磨心的剔透。有的人,粗制滥造一辈子,人未远行,心已灶冷坑灰。

心的边疆,可以造得很大很大。像延展性最好的金箔,铺设整个宇宙,把日月包含。没有一片乌云,可以覆盖心灵辽阔的疆域。没有哪次地震火山,可以彻底颠覆心灵的宏伟建筑。没有任何风暴,可以冻结心灵深处喷涌的温泉。没有某种天灾人祸,可以在秋天,让心的田野颗粒无收。

心的规模,也可能缩得很小很小,只能容纳一个家、一个人、一粒芝麻、一滴病毒。一丝雨,就把它淹没了。一缕风,就把它粉碎了。一句流言,就让它痛不欲生。一个阴谋,就置它万劫不复。

心可以很硬,超过人世间已知的任何一款金属。心可以很软,如泣如诉如绢如帛。心可以很韧,千百次的折损委屈,依旧平整如初。心可以很脆,一个不小心,顿时香消玉碎。

造心的时候,可以有很多讲究和设计。

比如预埋下一处心灵的生长点,像一株植物,具有自动修复、自我养护的神奇功能。心受了创伤,它会挺身而出,引导心的休养生息,在最短的时间内,使心整旧如新。

比如高高竖起心灵的避雷针,以便在危急时刻,将毁灭性的灾难导入地下,耐心等待雨过天晴。

比如添加防震防爆的性能,在心灵遭受短时间高强度的残酷打击下,举重若轻,镇定地维持蓬勃稳定。

比如……

优等的心,不必华丽,但必须坚固。因为人生有太多的压榨和当头一击,会与独行的心灵,在暗夜狭路相逢。如果没有精心的特别设计,简陋的心,很易横遭伤害一蹶不振,也许从此破罐破摔,再无生机。没有自我康复本领的心灵,是不设防的大门。一汪小伤,便漏尽全身膏血。一星火药,便可烧毁绵延的城堡。

心为血之海,那里会聚着每个人的品格智慧精力情操,心的质量就是人的质量。有一颗仁慈之心,会爱人爱生活爱世界,爱自身也爱大家。有一颗自强之心,会勤学苦练百折不挠,宠辱不惊大智若愚。有一颗尊严之心,会珍惜自然善待万物。有一颗流量充沛羽翼丰满的心,会乘上幻想的航天飞机,抚摸月亮的肩膀。

造心是一项艰难漫长的工程,工期也许耗时一生。通常是母亲的手,在最初心灵的模型上,留下永不消退的指纹。所以普天下为人父母者,要珍视这一份特别庄重的义务与责任。

当以我手塑我心的时候,一定要找好样板,郑重设计,万不可草率行事。造心当然免不了失败,也很可能会推倒重来。不必气馁,但也不可过于大意。因为心灵的本质,是一种缓慢而精细的物体,太多的揉搓,会破坏它的灵性与感动。

造好的心,如同造好的船。当它下水远航时,蓝天在头上飘荡,海鸥在前面飞翔,那是一个神圣的时刻。会有台风,会有巨涛。但一颗美好的心,即使巨轮沉没,它的颗粒也会在海浪中,无畏而快乐地燃烧。

自信第一课

1972年的一天,领导通知我速去乌鲁木齐报到,新疆军区军医学校在停顿若干年后这一年第一次招生,只分给阿里军分区一个名额,首长经过研究讨论决定让我去。

按理说,我听到这个消息应该喜出望外才是。且不说我能回到平地,吸足充分的氧气,让自己被紫外线晒成棕褐色的脸庞得到"休养生息",就是从学习的角度讲,"重男轻女"的部队能够把这样宝贵的唯一的名额分到我头上,也是天大的恩惠了。但是在记忆中,我似乎对此无动于衷,也许是雪山缺氧把大脑冻得迟钝了。我收拾起自己简单的行李,从雪山走下来,奔赴乌鲁木齐。

1969年,我从北京到西藏当兵,那种中心和边陲的,文明和旷野的,优裕和茹毛饮血的,高地和凹地的,温暖和酷寒的,五颜六色和纯白……一系列剧烈反差让我的心发生了沧海桑田般的变化。面临死亡咫尺之遥,面对冰雪整整三年,我再也不是当初那个天真烂漫的城市女孩,内心已变得如同喜马拉雅山万古不化的寒冰般苍老。我不会为了什么突发事件和急剧的变革而大喜大悲,只会淡然承受。

入学后,从基础课讲起,用的是第二军医大学的教材,教员由本校的老师和新疆军区总医院临床各科的主任、新疆医学院的教授担任。记得有一次,考临床病例的诊断和分析,要学员提出相应的治疗方案。那是一个不复杂的病案,大致的病情是由病毒引起重度上呼吸道感染,病人发烧、流涕、咳嗽,血象低,还伴有一些阳性体征。我提出方案的时候,除了采用常规的治疗外,还加用了抗生素。

讲评的时候,执教的老先生说:"凡是在治疗方案里使用了抗生素的同学都要扣分。因为这是一个病毒感染的病例,抗生素是无效的。如果使用了,一是浪费,二是造成抗药,三是无指征滥用,四是表明医生对自己的诊断不自信,一味追求保险系数……"老先生发了一通火,走了。

后来,我找到负责教务的老师,讲了课上的情况,对他说:"我就是在方案中用了抗生素的学员。我认为那位老先生的讲评有不完全的地方,我觉得冤枉。"

教务老师说:"讲评的老先生是新疆最著名的医院的内科主任,在国民党的军队里做到很高的医官,他的医术在整个新疆是首屈一指的。把这位老先生请来给你们讲课,校方已冒了很大的风险。他是权威,讲得很有道理。你有什么不服的呢?"

我说:"我知道老先生很棒。但是具体问题要具体分析。他提出的这个病例并没有说出就诊所在的地理位置。比如要是在我的部队,在海拔 5000 米以上的高原,病员出现高烧等一系列症状,明知是病毒感染,一般的抗生素无效,我也要大剂量使用。因为高原气候恶劣,病员的抵抗力大幅度下降,很可能合并细菌感染。如果到了临床上出现明确的感染征象时才开始使用抗生素,那就晚了,来不及了。病员的生命已受到严重威胁……"

教务老师沉默不语。最后,他说:"我可以把你的意见转告给老先生,但是,你的分数不能改。"

我说:"分数并不重要。您听我讲完了看法,我已知足了。"

教室的门开了,校工闪了进来,搬进来一把木椅子摆在讲案旁,且侧放。我们知道,老先生又要来了。也许是年事已高,也许是习惯,总之,老先生讲课的时候是坐着的,而且要侧着坐,面孔永远不面向学生,只是对着有门或有窗的墙壁。不知道他这是积习,还是不屑于面对我们,或是有什么难言之隐。

这一次,老先生反常地站着。他满头白发,面容黝黑如铁,身板挺直如笔管,让我笃信了他曾是国民党医官一说。

老先生目光如锥,直视大家,音量不大,但在江南口音中运了力道,话语中就有种清晰的硬度了。他说:"听说有人对我的讲评有意见,好像是一个叫毕淑敏的同学。这位同学,你能不能站起来,让我这个当老师的也认识你一下?"

我只有站起来。

老先生很注意地看了我一眼,说:"好。毕淑敏,我认识你了,你可以坐下了。"

说实话,那几秒钟真把我吓坏了。不过,有什么办法呢?说出的话就像注射到肌肉里的药水一样,是没办法抠出来的。

全班寂静无声。

老先生说:"毕淑敏,谢谢你。你是好学生,你讲得很好。你的话里有一部分不是从我这儿学到的,因为我还没有来得及教给你那么多。是的,作为一个好的医生,一定不能全搬书本,一定不能教条,要根据具体的情况决定治疗方案。在这一点上,你们要记住,无论多么好的老师,也不可能把所有的规则都教给你们。我没有去过毕淑敏所在的那个5000米高的阿里,但是我知道缺氧对人的影响。在那种情况下,她主张使用抗生素是完全正确的。我要把她的分数改过来……"

我听到教室里响起一阵轻微的欢呼。因为写了抗生素治疗的不仅我一个,很多同学都为这一改正而欢欣。

老先生紧接着说:"但在全班,我只改毕淑敏一个人的分数。你们有人和她写的一样,还是要被扣分。因为你们没有说出她那番道理,是知其然而不知其所以然。你现在再找我说也不管事了,即使你是冤枉的也不能改。因为就算你原来想到了,但对上级医生的错误没敢指出来。对年轻的医生来说,忠诚于病情和病人,比忠实于导师要重要得多。必要的时候,你宁可得罪你的上司,也万万不能得罪你的病人……"

这席话掷地有声。事过这么多年,我仍旧能够清晰地记得老先生如锥的目光和舒缓但铿锵有力的语调。平心而论,他出的那道题目是要求给出在常规情形下的治疗方案,而我竟从某个特殊的地理环境出发,并苛求于他。对一个初出茅庐的年轻人的不够全面的异议,老先生表现出了虚怀若谷的气量和真正的医生应有的磊落品格。

真的,那个分数对我来说完全不重要,重要的是我在此番高屋建瓴的话语中悟察到了一个优等医生的拳拳之心。

我甚至有时想,班上同学应该很感激我的挑战才对。因为没过多长时间,老先生就因为身体的关系不再给我们讲课了。如果不是我无意中创造了这个机会,我和同学们的人生就会残缺一段非常宝贵的教诲。

我的三年习医生涯,在我的生命中是一个重大的转折。我从生理上洞察人体,也从精神上对自己有了更多的信任。我知道了我们的灵魂居住在怎样的一团组织之中,也知道了它们的寿命和局限。如果说在阿里的时候我对生命还是模模糊糊的敬畏,那么,老师的教诲使我确立了这样的观念:一生珍爱自身,并把他人的生命看得如珠似宝,全力保卫这宝贵而脆弱的珍品。

我很重要

当我说出"我很重要"这句话的时候,颈项后面掠过一阵战栗。我知道这是把自己的额头裸露在弓箭之下了,心灵极容易被别人的批判洞伤。许多年来,没有人敢在光天化日之下表示自己"很重要"。我们从小受到的教育都是——"我不重要"。

作为一名普通士兵,与辉煌的胜利相比,我不重要。

作为一个单薄的个体,与浑厚的集体相比,我不重要。

作为一位奉献型的女性,与整个家庭相比,我不重要。

作为随处可见的人的一分子,与宝贵的物质相比,我们不重要。

我们——简明扼要地说,就是每一个单独的"我"——到底重要还是不重要?

我是由无数星辰日月草木山川的精华会聚而成的。只要计算一下我们一生吃进去多少谷物,饮下了多少清水,才凝聚成一具美轮美奂的躯体,我们一定会为那数字的庞大而惊讶。平日里,我们尚要珍惜一粒米、一叶菜,难道可以对亿万粒菽粟亿万滴甘露濡养出的万物之灵,掉以丝毫的轻心吗?

当我在博物馆里看到北京猿人窄小的额和前凸的吻时,我为人类原始时期的粗糙而黯然。他们精心打制出的石器,用今天的目光来看不过是极简单的玩具。如今很幼小的孩童,就能熟练地操纵语言,我们才意识到已经在进化之路上前进了多远。我们的头颅就是一部历史,无数祖先进步的痕迹储存于脑海深处。我们是一株亿万年苍老树干上最新萌发的绿叶,不单属于自身,更属于土地。人类的精神之火,是连绵不断的链条,作为精致的一环,我们否认了自身的重要,就是推卸了一种神圣的承诺。

回溯我们诞生的过程,两组生命基因的嵌合,更是充满了人所不能把握的偶然性。我们每一个个体,都是机遇的产物。

常常遥想,如果是另一个男人和另一个女人,就绝不会有今天的我……

即使是这一个男人和这一个女人,如果换了一个时辰相爱,也不会有此刻的我……

即使是这一个男人和这一个女人在这一个时辰,由于一片小小落叶或是清脆鸟啼的打搅,依然可能不会有如此的我……

一种令人怅然以至走入恐惧的想象,像雾霭一般不可避免地缓缓升起,模糊了我们的来路和去处,令人不得不断然打住思绪。

我们的生命,端坐于概率垒就的金字塔的顶端。面对大自然的鬼斧神工,我们还有权利和资格说我不重要吗?

对于我们的父母,我们永远是不可重复的孤本。无论他们有多少儿女,我们都是独特的一个。

假如我不存在了,他们就空留一份慈爱,在风中蛛丝般飘荡。

假如我生了病,他们的心就会皱缩成石块,无数次向上苍祈祷我的康复,甚至愿灾痛以十倍的烈度降临于他们自身,以换取我的平安。

我的每一滴成功,都如同经过放大镜,进入他们的瞳孔,摄入他们心底。

假如我们先他们而去,他们的白发会从日出垂到日暮,他们的泪水会使太平洋为之涨潮。面对这无法承载的亲情,我们还敢说我不重要吗?

我们的记忆,同自己的伴侣紧密地缠绕在一处,像两种混淆于一碟的颜色,已无法分开。你原先是黄,我原先是蓝,我们共同的颜色是绿,绿得生机勃勃,绿得苍翠欲滴。失去了妻子的男人,胸口就缺少了生死攸关的肋骨,心房裸露着,随着每一阵轻风滴血。失去了丈夫的女人,就是齐崭崭折断的琴弦,每一根都在雨夜长久地自鸣……面对相濡以沫的同道,我们忍心说我不重要吗?

俯对我们的孩童,我们是至高至尊的唯一。我们是他们最初的宇宙,我们是深不可测的海洋。假如我们隐去,孩子就永失淳厚无双的血缘之爱,天倾东南,地陷西北,万劫不复。盘子破裂可以粘起,童年碎了,永不复原。伤口流血了,没有母亲的手为他包扎。面临抉择,没有父亲的智慧为他谋略……面对后代,我们有胆量说我不重要吗?

与朋友相处,多年的相知,使我们仅凭一个微蹙的眉尖、一次睫毛的抖动,就可以明了对方的心情。假如我不在了,就像计算机丢失了一份不曾复制的文件,他的记忆库里留下不可填补的黑洞。夜深人静时,手指在揿了几个电话键码后,骤然停住,那一串数字再也用不着默诵了。逢年过节时,她写下一沓沓的贺卡。轮到我的地址时,她闭上眼睛……许久之后,她将一张没有地址只有姓名的贺卡填好,在无人的风口将它焚化。

相交多年的密友,就如同沙漠中的古陶,摔碎一件就少一件,再也找不到一模一样的成品。面对这般友情,我们还好意思说我不重要吗?

我很重要。

我对于我的工作我的事业，是不可或缺的主宰。我的独出心裁的创意，像鸽群一般在天空翱翔，只有我才捉得住它们的羽毛。我的设想像珍珠一般散落在海滩上，等待着我把它用金线串起。我的意志向前延伸，直到地平线消失的远方……没有人能替代我，就像我不能替代别人。

我很重要。

我对自己小声说。我还不习惯嘹亮地宣布这一主张，我们在不重要中生活得太久了。

我很重要。

我重复了一遍。声音放大了一点。我听到自己的心脏在这种呼唤中猛烈地跳动。我很重要。

我终于大声地对世界这样宣布。片刻之后，我听到山岳和江海传来回声。

是的，我很重要。我们每一个人都应该有勇气这样说。我们的地位可能很卑微，我们的身份可能很渺小，但这丝毫不意味着我们不重要。

重要并不是伟大的同义词，它是心灵对生命的允诺。

人们常常从成就事业的角度，断定我们是否重要。但我要说，只要我们在时刻努力着，为光明在奋斗着，我们就是无比重要地生活着。

让我们昂起头，对着我们这颗美丽的星球上的无数生灵，响亮地宣布——

我很重要。

拍卖你的生涯

朋友参加过一堂很别致的讲座,对我详细地描绘了一番。

讲座叫作《拍卖你的生涯》。外籍老师发给每人一张纸,其上打印着数十行字。

1. 豪宅
2. 巨富
3. 一张取之不尽、用之不竭的信用卡
4. 美貌贤惠的妻子或英俊博学的丈夫
5. 一门精湛的技艺
6. 一座小岛
7. 一座宏大的图书馆
8. 和你的情人浪迹天涯
9. 一个勤劳忠诚的仆人
10. 三五个知心朋友
11. 一份价值50万美元并每年可获得25%纯利收入的股票
12. 名垂青史
13. 一张免费旅游世界的机票
14. 和家人共度周末

15. 直言不讳的勇敢和百折不挠的真诚

……

大家先是愣愣地看着这些项目，之后交头接耳地笑，感觉甚好。本来嘛，全世界的美事和优良品质差不多都集中在此了。

老师拿起一只小槌子，轻敲讲台，蜂房般的教室寂静下来。老师说（他能讲不很普通的普通话），我手里是一只旧锤子，但今天它有某种权威——暂时充当拍卖锤。我要拍卖的东西，就是在座诸位的生涯。

课堂顿起混乱。生涯？一个叫人生出沧桑和迷茫的词语。我们大致明白什么是生存，什么是生活，但很不清楚什么是生涯。我们只是一天天随波逐流地过着，也许 70 岁的时候才恍然大悟，生涯已在朦胧中渐近尾声了。

老师说，一个人的生涯，就是你人生的追求和事业。它可以掌握在你自己手中。性格就是命运。生涯从属于你的价值观。通常当人们谈到生涯的时候，总觉得有太多的不可把握性埋藏在未知中。其实它并非想象中那般神秘莫测。今天，我想通过这个游戏，让大家比较清晰地看到自己的爱好，预测自己的生涯。

大家听明白了，好奇地跃跃欲试。

我相信在每一个成人的内心深处，都潜伏着一个爱做游戏的天真孩童，只不过随着时光流逝，蒙上了世故的尘土。

成年以后的我们，远离游戏，以为那是幼稚可笑的玩闹。其实好的游戏，具有启蒙人的智慧，通达人的思维，启迪人的感悟，让人反省的力量。当我们做游戏的时候，就更接近了真我。

老师说，我现在象征性地发给每人 1000 元钱，代表你一生的时间和精力。我会把这张纸上所列的诸项境况裁成片，一一举起，这就等于开始了拍卖。你们可以用自己手中的积蓄购买这些可能性。

所有的动力都来自内心的沸腾

100元钱起叫,欢迎竞价。当我连喊三次,无人再出高价的时候,锤子就会落下,这项生涯就属于你了。注意,我说的是可能性,并非是真正的事实。它的意思就是——你用999元竞得了豪宅,但并不等于你真的拥有了仙境般的别墅,只是说你将穷尽一生的精力来为自己争取。相信只要你竭尽全力,把目标当成整个生涯的支撑点,实现的可能性甚大。

教室里的气氛,骚动之后有些沉重。这游戏的分量举轻若重,它把我们人生的繁杂目的约分并形象化了——拼此一生,你到底要什么?

老师举起了第一项拍卖品——拥有一座小岛。起价100元。

全场寂静。一座小岛?它在哪里?南半球还是北半球?大西洋还是太平洋?面积多少?人口多少?有无石油和珊瑚礁?风光怎样?

疑声四起,大家迫切希望老师提供更详尽的资料,关于那座小岛,关于风土人情。老师一脸肃然,坚定地举着那个纸片,拒绝做更进一步的解说。

于是,我们明白了。小岛,就是小小的、普普通通的一座无名岛。你愿不愿以一生作赌,去赢得这块海洋中的绿地?

终于,一个平日最爱探险、充满生命活力的女生大声地喊出了第一个竞价——我出200!

一个男生几乎是下意识地报出:500!他的心思在那一瞬很简单,买下荒凉岛屿这样的事就该是男子汉干的。

但那名个子不高、意志顽强的女生志在必得,她涨红着脸,一下子喊出了……1000!

这是天价了。每个人只有1000元钱的储备,也就是说,她已下定以毕生的精力赢得这座小岛的决心,别的人只有望洋兴叹了。

那个男生有些悻悻地说，竞价应该一点点攀升，比如她要出600，我喊700……这样也可给别人一个机会。

老师淡然一笑说，我们只是象征性地拍卖，所以可能不合规矩。大家要记住，生涯也如战场，假如你已坚定地确认了自己的目标，就紧紧锁定它。机遇仿佛闪电。

大家明白了竞争的激烈，肃静中有了潜藏的紧迫感和若隐若现的敌意。

拍卖的第二项是美貌贤惠的妻子或英俊博学的丈夫。

我原以为此项会导致激烈的竞拍，没想到一时门可罗雀，也许因为它太传统和古板。被其他更刺激的生涯吸引，大伙儿不愿在刚开场不久就把自己的一生交付伴侣的怀抱。好在和美的家庭终对人有不衰的吸引力，在竞争不激烈的情形下，被一位性情温和的男子以700元买去。

我把指关节攥得紧紧，如果真有一沓钞票，大概会滴下浑浊的水来。到底用这唯一的机会买回怎样的生涯？扒拉一下诸样选择，自己属意的栏目有限，和同志们所见略同也说不准。定谋贵决，一旦确立了自己的真爱，便要直捣黄龙，万不可游移吝惜。要知道，拍的过程水涨船高步步为营。倘稍一迟缓，被他人横刀夺爱，就悔之莫及了。

拍到"取之不尽、用之不竭的信用卡"时，引起空前激烈的争抢。聪明人已发现，所列的诸项某些外延是交叉的，可互相替代。有同学小声嘀咕，有了信用卡，巨富不巨富的也不吃紧了，想干什么，还不如探囊取物？于是信用卡成了最具弹性和热度的饽饽。一时群情激昂，最后被一奋勇女将自重围中掳走。

其后的诸项拍卖，险象环生。有些简直可以说是个人价值取向甚至秘密的大曝光。一位众人眼中极腼腆内向的男同学，取走了免费旅游世界的机票，让人刮目相看。一位正在离婚风波中的女子选择了和情人浪迹天涯,于是有人暗中揣测,她是否已有了意中人?一位手脚麻利、助人为乐的同学,居然选了勤快忠诚的仆人,让全体大跌眼镜。细一琢磨,可能他总当一个勤快人已经厌烦,但又无力摆脱这约定俗成的形象,出于补偿的心理,干脆倾其所有买下对另一个人的指挥权吧。一旦咀嚼出这选择背后的意味,旁观者就有些许心酸。

一位爱喝酒的同人一锤定音买下了"三五个知心朋友",让我在想象中立即狠狠捆了自己一掌。从前,我劝过他不要喝那么多的酒,他笑说,我喜欢和朋友在一起。我不死心,便再劝,他却一直不改。此番看了他的选择,我方晓得朋友在他的心中如此重要。我决定,该闭嘴时就闭嘴吧。

光顾了看别人的收成,差点耽误了自己地里的活计。同桌悄悄问,你到底打算买何种生涯?

我说,没拿定主意啊。我想要那座图书馆。

同桌说,傻了不是?我看你不妨要那份价值50万美元且年年递增25%的股票,要知道这可是一只会下金蛋的火鸡。只要有了钱,什么图书馆置办不出来呢?你要把图书馆换成别的资产就很困难了。如今信息时代,资料都储藏在光盘里,整个大英博物馆也不过是若干张碟的事。图书馆是落后的工业时代的遗物了……

他话还没说完,老师举起了新的一张卡片。他见利忘友,立刻抛开我,大喊了一声,嘿,这个我要定了。1000!

我定睛一看,他倾囊而出购买回来的是一门精湛的技艺。

我窃笑道,你这才是游牧时代的遗物呢,整个一小农经济。

他很认真地说,我总记着老爸的话,家有千金,不如一技在身。

我暗笑,哈,人啊,真是环境的产物。

好了,不管他人瓦上霜了,还是扫自己门前雪吧。同桌的话也不无道理。有了足够的钱,当然可以买下图书馆或是任何光碟。但你没有这些钱之前,你就干瞪眼。钱在前,还是图书馆在前,两者便有了原则的不同。我愿自己在两鬓油黑、耳聪目明之时,就拥有一座窗明几净、汗牛充栋、庭院深深、斗拱飞檐的图书馆。再说,光碟和图书馆哪能同日而语?我不仅想看到那些古往今来的智慧头脑留下的珍珠,还喜欢那种静谧幽深的空间和气氛,让弥漫在阳光中的纸张味道鼓胀自己的肺……这些,用钱买来的新书和光碟仿得出来吗?

正这样想着,老师举起了"图书馆",我也学同桌,破釜沉舟地大喊了一声,1000!

于是,宏大的图书馆就落到了我的手中。那一刻,虽明知是个模拟的游戏,心中还是扩散起喜悦的涟漪。

拍卖一项项进行下去,场上气氛热烈。我没有参加过实战,不知真正的拍卖是怎样的程序,但这一游戏对大家心灵的深层触动是不言而喻的。

当老师说"游戏到此结束"时,教室一下静得不可思议,好像刚才闹哄哄的一干人都吞炭为哑或羽化成仙去了。

老师接着说,有人也许会在游戏之后,思索和检视自己,产生惊讶的发现和意外的收获。有一个现象,不知大家发现没有,有三项生涯,当我开价100元之后没有人应拍,也就是说不曾成交。这种卖不出去的物品,按规矩是要拍卖行收回的。但我决定还是把它们留下。也许你们想想之后,还会把它们选作自己的生涯目标。

这三项是:

1. 名垂青史

2. 和家人共度周末

3. 直言不讳的勇敢和百折不挠的真诚

同学大眼瞪小眼,刚才都只专注于购买各自的生涯,不曾注意被冷落的项目,听老师这样一说就都默然了。

我——揣摩,在心中回答老师。

和家人共度周末。

老师别恼。不曾购买它作为自己的生涯,原因可能是多方面的。有人以为这是很平淡的事,不必把它定作目标。凡夫俗子们估摸着自己就是不打算和家人共度周末也没有什么地方可去。一件被迫的、几乎命中注定的事,何必要选择?还有的人是一些不愿归巢的鸟,从心眼儿里不打算和家人共度周末。现今只有没本事的人才和家人共度周末,有本事的人是专要和外人度周末的。

青史留名?

可叹现代人(当然也包括我)对史的概念已如此脆弱。仿佛站在一个修鞋摊子旁边,只在乎立等可取,只在乎急功近利。当我们连清洁的水源和绵延的绿色都不愿给子孙留下的时候,拥挤的大脑中如何还存得下一块森严的石壁,以反射青史遥远的回声?

勇敢和真诚?

它固然曾经是人类骄傲的源泉,但如今怯懦和虚伪,更成了安身立命的通行证。预定了终生的勇敢和真诚,就把一把利刃悬在了颅顶,需要怎样的坚忍和稳定?我们表面的不屑是因为骨子里的不敢。我们没有承诺勇敢的勇气,我们没有面对真诚的真诚。

游戏结束了,不曾结束的是思考。

在弥漫着世俗气息的"我"之外,以一个"孩子"的视角重新剖析自己的价值观和生存质量,内心就有了激烈的碰撞和痛苦的反思。

在节奏纷繁的现代社会,我们一天忙得视丹成绿,很难得有这种省察自我的机会,这一瞬让我们返璞归真。

人生的重大决定,是由心规划的,像一道预先计算好的轨道,等待着你的星座运行。如果期待改变我们的命运,请首先改变心的轨迹。

你站在金字塔的第几层

美国心理学家马斯洛有一段名言:"如果你有意地避重就轻,去做比你尽力所能做到的更小的事情,那么我警告你,在你今后的日子里,你将是很不幸的。因为你总是要逃避那些和你的能力相联系的各种机会和可能性。"每逢读到,我总是心怀战栗地感动。

一个人就像是一粒种子,天生就有发芽的欲望。只要是一颗健康的种子,哪怕是在地下埋藏千年,哪怕是到太空遨游过一圈,哪怕被冰雪封盖,哪怕经过了鸟禽消化液的浸泡,哪怕被风刀霜剑连续斩杀……只要那宝贵的胚芽还在,一到时机成熟,它就会在阳光下探出头来,绽开勃勃的生机。

现代心理学有很多精彩的论证,这些论证不能像实证的物理、化学,拿出若干铁一般的证据,心理学的很多假说建立在对人的行为的推断和研究之上,被千千万万的人所证实。

马斯洛先生所创建的人的基本需要的"金字塔"理论,就是这样一个伟大的学说。他研究了很多人的行为和动机,特别是那些自我实现程度很高的人,之后得出了一个结论。简言之,就是在我们人类的精神内核中存在着一个内在需要的金字塔,分成了五个台阶。

在第一个台阶上,是我们的温饱需要——最基本的生存之道。

饥肠辘辘,你今晚吃什么饭?是人的第一考虑。寒冬腊月,你今夜睡在哪里?是火车站的长凳还是马路上的水泥管?这都是头等大事。

当这个需要满足之后,紧接着就是安全的需要了。你有了吃、有了住,你今天的生命有了保障,可是如果你被其他的人或动物或自然界的恶劣条件所侵犯,你远期的生命就陷在水深火热之中了。因此,一旦温饱不成问题,人马上就考虑安全系数。这一点,如果你不相信,尽可以放眼看去,马上能看到富人区森严的安保设施和世上风行的形形色色的自卫器械。当你从一个熟识的环境换到一个新环境,那种不安和紧张,与陌生人交谈时的畏葸和不自在,如此等等,都从另一个方面证实了安全对人的重要性。

现在我们已经到了金字塔的第三台阶。在这个台阶上大大地写着"爱"。这不仅是男女之爱、亲子之爱、手足之爱……这些源于血缘和繁衍的爱意,还有同伴之爱、集体之爱、祖国之爱、民族之爱、文化之爱……总之,这里所提到的"爱",有着宽泛的含义,但它是那样不可或缺,是人类精神活动的高级需要。我们常常说,一个不懂得爱的人是灰暗和孤独的。也就是说,人的精神需要如果不能完成这种超越和提升,就是饱含瑕疵的半成品。

爱之高处,就是尊严感了。人是一种特殊的动物,人是有尊严感的。一只虫子可以没有尊严,一株树木可以没有尊严,但是一个人不是这样。如果丧失了尊严感,那就不是一个完整的人了。中国的古话里有"不吃嗟来之食",有"士可杀不可辱",有"君子一言,驷马难追",等等,讲的都是尊严的问题。

在金字塔的最高点,屹立着自我价值的体现和追求。什么是自我价值的最高体现——那就是充满了创造性的劳动。我以为劳动是有高下之分的,不是指在价值层面上,而是指在带给人的由衷喜悦程度上。你可以想象并同意,一个科学家在得不到任何报酬的情形下,不倦地研究某一个与现实相隔十万八千里的学术问题,比如"哥德巴赫猜想",为自己换不到一块窝窝头,但毫无疑问陈景润乐在其中;你基本上不能同意一位老农在得知三年没有人收购麦子的情况下,除了自己够吃之外还会不辞劳苦地广撒麦种。在前者,创造性的劳动里面蕴含着极大的挑战和快乐;在后者,则充斥着重复性劳动的艰辛和疲惫。

人类精神需要的金字塔,在某种意义上讲,是一种铁律,几乎是不可逃避的。当然,我们不能想象一个人在自己的温饱都得不到保障的时候,能够像斯蒂芬·霍金那样去研究宇宙大爆炸这样的问题。这也就是鲁迅先生所说的:年轻人,一是要生存,二是要发展。有一个顺序,有孰先孰后的问题。在解决了温饱和安全这些最基本的生存需要之后,你必定要不满足,你必定要有新的追求。人类精神发育的法则,你是绕不过去的。你吃得饱了,你睡得暖了,你有大房子了,你安居乐业了,你很有安全的保障了……可是,我敢说,在心底最深邃的地方,你有火焰一样的躁动,你如果无法满足它,你就没有恒久的快乐。

让我们回到本文开端所引用的马斯洛的那段话。你以为你逃避了风险,你以为你躲避了责任,你以为你成功地掩饰了自己的才华,你以为你心甘情愿地收敛包裹自己,你就可以在人们的艳羡之中安安稳稳地过一生了吗?我相信,你可以用奢华的装备和风流倜傥的举止成功地欺骗几乎所有的人,包括和你至亲至爱之人,但是,每每月朗星稀之时,你永远欺骗不了的一个人,就会在你独处的时候,顽强地站在你的面前,拷问你、鞭挞你、谴责你、纠正你……这个人不是别人,正是你自己!由于每一个人都是那样与众不同,由于你所具有的内在生命力一直在熊熊燃烧,所以,当你完成了自己人生的台阶之后,你就要向上攀登。你只有在这种不倦的探索中才能丰富自己的人生,才能得到生命的欢愉,才能感觉到自己内在的充实和价值。

人是追求创造性快乐的动物,如同飞越大洋的候鸟脑内的罗盘,掌控着我们的一系列选择和决定。你一生将成为怎样的人?在你的价值体系里是怎样的顺序?这些看起来很浩大很空茫的标准,实际上很细致地决定着我们工作、学习、生活的各个层面。

记得我在北大讲演的时候,有同学递上来一张字条,上面写着:"我智商很高,从小到大一直是班干部,考上北大更证明了我的实力。只要我愿意,继续读硕士和博士都不成问题。你说我选择金钱作为我一生奋斗的目标,你看怎样?"我把这张字条念了。我说,我很感谢这位同学对我的信任,人生的价值是多元的,以金钱为自己终生的奋斗目标,也大有人在。但我以为,金钱只是手段,在它之后,还有更为深远的目标在导引着你。如果你唯钱是图,那么,你的周围将没有真正的朋友。因为古往今来,已经无数次地证明了,在金钱的旗帜下会聚拢来很多无耻小人。同时,你很可能得不到真正的爱情。因为爱情可以被金钱出卖,却不可被金钱所购买。那个爱上你的人,有可能不是爱你本人,而是爱上了你的信用卡。如果你把金钱当成了证明你的自我价值的工具,我要说,除了单一和狭隘,还有一种盲从,你用世俗的标准代替了内在的准星。

我翻阅了几期《华融之声》,看到华融人的志气和理想。谈到从工商银行调到华融来的理由,最主要的是期望自己的能力得到更好的发展。我觉得这是很好的理由,是内心和外在的统一,是朝着自我实现路上的迈进。当然了,自我实现的路,绝不会是一帆风顺的。我们常常会遭遇到挫折和失败,但人生的价值并不在于永远是胜利和成功,而在于这个过程当中我们得到了独一无二的属于自己的体验。在生存之道解决之后,在工作中得到乐趣,就是一个极好的选择。要知道,我们每个人,一生用于工作的时间大于七万小时。可不要小瞧了这七万小时,如果你是在快乐和创造中,你是在寻找自我价值的挑战中,你的人生就会过得很充实。如果你只是为了更多的钱、更宽敞的房子、更多的应酬和名声上的虚荣,你将在七万小时甚至更多的时间里委屈着自己,扼杀着自己,毁灭着自己的自由。

我在美国印第安人的保留地遇到一位印第安族的心理学家。她说,在我们古老的印第安人那里,有一个风俗,即使自己的温饱没有解决,我们也会用自己的食物拯救他人。因为,对我们来说,帮助别人是精神的传统。我并不是要挑战马斯洛,我只是说,精神有时比肉体更重要。这是那位印第安族心理学家最后留给我的话。

所有的动力都来自内心的沸腾

你为什么而活着

我有过若干次讲演的经历,在北大和清华,在军营和监狱,在农村土坯搭建的课堂和美国最奢华的私立学校……面对从医学博士到纽约贫民窟的孩子等各色人群,我都会很直率地谈出对问题的想法。在我的记忆中,有一次的经历非常难忘。

那是一所很有名望的大学,约过我好几次了,说学生们期待和我进行讨论。我一直推辞,我从骨子里不喜欢演说。每逢答应一桩这样的公差,就要莫名地紧张好几天。但学校方面很执着,在第 N 次邀请的时候说,该校的学生思想之活跃甚至超过了北大,会对演讲者提出极为尖锐的问题,常常让人下不了台,有时演讲者简直是灰溜溜地离开学校。

听他们这样一讲,我的好奇心就被激励起来,我说我愿意接受挑战。于是,我们商定了一个日子。

那天,大学的礼堂挤得满满的,当我穿过密密的人群走向讲台的时候,心里涌起怪异的感觉,好像是"文化大革命"期间的批斗会场,不知道今天将有怎样的场面出现。果然,从我一开始讲话,就不断地有条子递上来,不一会儿,就在手边积成了厚厚一堆,好像深秋时节被清洁工扫起的落叶。我一边讲课,一边充满了猜测,不知道树叶中潜伏着怎样的"思想炸弹"。讲演告一段落,进入回答问题阶段,我迫不及待地打开了堆积如山的纸条,一张张阅读。那一瞬,台下变得死寂,偌大的礼堂仿若空无一人。

我看完了纸条说,有一些表扬我的话,我就不念了。除此之外,纸条上提得最多的问题是——

人生有什么意义?请你务必说真话,因为我们已经听过太多言不由衷的假话了。

我念完这个纸条以后,台下响起了掌声。我说你们今天提出这个问题很好,我会讲真话。我在西藏阿里的雪山之上,面对着浩瀚的苍穹和壁立的冰川,如同一个茹毛饮血的原始人,反复地思索过这个问题。我相信,一个人在他年轻的时候,是会无数次地叩问自己——我的一生,到底要追索怎样的意义?

我想了无数个晚上和白天,终于得到了一个答案。今天,在这里,我将非常负责地对大家说,我思索的结果是:人生是没有任何意义的!

这句话说完,全场出现了短暂的寂静,如同旷野。但是,紧接着就响起了暴风雨般的掌声。

那是我在讲演中获得的最热烈的掌声。在以前,我从来不相信有什么"暴风雨"般的掌声这种话,觉得那只是一个拙劣的比喻。但这一次,我相信了。我赶快用手做了一个"暂停"的手势,但掌声还是绵延了若干时间。

我说:"大家先不要忙着给我鼓掌,我的话还没有说完。我说人生是没有意义的,这不错,但是——我们每一个人要为自己确立一个意义!

"是的,关于人生的意义的讨论,充斥在我们的周围。很多说法,由于熟悉和重复,已让我们从熟视无睹滑到了厌烦。可是,这不是问题的真谛。真谛是，别人强加给你的意义，无论它多么正确，如果它不曾进入你的心理结构，它就永远是身外之物。比如我们从小就被家长灌输过人生意义的答案。在此后漫长的岁月里，谆谆告诫的老师和各种类型的教育，也都不断地向我们批发人生意义的补充版。但是，有多少人把这种外在的框架，当成了自己内在的标杆，并为之下定了奋斗终生的决心？

那一天结束讲演之后，我听到有同学说，他觉得最大的收获是听到有一个活生生的中年人亲口说，人生是没有意义的，你要为之确立一个意义。

其实，不单是中国的青年人在目标这个问题上飘忽不定，就是在美国的著名学府哈佛大学，也有很多人无法在青年时代就确立自己的目标。我看到一则材料，说某年哈佛的毕业生临出校门的时候，校方对他们做了一个有关人生目标的调查，结果是：百分之二十七的人完全没有目标；百分之六十的人目标模糊；百分之十的人有近期目标；只有百分之三的人有着清晰而长远的目标。

二十五年过去了，那百分之三的人不懈地朝着一个目标坚忍努力，成了社会的精英，而其余的人，成就要相差很多。

我之所以提到这个例子，是想说明在人生目标的确立上，无论中国还是外国的青年，都遭遇到了相当程度的朦胧或是混沌状态。有人会说，是啊，那又怎么样？我可以一边慢慢成长，一边寻找自己的人生意义啊。我平日也碰到很多青年朋友，诉说他们的种种苦难。我在耐心地听完那些折磨他们的烦心事之后，把他们乞求帮助的目光撇在一旁，我会问："你的人生目标是什么呢？"

他们通常会很吃惊，好像怀疑我是否听懂了他们的愁苦，甚至恼怒我为什么对具体的问题视而不见，而盘问他们如此不着边际的空话。更有甚者，以为我根本就没有心思听他们说话，自己胡乱找了个话题来搪塞。

我会迎着他们疑虑的目光,说:"请回答我的这个问题,你为什么而活着呢?"

年轻人一般会很懊恼地说:"这个问题太大了,和我现在遇到的事没有一点关联。"我会说:"你错了。世上的万事万物都有关联。有人常常以为心理上的事只和单一的外界刺激有关,就事论事,其实心理和人生的大目标有着纲举目张的紧密接触。很多心理问题,实际上都是人生的大目标出现了混乱和偏移。"

举个例子。一个小伙子找到我,说他为自己说话很快而苦恼,他交了一个女朋友,感情很好。但女孩子不喜欢他说话太快。一听他口若悬河滔滔不绝地说个没完,女孩就说自己快变成大头娃娃了。还说如果他不改掉这毛病,就不能把他引荐给自己的妈妈,因为老人家最烦的就是说话爱吐唾沫星子的人。

"你说我怎么才能改掉说话太快的毛病?"他殷切地看着我,闹得我都觉得如果不帮他这个忙,简直就成了毁掉他一生爱情和事业的凶手。

我说:"你为什么要讲话那么快呢?"

他说:"如果慢了,我怕人家没有耐心听完我的话。您知道,现在的社会节奏那么快,你讲慢了,人家就跑了。"

我说:"如果按照你的这个观点发挥下去,社会节奏越来越快,你岂不是就得说绕口令了?你的准丈母娘就不是这样的人啊,她就喜欢说话速度慢一点并且注意礼仪的人啊。"

他说:"好吧,就算你说的这两种人都可以并存,但我还是觉得说话快一些,比较占便宜,可以在单位时间内传达更多的信息。"

我说:"那你的关键就是期待别人能准确地接受你的信息。你以为只有快速发射信息才是唯一的途径。你对自己的观点并不自信。"

他说:"正是这样。我生怕别人不听我的,我就快快地说,多多地说。"

当他这样说完之后,连自己也笑起来。我说:"其实别人能否接受我们的观点,语速并不是最重要的。而且,你能告诉我,你为什么这样在意别人是否能接受你的观点?"

这个说话很快的男孩突然语塞起来,忸怩着说:"我把理想告诉你,你可不要笑话我。"

我连连保证绝不泄密。他说:"我的理想是当一个政治家。所有的政治家都很雄辩,你说对吧?"

我说:"这咱们就比较接触到了问题的实质。要当一个政治家,第一要自信。他们的雄辩不是来自速度,而是来自信念。一个自信的人,不论说话快还是慢,他们对自我信念的坚守流露出来,会感染他人。我知道你有如此远大的理想,这很好。你要做的事,不是把话越说越快,而是积攒自己的力量,让自己的信念更加坚强。"

那一天的谈话到此为止。后来,这个男生告诉我,他讲话的速度就慢了下来,也被批准见到了自己的准丈母娘,听说很受欢迎。

这边刚刚解决了一个说话快的问题,紧接着又来了一位女硕士,说自己的心理问题是讲话太慢,周围的人都认为她有很深的城府,不敢和她交朋友,以为在她那些缓慢吐出的话语背后,隐藏着怎样的阴谋。

"我试了很多方法,却无法让自己说话快起来,烦死了。"她慢吞吞地对我这样说,语速的确有一种压抑人的迟缓,好像在话的背后还隐藏着另一句话。

我看她急迫的神情,知道她非常焦虑。

我说:"你讲每一句话是否都要经过慎重的考虑?"

她说:"是啊。如果不考虑,讲错了话,谁负得了这个责?"

我说:"你为什么特别怕讲错话?"

女硕士说:"因为我输不起。我家庭背景不好,家里有人犯了罪,周围的人都看不起我们;家里很穷,从小靠亲戚的施舍我才能坚持学业。我生怕一句话说差了,人家不高兴,就不给我学费了。所以,连问一句'你吃了吗?'这样中国最普通的话,我也要三思而后行。我怕人家说,你连自己的饭都吃不饱,也配来问别人吃饭问题。"

听到这里,我说:"我明白了。你觉得自己的每一句话都可能引致他人的误解,给自己造成不良影响。"

女硕士连连说:"对对,就是这样的。"

我笑了,说:"你这一句话说得并不慢啊。"

她说:"那我是相信你不会误会我。"

我说:"这就对了。你说话速度慢,不是一个技术性的问题,是你不能相信别人。你是否准备一辈子都不相信任何人?如果是这样,我断定你的讲话速度是不会改变的。如果你从此相信他人,讲话的速度自然会比较适宜,既不会太慢,也不会太快,而是能收放自如。"

那个女生后来果然有了很大的改变,她的人际关系也有了进步。

今天我们从一个很大的目标谈起,结果要在一个很小的地方结束。我想说,一个人的心理是一座斗拱飞檐的宫殿,这座宫殿的基础就是我们对自己人生目标的规划和对世界对他人的基本看法。一些看起来是技术和表面的问题,其实内里都和我们的基本人生观有着千丝万缕的联系。心理问题切不可头痛医头脚痛医脚,那样如同创可贴,只能暂时封住小伤口,却无法从根本上让我们的精神强健起来。

精神的三间小屋

面对那句——人的心灵,应该比大地、海洋和天空都更为博大的名言,自惭形秽。我们难以拥有那样雄浑的襟怀,不知累积至那种广袤,需如何积攒每一粒泥土、每一朵浪花、每一朵云霓。

甚至那句恨不能人人皆知的中国古话——宰相肚里能撑船,也让我们在敬仰之余,不知所措。也许因为我们不过是小小的草民,即便怀有效仿的渴望,也终是可望而不可即,便以位卑宽宥了自己。

两句关于人的心灵的描述,不约而同地使用了空间的概念。人的肢体活动,需要空间。人的心灵活动,也需要空间。那容心之所,该有怎样的面积和布置?

人们常常说,安居才能乐业。如今的城里人一见面,就问,你是住两居室还是三居室啊?……喔,两居室窄巴点,三居室虽说也不富余,也算小康了。

身体活动的空间是可以计量的,心灵活动的疆域,是否也可有个基本达标的数值?

有一颗大心,才盛得下喜怒,输得出力量。于是,宜选月冷风清竹木萧萧之处,为自己的精神修建三间小屋。

第一间,盛着我们的爱和恨。

对父母的尊爱，对伴侣的情爱，对子女的疼爱，对朋友的关爱，对万物的慈爱，对生命的珍爱……对丑恶的仇恨，对污浊的厌烦，对虚伪的憎恶，对卑劣的蔑视……这些复杂而对立的情感，林林总总，会将这间小屋挤得满满，间不容发。你的一生，经历过的所有悲欢离合喜怒哀乐，仿佛以木石制作的古老乐器，铺陈在精神小屋的几案上，一任岁月飘逝。在某一个金戈铁马之夜，它们会无师自通，与天地呼应，铮铮作响。假若爱比恨多，小屋就光明温暖，像一座金色池塘，有红色的鲤鱼游弋，那是你的大福气。假如恨比爱多，小屋就阴风惨惨，厉鬼出没，你的精神悲戚压抑，形销骨立。如果想重温祥和，就得净手焚香，洒扫庭除，销毁你的精神垃圾，重塑你的精神天花板，让一束圣洁的阳光，从天窗洒入。

无论一生遭受多少困厄欺诈，请依然相信人类的光明大于暗影。哪怕是只多一个百分点呢，也是希望永恒在前。所以，在布置我们的精神空间时，给爱留下足够的容量。

第二间小屋，盛放我们的事业。

一个人从二十五岁开始做工，直到六十岁退休，他要在工作岗位上度过整整三十五年的时光。按一日工作八小时，一周工作五天，每年就要为你的职业付出两千个小时。倘若一直干到退休，那就是七万个小时。在这个庞大的数字面前，相信大多数人都会始于惊骇终于沉思。假如你所从事的工作，是你的爱好，这七万个小时，将是怎样快活和充满创意的时光！假如你不喜欢它，漫长的七万个小时，足以让花容磨损日月无光，每一天都如同穿着淋湿的衬衣，如芒在背。

我不晓得一下子就找对了行业的人，能占多大比例？从大多数人谈到工作时乏味麻木的表情推算，估计这样的幸运儿不多。不要小觑了事业对精神的濡养或反之的腐蚀作用，它以深远的力度和广度，挟持着我们的精神，以成为它麾下持久的人质。

适合你的事业，不靠天赐，主要靠自我寻找。这不但是因为相宜的事业，并非像雨后白桦林的菌子一样，俯拾即是，而且因为我们对自身的认识，也是抽丝剥笋，需要水落石出的流程。你很难预知，将在十八岁还是四十岁甚至更沧桑的时分，才真正触摸到倾心的爱好。当我们太年轻的时候，因为尚无法真正独立，受种种条件的制约，那附着在事业外壳上的金钱地位，或是其他显赫的光环，也许会灼晕了我们的眼睛。当我们有了足够的定力，将事业之外的赘生物一一剥除，露出它单纯可爱的本质时，可能已耗费半生。然费时弥久，精神的小屋，也定须住进你所爱好的事业。否则，鸠占鹊巢，李代桃僵，那屋内必是鸡飞狗跳，不得安宁。

我们的事业，是我们的田野。我们背负着它，播种着，耕耘着，收获着，欣喜地走向生命的远方。规划自己的事业生涯，使事业和人生，呈现缤纷和谐相得益彰的局面，是第二间精神小屋坚固优雅的要诀。

第三间，安放我们自身。

这好像是一个怪异的说法。我们自己的精神住所，不住着自己，又住着谁呢？

可它又确是我们常常犯下的重大失误——在我们的小屋里，住着所有我们认识的人，唯独没有我们自己。我们把自己的头脑，变成他人思想汽车驰骋的高速公路，却不给自己的思维，留下一条细细的羊肠小道。我们把自己的头脑，变成搜罗最新信息网络八面来风的集装箱，却不给自己的发现，留下一个小小的储藏盒。我们说出的话，无论声音多么嘹亮，都是别的喉咙嘟囔过的。我们发表的意见，无论多么周全，都是别的手指圈画过的。我们把世界万物保管得好好，偏偏弄丢了开启自己的钥匙。在自己独居的房屋里，找不到自己曾经生存的证据。

如果真是那样,我们精神的小屋,不必等待地震和潮汐,在微风中就悄无声息地坍塌了。它纸糊的墙壁化为灰烬,白雪的顶棚变作泥泞,露水的地面成了沼泽,江米纸的窗棂破裂,露出惨淡而真实的世界。你的精神,孤独地在风雨中飘零。

三间小屋,说大不大,说小不小。非常世界,建立精神的栖息地,是智慧生灵的义务,每人都有如此的权利。我们可以不美丽,但我们健康。我们可以不伟大,但我们庄严。我们可以不完满,但我们努力。我们可以不永恒,但我们真诚。

当我们把自己的精神小屋建筑得美观结实、储物丰富之后,不妨扩大疆域,增修新舍。矗立我们的精神大厦,开拓我们的精神旷野。因为,精神的宇宙,是如此的辽阔啊。

所有的动力都来自内心的沸腾

为生命找到意义

古代人常常专注于最基本的生存需求。日常生活天然地具备了提供精彩意义的能力。人们的生活是如此接近土地,每个人都毫不怀疑自己是大自然的一部分。他们耕地,播种,收获,烹调,生养小孩子,然后生病和死亡,最后回归泥土。他们很自然地展望未来,觉得未来是如此清晰,那就是——吃饱饭,子子孙孙地繁衍,实现一轮又一轮的更迭,如同能够每日每年看到的大自然的循环。他们对日月星辰、山川河流这类庞然大物有强烈的归属感,他们深深明白自己是家庭和族群不可或缺的一部分。对以上这种基本存在,从来不曾有过问号。

是啊,有谁能对一个埋头苦干的农夫孛斟句酌地问,你这样辛苦是为了什么呢?他一定头也不抬地继续干活,对他来说,家里的妻儿老小和他自己的口粮,就在这劳作中生发着,这难道还用得着问吗?

可是,今天,这些意义消失了。都市化、工业化,让生活中少了和大自然血肉相依的关联。我们看不到星空,我们每个人几乎都脱离了世界的基本生命链。你焊接电脑上的一块线路板,你在股票市场卖出买进,可这和意义有什么关联呢?

我们有太多的时间提出更多的问题,我们必须面对自由的无情拷问,可是我们失去了参照物。工作不再提供意义,一点儿创造力也没有,生养小孩也没有了意义。世界人口爆炸,也许不生养更有意义。

生命的意义是非常重要的心理架构,与每个人都有非常重要的关系。伟大的心理学家荣格说,我的病人大约有三分之一并不是罹患了任何临床可以定义的疾病,而只是因为生命没有意义,没有目标。

这个问题到了心理学家法兰克那里,有了升级版。他说,最少有百分之五十的来访者有这种问题——觉得生命没有意义。

萨特说过,人是一种徒劳无益的热情。我们的诞生毫无意义,死亡也没有意义。但萨特这样说完之后,在他自己的小说中又明确地肯定了意义的追求,包括在世界上寻找一个家、同志之谊、行动、自由、反对压迫、服务他人、启蒙、自我实现和参与。

在现在的情况下,为生命找到意义,就成了非常紧迫的任务。每个人要有一个自我的意义系统,包括行为准则:勇敢、高傲的反抗、友好的团结、爱、尘世的圣洁等。

心是一只美丽的小箱子

小时候上学,很惊奇以"心"为偏旁的字怎么那么多?比如:念、想、意、忘、慈、感、愁、思、恶、慰、慧……哈!一个庞大的家族。

除了这些安然地卧在底下的"心"以外,还有更多迫不及待站着的"心"。这就是那些带"竖心"旁的字,比如:忆、怀、快、怕、怪、恼、恨、惭、悄、惯、惜……原谅我就此打住,因为再举下去,实在有卖弄学问和抄字典的嫌疑。

从这些例证,可以想见当年老祖宗造字的时候,是多么重视"心"的作用,横着用了一番还嫌不过瘾,又把它立起来,再用一遭。

其实,从医学解剖的观点来看,心虽然极其重要,但它的主要工作,是负责把血液输送到人的全身,好像一台水泵,干的是机械方面的活儿,并不主管思维。汉字里把那么多情绪和智慧的感受,都堆到它身上,有点张冠李戴。

真正统率我们思想的,是大脑。

人脑是一个很奇妙的器官。比如学者用"脑海"来描述它,就很有意思。一个脑壳才有多大?假若把它比成一个陶罐,至多装上三四个大"可乐"瓶子的水,也就满满当当了。如果是儿童,容量更有限,没准儿刚倒光几个易拉罐,就沿着罐口溢出水来了。可是,不管是成人还是小孩儿的大脑,人们都把它形容成一个"海",一个能容纳百川波涛汹涌的大海。这是为什么?

大脑是我们情感和智慧的大本营,它主宰着我们的思维和决策。它能记住许多东西,也能忘了许多东西。记住什么忘却什么,并不完全听从意志的指挥。比方明天老师要检查背诵默写一篇课文,你反复念了好多遍,就是记不住。就算好不容易记住了,到了课堂上一紧张,得,又忘得差不多了。你就是急得面红耳赤抓耳挠腮,也毫无办法。若是几个月后再问你,那更是云山雾罩一塌糊涂。可有些当时只是无意间看到听到的事情,比如路旁老奶奶一句夸奖的话,秋天庭院里一片飘落的叶子,当时的印象很清淡,却不知被谁施了魔法,能像刀刻斧劈一般,永远留在我们记忆的年轮上。

我不知道科学家最近研究出了哪些关于记忆和遗忘的规则,反正以前是个谜。依我的大胆猜测,谜底其实也不太复杂。主管记住什么、忘记什么的中枢,听从的是情感的指令。我们天生愿意保存那些美好、善良、友谊、勇敢的事件,不爱记着那些丑恶、虚伪、背叛、怯懦的片段。当然,这并不是说人应该篡改真相,文过饰非虚情假意瞎编一气,只是想说明我们的心,好像一只美丽的小箱子,容量有限。当它储存物品的时候,经过了严格的挑选,把那些引起我们忧愁和苦闷的往事,甩在了外面,保留的是亲情和友情。

我衷心希望每个人的小箱子里,都装满光明和友爱。

像烟灰一样放松

有一位射击的朋友,极端地冷静。他常在非常危急的情势下,弹无虚发。我向他请教这其中的要领,他说,最大的诀窍是你要像烟灰一样放松。只有放松,全部潜在的能量才会释放出来,协同你达到完美。

我对他的话似懂非懂,但从此我开始注意以前忽略了的烟灰。烟灰非常松散,几乎是没有重量和形状的。它们懒洋洋地趴在那里,好像在冬眠。其实,在烟灰的内部,栖息着高度警觉和机敏的鸟群,任何一阵微风掠过,哪怕只是极清淡的叹息,它们都会不失时机地腾空而起驭风而行。它们的力量来自放松,来自一种飘扬的本能。本身没有结构,没有动力,甚至是微不足道的烟灰,却能够利用能量,飞向远方。

人们啊,需要常常提醒自己,像烟灰一样放松。放松不是无所事事,不是听天由命,不是随波逐流。放松是一种高度的自信,放松是一种磨炼之后的整合,放松是举重若轻玉树临风。当你放松的时候,你所有的岁月和经验,你的勇气和智慧,便都厉兵秣马集合于你内心,情绪就会安然从容,勇气就会源源不断。你不一定能胜利,但你能竭尽全力去参与过程。

人生的九大关系

我的一篇散文《我很重要》被收入中学语文课本中,并多次在考试卷子中出现过,关于它的中心思想、段落大意、修辞手法等技术问题,也成了若干语文老师和我探讨的题目。说实话,我对分析自己文章的内涵和技巧,噤若寒蝉。写的时候只是有感而发,完全不曾想过如何剔骨抽髓地来分析它,经常被问得张口结舌,像极了那文章本不是我所写,不知是从哪儿抄来的。

曾经接到过一位中学语文老师的信,和我商榷此文的中心思想。他的大意是说:这篇文章的主题思想本来是想说每个个体都是很重要的,但立论的方式和论据都是说我们在相互的关系中是多么重要,这就成了一个悖论。他认为:一个人,即使不在任何关系中,也是非常重要的。

我明白他的观点,但我无法想象人可以不在关系中,就如同无法想象一条活蹦乱跳的鱼可以在水之外遨游。

我们所有的人,终其一生,都是在各种各样的关系中搏杀。听一位美国心理学家讲授抑郁症的发病机理,他认为:所有的心理障碍,都是因为关系出了问题。

关系无所不在。人的关系基本上可以分为以下九类。

1 自我：这比较好理解。人和自己的关系，是所有关系中最彻底最主轴的关系。

2 父母：没有父母，就没有我们的肉身。父母和我们心灵的关系，也是无与伦比的密切。

3 兄弟姐妹：这似乎不难理解。就算是中国现在实行独生子女政策，人也依旧会有情同手足的友人。如何看待和自己年龄相仿的同时代的人，肯定是逃不脱的重要课题。

4 异性：哈！这个关系的重要性和复杂性不言而喻，古往今来已经谈论过太多。然而，谈论得再多，也比不上实际情况复杂。

5 子女：和异性结为亲密关系之后，如果没有特别的措施和意外，我们就会有子女。那么，你崭新的历史篇章就掀开了。这个关系，对某些人来说，简直比数十篇学术论文还要复杂，够你一生殚精竭虑、呕心沥血的了。

6 同侪："侪"这个字，好像有点遗老遗少的味道，现代人似乎很少用。字典上查，此字含义很简单，就是朋辈。人不可能没有朋友，做任何事，都要学会团结，都要学会合作，和自己的同辈人团结，应该是人生的必修课，要学会游刃有余地处理这档关系。

7 大自然：哦，这个关系的重要性，就不用我啰唆了。要是处理不好，付出的代价就是像恐龙一样灭绝（当然，恐龙灭绝的责任，不由它们自己来负）。

8 死亡：和死亡的关系，是所有关系里最确定无疑的，谁也躲不掉，无论逃到哪里，如何乔装打扮，死亡最后都会不动声色地把你捉拿归案。既然迟早一定要见面，处理好这个关系，你就能更好地享受生活。处理不好，死亡以不速之客的身份，猝不及防地来访，你堵着门不让他进来，他也一定会神通广大地破门而入。那时，没准备好的人会惊慌失措，会后悔还有那么多事情未完成。为了从容走完一生，这个关系是一定要处理好的。学会和未来的死亡和平共处,直到你跟着他走的那一天。

9 宇宙:人和宇宙的关系,表面上看起来,好像不如前八大关系那样和我们的日常生活密不可分,其实,不然。你每天晚上仰望星空,那就是宇宙在和你对话。宇宙是比大自然更广大的范畴,它将考验一个人对那些无比壮阔、无比悠远的时空体系的尊崇之心,它将让我们一己卑微短暂的生存和一个雄伟壮丽的体系发生连接。我们从那里来,也将回到那里去。看看宇宙,再看看自身,自豪和悲怆像豆荚中孪生的豆粒,如此新鲜多汁、浆液饱满。它看似脆弱,实际上正是对付日常琐碎事物最行之有效的金刚铠甲。

九大关系,我们若能得到及格分数,人生就安然了。

所有的动力都来自内心的沸腾

与寂寞共处

常常是心中很寂寞，说出口的却是词不达意的热闹。这个世界已经够喧哗的了，现在需要的只是静静面对内心。

需要别人确认，才觉得自己活着的人，必然会逃避寂寞。节省下来的时间，用来干什么？只好另外想办法来谋杀时间。

寂寞是一种悄然的存在，不要挑战它，也不要逃避，学着共处就是。

开会常常让我感到寂寞，喧嚣人群中的寂寞。不喜欢很多会议的场合，在那里听不到发自肺腑的声音，套话多。有些话像风一样地从耳边刮过，留不下任何印象。

也许是因为我年轻时在西藏当兵，营地在海拔五千米的高原之上，氧分压只有海平面的一半，对缺氧的感受十分敏感。会场里人一多，马上就感觉到缺氧，好像当年在雪原上跋涉的艰辛感觉又复活了，心中充满疲累。

这种时刻，我会不由自主地走出会场，到外面去呼吸新鲜空气。也不敢待得时间太久了，怕人家以为是对发言者、组织者的不敬。

我知道有些时候套话是一种必需,是一种人际关系和社会关系的润滑剂。这种润滑剂可不便宜,要用时间去购买,算得上是奢侈品了。

我是一个视时间为尊贵的人,实在不敢这样靡费,甘愿寂寞着。

挖掘心灵第一图

一位睿智老人说，在每个人的心灵深处都珍藏着一幅对这个世界最初的印象图画。它储存在脑海的褶皱中，平时被繁杂的信息遮挡，好像昏睡的幽灵不理晨昏，但它无所不在地笼罩着我们，统领着每个人对世界的基本视点。好像一纸符咒，规定了我们探询世界的角度。

这话挺玄秘的，有点巫术的味道。我不服，挑战地问："可以当场试试吗？"

老人很谦和地一笑，说："一家之言。你可以信，也可以不信。"

我说："我恰好知道一个人的心底图像。您若说中了，我就信。"

老人淡然回答："行啊。"

我说："这个人啊，脑海里留下的最朦胧也最原始的图像是一片无边的荒漠，尘沙漫天、苍黄渺茫，但他周围的小环境不错，好像是一个温暖的怀抱，有袅袅的香气环绕……"

说完，我定定地看着老人，且听他如何分解。

老人缓缓地说："他的精神世界对立而单纯，沉重而简明。对世界本质的认识充满疑惧，觉得人力无法胜天；宇宙不可知；人是孤独渺小的生物，基调混沌而迷茫。但他还会快乐而努力地活着，时时感受到温情和带着暖意的希望,寻找一个光亮、安静、芬芳的所在……"

说完后,老人问我:"他是这样一个人吗?"

我抑制住自己的大惊异,说:"对与不对,以后我再告诉您。现在,我最想知道的就是您这种分析的基本方法,能教我一些吗?"

老人说:"少许心得,不值多说。有点占卜的意味,但并不是街头的摆摊算卦。首先,你让被试者静静地躺下,拼命想早先的事。意识好比柳絮,能飞多远飞多远。回忆的触角竭力向脑仁深处钻,最后变得似睡非睡似醒非醒,一片混沌最好。让人由眼前的明明白白泡入米汤样的童年,到了再也沉不下去的时候,他的心里就会猛地浮出一幅画。让他把这幅画讲给你听,然后……"

老人一一道来,我全身心紧急动员,照单接收。老人说:"喏,基本思路就这些,剩下的事看你的悟性了。"

我说:"您可要'传帮带'啊。"

其后的一段时间,我像个居心叵测的探子,不断启发诱导各色人等,把他们脑海中留下的生命原初印象挖掘出来,一一告我,由我再转达老人。老人娓娓道出其中蕴含的深意。至于那人真实生活中的脾气品性,老人完全不感兴趣,也绝不想知道。在他的眼里,每个人的图谱就是性格之书的目录,他不过是读出来而已。

开头不顺利,第一位男人所谈简陋得像撕下的小人书碎片。

"那幅图像嘛,好像是一个黑夜,不知是灯灭了,还是眼睛得了病,总之黑暗环绕……完了,就这些。"他干巴巴地舔舔嘴唇说。

他那时黑暗,我此时也黑暗。到处像泼了墨汁,如何分析?我只好拼命启发他再想深入些。搜肠刮肚半响,他补充如下:"我摸着黑,仿佛找到一碗粥,就把它喝下去了。我妈妈走过来,眼泪洒在我脸上。很凉……哦,就这些,再也没有了。"他坚决地结束了回忆。

真是老虎吃天啊。我沮丧地请教老人,老人说:"唔,足够了。他是个悲观主义者,一生都在寻找。他对自己终极寻找的东西究竟是什么,也闹不清楚。在这寻找的途中,他会得到温暖和利益的回报,他会很珍视亲情。但这些并不能缓解他寻找的焦虑,冲淡他与生俱来的悲哀,稀释充满他周围的茫茫黑色。"

我频频点头,最终也没有告诉老人,那是一位苦苦求索的哲学家的心底图像。反正老人并不需要他人的验证。

一个矮小的年轻人不好意思地说:"我的第一图像似乎没什么好说的,支离破碎。那是我和我弟弟在抢被窝。你知道,我小的时候家里很穷,打通腿,就是两人合盖一个被筒。谁都想自己盖得暖和些,就拼命把被子朝自己身上裹……就这些,整夜抢啊抢的。穷人家的被子小,遮了这头捂不了那头。我比弟弟个儿大,总是占上风的时候多些。这就是全部了。"

老人分析:"这个年轻人竞争性很强,在他的眼里,'弱肉强食'是生存的基本状态。他信奉实力决定一切,因此他会不遗余力地为自己争夺尽可能多的物质利益和生存空间。但他一般不会害人,不会使用特别凶残的手段。在他的内心里,还残存着'四海之内皆兄弟'的道义。"

实际情况是,那年轻人个子不高,说苛刻点几乎要算其貌不扬了,加上家境贫寒,按照常理该是比较自卑的。但他不,一点都不。整天意气风发、精神抖擞的,上大学,考研究生,什么都不落空。每当竞争的时候,他总是毫不退却、奋勇向前。计谋算不上很光明正大,但手段也并不卑劣,懂得趋利避害、适可而止。也许是天时加上人和,他的运气一直不错。

一位依旧美丽的中年女企业家告诉我,世界在她眼里是盘根错节的森林,热带雨林,遮天蔽日的。她在摸索着走,有时是爬,到处都有陷阱和叫不出名字的昆虫,很华丽也很狰狞……下着雨,很冷,有大毛虫发育成的极冷艳的蝴蝶在脖子后面盘旋……

我对这幅图像的真实性抱有深刻的怀疑。她祖籍北方,从未踏入北回归线以南。再说一个幼小婴孩,想象得出热带雨林的具体模样吗?还有毛虫和蝴蝶,这样复杂重叠的象征意象也是孩童难以触及的。她的叙述更像一场成人梦境,一个幻觉。

但女企业家谈话时的郑重神态,使我无法贸然认定她在说谎。

老人听完我的转述与疑问说:"这是真实的。心灵的真实不仅仅是亲眼所见,更多的时候是一种浓缩升华后的感受。哪怕你说图像尽头是一幅外星人联欢的图画,我也确信无疑。人的感受有一种特质——无比忠诚。出于种种的利害关系,它可以欺骗别人,但它为自己保留下的图谱不会是赝品。这位女性对世界的看法,是荒诞奇诡而又不乏夺人心魄的诱惑与美丽,她应该擅长打拼,奋斗出了很高的成就。她好强,勇于挑战。但在不断的挣扎寻觅中,又感到巨大的孤独与人世的险恶。她臆造了一片热带雨林……"

我无话可说。老人就像与那女人相识了一百年,用电脑扫描了她的整个人生,留下一纸谶语。

随着积累的人们心底第一图数量的增多,我渐渐发觉探索源头的奥秘对每个人是一次心灵的剖析和飞跃。知道了自己眺望世界的基本视角,便有了揭示自身很多特点的钥匙。我们也许不能改变它,却可以因此变得更加理智和从容。

老人有一天对我说:"你第一次对我描述的那个人,就是在沙漠中睁开眼睛看世界的人是谁啊?你还没有告诉我。"

我说:"那个人就是我。我母亲抱着我,行进在从新疆到北京天地一色的途中。"

所有的动力都来自内心的沸腾

研究真诚

过了国庆,过了中秋节,心理学研究生班课堂,大家有一种久别重逢的亲切感,掺着节后的倦息。

老师让大家谈谈过节的感受。冷了一会儿场,不知道大家是怎么想的,我的感觉是很突兀。我们习惯于默默无闻地过节,被人猛地一问,有些不知所措。

零星有人举手,大概是怕老师尴尬吧。先回答的人,都说节无新意,有的简直可以说在叹息——过节就是过节呗,和以往的节没啥不同的……过节很累,系上围裙炒菜,解了围裙洗衣,节是给别人过的。

老师微笑说:"'节是谁的'这话倒是很有点意思的,留待我们以后再详加讨论,我们还是说这个节日吧。我有些奇怪的是,大陆为什么中秋节不放假呢?在华人世界,这是一个仅次于春节的大节日啊!节日要过得有趣才有纪念意义。比如我认识的一家人,过节也不给小孩子买新衣服,也不吃好东西,这样的节日真是过不过的没什么差别了。"

大家就笑起来。

一笑,气氛就活跃些了,有同学小声说:"过节我回家了,可是在家里待着,好像没有在同学们之间舒服。"

这话引起了一些人心底的共鸣。因为在这个班级里,充满了温暖的气氛,但外面的世界依旧沿着落满灰尘的轨道盘旋,于是我们成了在两个世界间游走的贝壳,冷暖自知,难以言说。

今天的正课是研究"真诚"。这是一个古老的话题了,但近年来受到了大挑战,"真诚"成了"愚蠢"的代名词。

我个人很喜欢"真诚"这个词,喜欢它的光明和干净。

词是有自己的属性的,比如"猥琐"一词,你一看到它,就觉得自己身上发霉、糊满蟑螂。"甜蜜"这个词则让人好似被蜂王浆噎了一嗓子,甜得憋气。"真诚"有一种岩石般的纹理和坚定,不风化,不流失,不油腻,爽洁清晰,反射着钢蓝色的金属光泽。

焦点集中在——真诚是一种方式还是一种境界?真诚有没有层次的分别?

有同学问了老师一个极富挑战性的问题——您是很真诚的,但有没有人说过您虚伪?在当代大学生里,好像流行着一种说法,真诚是一种更狡猾的虚伪。

课堂内一时很寂静。我看到老师的眸子快速向右上方移动,知道她在郑重思考。片刻之后,老师说:"没有,没有人说过我虚伪。起码是当面没有人这样说。至于背后是怎样说的,我不知道。它不在我的关心范围之内。"

老师启发道:"一个小孩子,对一个成人说,你身上真臭啊。然后又对别人说,那个阿姨身上有一种臭味。这事真不真呢?肯定是真的,但这是一种低级水平的真诚。真诚是有讲究的。"

我举手,获准后发言。我说,我喜爱真诚。我的很多朋友也这样评价我。很多人用他们自己的视角来看世界,以为凡是真诚的人就无法幸福地生活,必然会被世俗的车轮碾得粉身碎骨,即使不粉碎也遍体鳞伤,甚至顺水推舟,演变成因为你事业成功和家庭完整,又有良好的人际关系,所以你必然是虚伪的。

我以为,真诚是一种勇敢坦诚的生活态度,它是我们思想和行动的出发点和归宿。真诚不虚张声势、狐假虎威。它似乎因清澈透明而软弱无力,但它其实是强韧而富有弹性的,使我们简洁明快、干爽清正。

真诚是一门艺术,有一个执行的秩序,这就是真善美。真诚可以分解为真实和坦诚,它本身是很有力量的,起码比虚伪有力量,不怕对证盘查,经得起推敲和考验……

但仅仅有真实是很不够的。真实的出发点可以是完全不考虑他人的感受、不看全局、不从长远出发,单纯的真实使用不当,会具有事与愿违的杀伤力。加上了"善"这个缰绳,真就升华了,不再是本真,而有了一种更全面更伟大的品格。至于"美",我觉得是怎样更精彩地表达我们的真实。一种长袖善舞,一种大象无形……

教室内一时鸦雀无声。我从这种寂静中,感到声援和赞成。

老师总结道:"真诚是有层次的,可以分成建设性的和破坏性的两种。愿每个人从此都更多更丰富地向这个并不美好的世界,贡献我们建设性的真诚。"

面对不确定性的忍耐

什么是不确定性呢?

当然可以顾名思义。也许因为当医生出身,总是觉得这类专有名词有它固定的家族史,还是先追溯渊源、验明正身再来讨论斟酌,相对稳妥些。

在书上查到了对不确定性原理的解释。

光的含能量的量子称为光子,光子含有的能量极为微小。在日常生活里,这些微小的光子对周遭的世界好像没有什么特别的影响。但当科学家开始研究原子世界时,情况便大大不同了。原子里的粒子都是极细小的东西,比如说电子,大约十亿个十亿乘十亿的电子才有一根羽毛的重量。由于这些物质粒子是极细小的东西,如果它们被光子打中,它们会被打得偏离轨道,运动的速度也会改变。

电子很轻,它抵抗不住光子的撞击,电子就从原来的位置被撞了出去。在观察的那一瞬间,电子便被震荡,运行速度发生变化,因此转眼间又不知那电子在哪儿了,这就是著名的"不确定性原理"(Uncertainty Principle)。这定理不允许我们同时测量电子的位置又测量其速度。不能同时知道这两样数据,我们就无法预言粒子的运行轨道,或者说它是否有一个确定的运行轨道也无法知道。

所有的动力都来自内心的沸腾

这个理论如此奇特并难以想象,教人困惑。它摧毁了经典世界的因果性,摧毁了客观性和实在性。从它面世,近八十年来没有一天不受到来自各方面的质疑、指责、攻击。

我不知道这个量子力学中的经典理论和我们今天在社会生活中要谈论的不确定性有多少传承的血缘关系。抑或前者是曾祖,后者只是它的远房重孙,虽然有着割舍不断的亲缘关系,相貌上已经糅入了更多的异族之血?

如果就社会生活"不确定性"的字面含义来说,顾名思义就是这个世界有些乱套,以往的某些顺理成章的事情被颠覆,人们对自己的将来失去了把握,陷入迷茫和焦虑之中。我们会听到对一件事物比如房价的截然相反的假说,正方、反方的领军人物都赫赫有名,让我们洗耳恭听并待时间检验之后心生愤懑。某一方既然一而再、再而三地说不准,怎么还好意思在电视屏幕或报纸专栏中一如既往地口若悬河?然而腹诽或口诛之后,我们依然会守在那里等着他们继续夸夸其谈。我们既苛刻又宽容,因为面对着"不确定"的世界,越是陷入不可把握的泥潭,就越想知道他人面对"不确定"的确定看法。我们在怪圈中骑一匹跛脚的瞎马,头晕眼花依然沿着惯性旋转。再比如我们面对婚礼上的一对玉人抛洒尽了人间的祝福,但起码有一半以上的来宾对他们能否白头偕老疑窦丛生。古语说"三岁看老",人们都预言邻居家的孩子没有出息,因为他自小说谎并且好吃懒做、偷鸡摸狗,不想他在几年牢狱之灾后居然做起了买卖,如今也成了人五人六的"中产阶级";而对门勤劳的大叔吃起了城市低保,过春节的时候眼巴巴地等着送温暖的社区干部带来一桶大豆油……

然而无论前途多么诡谲难测,祝福还是要发,期望还是要有。

因为我们还有救。即使在量子力学的理论当中,也要强调当样本数量变得非常非常大时,概率就有用武之地了。

还拿电子来说事吧。电视的后面有一把电子枪,不断地逐行把电子打到屏幕上形成画面。对单个电子来说,人们不知道它将出现在屏幕上的哪个点,只有概率而已。不过大量电子叠加在一起,就可以组成稳定的画面了。再如保险公司没法预测一个客户会在什么时候死去,但它对一个城市的总体死亡率是清楚的,所以保险公司经营得当一定赚钱。

那些关于人类美德的基石,就是我们社会生活的概率了。还有时间的金色砝码,也是社会生活的概率了。"不确定性"指的是微观世界,越是瞬息万变的节奏,越是小的偶然性越不可预测。但量子力学的理论并不等于"放之四海而皆准"的真理,大的宏观世界就是一个概率的组合,存在着可以预测的规律,轨道就是秩序。一个奸商可以得逞于一时,却不可以牟利于久远,因为"不怕人比人,就怕货比货"。一个从牢狱大墙出来的人,不是不可能成功,但那一定是痛改前非的结果,而不是重蹈覆辙。时间本身就是甄别泥沙俱下的不确定性的最好的明矾,只是它还需要配合。

配合时间的是人们的耐心。不是一般的耐心,而是非凡的忍耐。就像电子在"布朗运动"之后排列出清晰的电视图案,这需要安静地等待。具体谈到房价是涨还是落这样的问题,怕是要先搞清要投资还是要自住。如果是投资,那就有风险,你就要独立做出对未来房价趋势走向的判断,然后为了这个判断去冒折戟沉沙的风险。不要把责任推给他人和量子,那虽然便捷却是变相的懦弱。如果一切都月朗风清、确定无误,也就消磨了机智和决断,也就荡平了投机和暴利。说到婚姻的长久与和美,只要你在这之前已经做了充分考察和准备,那就义无反顾、一往无前地走入"围城"。婚姻的双方本来就是家庭的毛坯,还需岁月长久的打磨,才能渐趋完美和谐。它的稳固和人性的完整程度呈密切的正相关,和量子力学倒是隔着万水千山。

所有的动力都来自内心的沸腾

人虽然是微小的生灵，但和没有知觉没有主观能动性的电子之类还是截然不同的。和它们相比，人毫无疑义是宏观的。人的目标是宏观的，人的努力是宏观的，人和人的集合体更是一个伟大的宏观。从人类的历史来看，不确定是暂时的，确定才是长久的。我不能确定我哪一天会死，但我可以确定活着的每一天都饶有兴趣地度过。我不能确定我的婚姻一定幸福，但我可以确定自己的诚恳和投入。我不能确定这篇关于不确定的小文是否有趣，但可以确定我已经用心用力。

宁静有一种特殊的力量

宁静有一种特殊的力量,就是不管外界怎样变化无常,都能让你的躯体自在平和。就像一艘在狂风巨浪中保持着稳定的船,你难道不惊异于它锚链的深度和船体的坚固吗?

我喜欢宁静的风景和宁静的人,这使我怡然。我的老师林教授曾经帮我分析过这种爱好的形成。她说,你是不是因为在西藏待得太久了,雪山和冰峰静止不动,久而久之,也就养成了你寂静的性格?

我承认她说得有道理。不过,我的幼儿园老师曾说过,我从小就是一个安静的孩子。

真的是这样吗?我不知道。我知道自己的心里常常翻涌着惊涛骇浪。我知道这是我必须经历的,并不害怕。但我不会很激烈地把它表达出来,我觉得有一些事情要出现,就让它出现好了。我不能阻止它们,但可以平静地面对它们。

我在西藏的高原上,看到过这个世界最为纯净的水。它们来自亿万年前的冰川。我常常站立在波涛翻卷的狮泉河边发呆,心想,水的力量和生命是多么伟大啊。它们历经沧桑,仍然珠圆玉润,没有一丝疲惫和倦怠。看不到些许的伤痕,更没有皱纹和白发,永远年轻地喧嚣着,如同新生的那一刹那。

我原来是很敬佩山的,但和水相比,山的自我修复能力要差很多,它们只能不由自主地风化下去,不可复原。山只能沿着一条没有回头的路,照直地走下去,大块的岩石崩塌,化为细碎的沙砾,然后继续颓弱,变作齑粉样的泥沙,再衰变为黄土……

人的心,还是像水吧。可以受伤,但永远有痊愈的力量。在大自然面前,人什么都无须保留,只需堂堂正正即可。

素面朝天

素面朝天。

我在白纸上郑重写下这个题目。丈夫走过来说,你是要将一碗白皮面,对着天空吗?

我说有一位虢国夫人,就是杨贵妃的姐姐,她自恃美丽,见了唐明皇也不化妆,所以叫——

丈夫笑了,说,我知道,可是你并不美丽。

是的,我不美丽。但素面朝天并不是美丽女人的专利,而是所有女人都可以选择的一种生存方式。

看看我们周围。每一棵树,每一叶草,每一朵花,都不化妆。面对骄阳,面对暴雨,面对风雪,它们都本色而自然。它们会衰老和凋零,但衰老和凋零也是一种真实。作为万物灵长的人类,为何要将自己隐藏在脂粉和油彩的后面?

见一位化过妆的女友洗面,红的水黑的水蜿蜒而下,仿佛被洪水冲刷过后水土流失的山峦。那个真实的她,像在蛋壳里窒息得过久的鸡雏,渐渐苏醒过来。我觉得这个眉目清晰的女人才是我真正的朋友。片刻前被颜色包裹的那个形象,是一个虚伪的陌生人。

脸,是我们与生俱来的证件。我的父母,凭着它辨认出一脉血缘的延续;我的丈夫,凭着它在茫茫人海中将我找寻;我的儿子,凭着它第一次铭记住了自己的母亲……每张脸,都是一本生命的图谱。连脸都不愿公开的人,便像捏着一份涂改过的证件,有了太多的秘密。所有的秘密都是有重量的。背着化过妆的脸走路的女人,便多了劳累,多了忧虑。

化妆可以使人年轻,无数广告喋喋不休地告诫我们。我认识的一位女郎,盛妆出行,艳丽得如同一组霓虹灯。一次半夜里我为她传一个电话,门开的一瞬间,我惊愕不止。惨亮的灯光下,她枯黄憔悴如同一册古老的线装书。"我不能不化妆。"她后来告诉我,"化妆如同吸烟,是有瘾的。我已经没有勇气面对不化妆的自己。化妆最先是为了欺人,之后就成了自欺。我真羡慕你啊!"从此我对她充满同情。

我们都会衰老。我镇定地注视着我的年纪,犹如眺望远方一面渐渐逼近的白帆。为什么要掩饰这个现实呢?掩饰不单是徒劳,首先是一种软弱。自信并不与年龄成反比,就像自信并不与美丽成正比。勇气不是储存在脸庞里,而是掌握在自己手中。化妆品不过是一些高分子的化合物、一些水果的汁液和一些动物的油脂,它们同人类的自信与果敢实在是不相干的东西,犹如大厦需要钢筋铁骨来支撑,而绝非几根华而不实的竹竿。

常常觉得化了妆的女人犯了买椟还珠的错误。请看我的眼睛!浓墨勾勒的眼线在说。但栅栏似的假睫毛圈住的眼波,却暗淡犹疑。请注意我的口唇!樱桃红的唇膏在呼吁。但轮廓鲜明的唇内吐出的话语,肤浅苍白……化妆以醒目的色彩强调以至强迫人们注意的部位,却往往是最软弱的所在。

磨砺内心比油饰外表要难得多,犹如水晶与玻璃的区别。

不拥有美丽的女人,并非也不拥有自信。美丽是一种天赋,自信却像树苗一样，可以播种，可以培植，可以蔚然成林，可以直到地老天荒。

我相信不化妆的微笑更纯洁而美好，我相信不化妆的目光更坦率而直诚，我相信不化妆的女人更有勇气直面人生。

有时候若不是为了工作，假若不是出于礼仪，我这一生将永不化妆。

所有的动力都来自内心的沸腾

从伊甸园带走的礼物

亚当和夏娃从伊甸园离开的时候,带走了两样礼物。这是两样什么东西呢?我考过一些人。有人说,是树叶吧?夏娃既然已经穿在身上了,当然要带走。有人说,是那个唆使他们吃了智慧树上的果子的坏蛋,为了报仇雪恨。要不然凡世间为什么会有各式各样的毒蛇?还有人说,一定是个苹果核。夏娃既然吃了果子,觉得香甜可口,肯定要把种子偷偷掖在了身上……

正确的答案是:上帝震怒,要把亚当和夏娃赶出伊甸园。亚当俯视了一眼人寰,看到万千磨难险象环生,怕自己和夏娃凄苦煎熬,恳请上帝慈悲,送他们几种消灾免难的法宝。上帝想了一下,说,好吧,就送你们两样东西吧。一个是休息日,另一个是眼泪。于是,亚当和夏娃携带着上帝最后的礼物,从温暖美丽的伊甸园堕入水深火热的人间。

初次听到这个故事的时候,我还年轻。觉得上帝实在小气,休息是自己的,眼泪也是自己的,还用得着您老人家馈赠吗?完全可以自产自销。累了,就躺倒休息;伤心了,就放声哭泣,这有什么难的?如何能算礼物呢?太简陋寒酸了,不如送来更浓的芬芳和更脆甜的瓜果。

年岁渐长，又做了心理医生，从自己的苦恼和他人的困惑中，才悟出休息和眼泪真是无与伦比的宝贝。

休息是什么呢？是山高路远跋涉其间喝茶的闲暇，是无所事事坐看星辰秋风落叶的散淡，是百无聊赖的伸长懒腰和迷迷瞪瞪的困倦，是三五死党鸡零狗碎的游走和闲诹……这指的是懈怠的休息，还有一种更奋不顾身的休息。到高处攀登，到深海潜藏，从苍穹坠落，与猛兽同眠……求的是冷汗涔涔的刺激，收获的是惊世骇俗的风险，甚至搭上了性命也在所不辞。无论休息的外套怎样千变万化，有一个共性永存其中——那就是它真的什么也不创造，除了快乐。它什么都消耗，最主要的是时间和金钱。

再说说眼泪吧。人可以因为各种原因流眼泪，包括大喜过望和义愤填膺。眼泪几乎是除了大小便，我们能主动排泄的唯一体液了。不信你试试，如果不是火热的劳动和过度的紧张，你想命令自己出汗，并非易事。

眼泪是从最靠近我们大脑的双眼之穴涌流出来的，单单这一点，就让人充满了奇妙和敬畏。眼泪可以把我们恶劣的心境和强烈的情感，溶解在其中，将那些毒素排出，而将圣洁和宁静沉淀下来还给我们。泪水冲刷洗涤着昏暗的双眸，让它们恢复清洁和明亮。它是心灵火山爆发的岩浆，苦涩之水前赴后继地滴落，需要大量新鲜的血液涌流入大脑。脉管偾张血流澎湃，就像黄河水漫灌了苦旱的平川地，于是万物复苏草木葱茏，思考的藤蔓随之萌芽延展。

现代人放弃休息鄙夷眼泪，他们以为这是不值一提的废物，如同办公室里被粉碎了的过期纸渣。将休息从自己的日程表中放逐，其实是一种慢性自杀。号称从来也不流一滴眼泪的硬汉子，说得悲惨点,就是被阉割了情感的怪物。

让我们在该休息的时候,休息。在该流泪的时候,哭泣。这不是上帝送给亚当和夏娃的礼物,而是你自己传给自己的生命秘籍。

第二辑　旌旗猎猎，浩然前行

你要学着自己强大

小时候学古诗,杜甫的这几句背得熟。"挽弓当挽强,用箭当用长。射人先射马,擒贼先擒王。"主要它像童谣,或者说简直是句顺口溜。

问过大人,"挽强"是什么意思。大人说,强就是指弓很硬,拉这种弓要用大力气,好处是射得远。从此把"强"和弓联系起来,再说,谁让这个强字的偏旁部首就是个"弓"呢?更是和弓箭逃不脱干系了。

渐渐年长,才知这个"强"字的根源,和弓箭并没有丝毫关系,那答案真是匪夷所思,本意居然说的是一枚虫。这要从"强"的繁体"強"说起,它原本的模样是在"弘扬"的"弘"字右下角嵌进了个"虫"字组成。改成简体字的时候,将"弘"的右半边改成了一个"口",让无限的深意丢却了注脚。它原本是什么意思呢?"虫"指代的是单一的卑微生命。不过若这小虫把体内的精神弘扬出来,就构成了坚强雄厚的力量。

这个字里蕴含的能量,让人心意难平。"强"字像个微电影,描绘了一条卑弱小虫的奋斗史。

再来说说这个"大"字。

有一些字，因为太熟稔，念起它们的时候，就像嘴巴接触了牙膏，虽知是异物，却难得留心思谋它的深意。"大"是什么意思呢？就是范围广高度高体积阔吧？估计大多数人都会同意这个解释。

"大"的本意，其实和范围高度什么的毫无关系，就是非常单纯地独指一个人。

汉字是象形字，在甲骨文里，这个"大"字伸胳膊摞腿，就是一个人的体态临摹。西周战国之后大行其道的金文中，"大"也是笔触鲜明四肢俱全的人形。与甲骨文笔道细弱的"大"字相比，金文粗肥猛壮，把人的形象镌刻得更雄硕伟岸。

等到了小篆和现代文字，这个"大"字就和人的形状渐行渐远，一时让人想不起命名它时的初心，不那么相似了。

"强大"是把"强"和"大"组成的一个铿锵有力的词。你看到它，不由得会挺起胸膛浑身充满能量。但倘若问某人，你觉得自己强大吗？大多数人都会说，我还不够强大，我希望自己有一天会强大起来。

然而，错了。我们每个人，本身就是强大的。强大的原意指的就是一个卑微如虫的生命，只要将精神弘扬出来，它就有力量。只要你是一个人，天然就强大。

爱因斯坦说过：有百折不挠的信念的所支持的人的意志，比那些似乎是无敌的物质力量有更强大的威力。

我们孜孜以求的强大，以为远在天边的强大，以为要靠什么人赐予或是襄助才能达到的境界，其实原驻自己身上。

一个再弱小的人，也比一条虫子要有力量。

所以，强大并不难，难的是我们不自知自己的强大。这真是天下第一大悲剧。我们四处寻找的东西，我们以为自己一生也不可能具备的东西，其实从未须臾离开过我们。

我们要学习的不是如何让自己强大起来,而是让自己原本就具有的强大,拂去尘埃,闪闪发光,铮铮作响。

毛笔就在我们手里,墨汁瓶盖已经打开。如果你的时间足够,慢慢研磨墨汁也是极好。总之万事俱备,只等我们用自己的心和手,书写人生的美丽篇章。

我们有很多瑕疵,但只要内心坚定,我们就依然强大。我们可以修补自己的瑕疵,也可以携带着瑕疵前进。这个世界上没有瑕疵的人根本没有出生。

我们有很多不完善,但只要宽容待人待己,我们就依然强大。完善可以不懈追求,但不必形成坚硬桎梏。世上的事情就像吃饭,八分饱即是完美。处处尽善尽美,就是一种无言的慢性自杀。

我们常常受伤,伤痕累累。不过,听说只有一生都圈养在棉花堡中的牲畜,才不会受伤,留待把它们的皮毛制成贵人的衣裳。我们要和命运厮杀,哪里能不受伤。受伤不是羞辱,而是勋章。强大也会受伤,只不过修复的能力比较强,速度比较快,能够在更短的时间内重上战场。

据说每个人每天都会和自己进行5000次对话,其中极大多数话语都是在否定自己。比如说:我很差,我无力。我不行,我要等等看,哦,算了……这一切的根源,都是来自我们认定自己不强大。

"你生而有翼,为何竟愿一生匍匐前进,形如虫蚁?"这是贾拉尔·阿德丁·鲁米的诗,每当读起,我都心生痛楚的觉醒。

希望从今天开始,我们对自己说的第5001次话是——我已学会了自己强大。

所有的动力都来自内心的沸腾

机遇在不知不觉中降临

　　学会不怨天尤人，勇敢地负起自己应该负起的责任，这是一种美德，并且会给自己带来意想不到的礼物，那就是——你将一手造就自己的经历，为自己带来好运气。

　　我一直很相信这样一种说法——当你坚定地承担责任勇往直前的时候，天地万物好像听到了一个指令，会齐心协力地帮助你、提携你。于是，贵人也出现了，机会也在最不可能滋生的崖缝中，露出了细芽。

　　我有时自己也想不通，这不是迷信吗？天下万物怎么会听从一个指令呢？它们的耳朵在哪里？它们的听力如何？这个指令是什么人发出来的呢？它用的是何种语言？

　　想不通啊想不通！但现实中确实有这样的故事，我听到很多人这样说过，在充满了感动的同时，也充满了疑惑。想啊想，我终于理出了一点头绪。

　　那个帮你忙的指令，其实出自你的内心。一个人，如果他是积极向上永不妥协的，那么，他的一举一动一笑一颦，都会放射出这种不屈的信息。这就像香草就要发出烘烤般的酥香气息，拦也拦不住，堵也堵不了。所有经过他身边的人，都会看到这种灼热光华，如同走过夜明珠的身旁。

我坚信，很多人在内心里，是愿意帮助别人的。特别是这种帮助并不会带给自身重大损失的时候，很多人都愿意伸出友谊之手。

这种手，有的时候是一个机遇，给谁都是给，为什么不给一个让我们心生好感的人呢？为什么不给一个让人们心怀敬重的人呢？为什么不给一个具备美德的人呢？于是你就得到了它。

有的时候，援手是一个信息。因为你让对方感到愉悦，人在愉悦的时候就会浮想联翩。施助者的潜意识喜欢你，就想——也许这个消息对这个人会有益处呢？于是它把这句话送到了主人的嘴边。很可能连主人都没有意识到这种好感和这条信息之间的关联，但勤快的潜意识就麻利地给办妥了，没想到不经意间，这便成就了你的新生。

更多的时候，援手是一点小钱。这对有钱人算不得什么，对贫困之中的人，却是天降甘露。你可能因为有了这一点小钱，而获得了转机，迎来了拐点。这对于施恩之人来说，很可能是举手之劳。钱和钱的概念有时有天壤之别，用处也大相径庭，钱是会玩魔术的。

援手有的时候只是鼓励和关爱。虽然鼓励和关爱并不需要太大的付出，但人们只会鼓励那些和自己的人生大目标相投的人，会关爱和自己的爱好信仰相符的人。

一个人只有在光明磊落的时候，才会不避讳自己的奋斗目标，才会在很多不经意的瞬间显示出美德和惹人怜爱的细节。而这些，恰好具有打动人心的力量，奇迹就慢慢地显影了。

世界上的事，都是因人而异。对你难于上青天的事，对另外一些人不过是弹指间的小菜一碟。所以，先锤炼你的人格和目标吧。当它们光彩照人的时候，机遇就在不知不觉中降临了。

这没有什么可神秘的，只要你像雏鹰，无数次张开翅膀，有一次正好刮过来了风，那是一股上升的气流。如果你蜷曲在巢中，无论刮过怎样的风，对你来说都只是寒冷。

击碎无所不在的尺

以最平凡的态度,做最不平凡的事情,这就是"平常心"的真谛了。

"平常心"这几个字,说的人多,真正明白的人没有那么多。因为"平常",并不是听之任之随波逐流,它是一种务实且踏实的人生态度,并不像我们想象的那样容易,是高度智慧的不经意表现,是坚强意志的莞尔一笑。

如果别人对你没有要求,其实是很惨的事情。你被放逐了,你会觉得无价值感,会丧失了归属感。所以,当别人对你有很高要求的时候,你不必沮丧。那正是他高看你的能力,以为你能够胜任。当然了,如果确实超出了你的范畴,你可以提出看法,但不必垂头丧气。

到处是尺。尺度要人命。身高是尺,因为它赫然列在征婚条件的前几行。体重是尺,因为它和很多人的自我形象密切相关。职务是尺,简直就是衡量你是否进步的唯一阶梯。排名是尺,无论在国际上还是在国内、省内、校内、班内,都是你的资格和位置的标杆。然而,设立尺的那个人是谁?人们已经忘记。把自己从尺度中救出来,是当务之急。

永远不要把别人的进步,当成衡量你自己有无能力的尺度。那是不自信的人惯用的方式。无论是对自己还是对别人,万勿期望太高。所以,同学聚会的时候,你尽管放松,我们因为过去的友谊而重逢,这并不是今日近况的比武场。

所有的动力都来自内心的沸腾

一个人躺在地上,如果他不想起来,那么十个人也拉不起他来,即使起来了,他也马上会趴下。

所有的动力都来自内心的沸腾。如果你做不到一件事,无论是搞好关系,还是寻找爱人,或者减肥,都是因为你还没有真正想做。

这是一个很有意义的心理小游戏。来,纠集起十来个人,然后找一个人来扮演那个躺在地上的人。不用找体重特别沉的,那样容易影响咱们这个游戏的真实感。请这位朋友赖在地上,大家用尽全力把他拽起来……

我见过三十个人都拉不起一个人的情景。我本来在上文中想写这个数字,但又怕大家觉得太夸张了,就写了十来个人。这是千真万确的。只要你不想起来,没有人能把你拉起来。心理上的问题也是一样的,只要你没想通,你不是真的心服口服,那么,无论外界多么努力,都是劳而无功。

女人当了妈妈,对待自己的孩子时,要记得这个游戏。他虽然小,也有自己的独立意志,你要把道理给他讲清楚,而且要让他明白这样做的目的是什么。有人会觉得孩子还小,没必要讲那么多。可是,成长是一个逐渐发生的过程,你不能在一颗幼小的心里种下强权的种子,以理服人而不是以力服人,这是要从小就养成的习惯。

你举目四望,很容易就能发现:很多人的生理上的需求得到了满足,但他们仍然不满意,奔突不止,躁动不宁,缺少一种能使他变得生机勃勃的动力,缺乏稳定祥和。像这样缺少主动性的生活,无论表面上多么风光,都是不值得羡慕的。

那种使自己变得生机勃勃的动力是什么呢?谁来回答你呢?谁来帮你寻找呢?谁为你一锤定音?没有别人,只有你自己。只有当理想的光芒照耀着我们,而且它和广大人群的福祉相连,我们才会有大的安宁和勇气。

你可曾体会到种子的疼痛?那种挣开包裹自己的硬壳,顶出板结的土壤的苦难,对一个柔弱的芽来说,可以说是顶天立地的壮举。一个人觉醒时的力量,应该大于一颗种子啊!

有些人把梦想变成现实,有些人把现实变成了梦想。关键是,你的梦想是什么,你为你的梦想做了什么。

有梦想,就不会寂寞。当你寂寞的时候,只要招招手,你的梦想就飞到了你身边。剩下的事,就是琢磨怎样把梦想变成行动了。

每天都冒一点险

"衰老很重要的标志,就是求稳怕变。所以,你想保持年轻吗?你希望自己有活力吗?你期待着清晨能在对新生活的憧憬中醒来吗?有一个好办法啊——每天都冒一点险。"

以上这段话,见于一本国外的心理学小册子。像给某种青春大力丸做广告。本待一笑了之,但结尾的那句话吸引了我——每天都冒一点险。

"险"有灾难狠毒之意。如果把它比成一种处境、一种状态,你说是现代人碰到它的时候多呢,还是古代甚至原始时代碰到它的机会多呢?粗粗一想,好像是古代多吧?茹毛饮血刀耕火种的,危机四伏。细一想,不一定。那时的险多属自然灾害,虽然凶残,但比较单纯。到了现代,天然险这种东西,也跟热带雨林似的,快速稀少,人工险增多,险种也丰富多了。以前可能被老虎毒蛇害掉,如今是坠机车祸失业污染之伤。以前是躲避危险,现代人多了越是艰险越向前的嗜好。住在城市里,反倒因为无险可冒而焦虑不安。一些商家,就制出"险"来售卖,明码标价。比如"蹦极"这事,实在挺惊险的,要花不少钱,算高消费了。且不是人人享用得了的,像我等体重超标,一旦那绳索不够结实,就不是冒一点险,而是从此再也用不着冒险了。

穷人的险多呢还是富人的险多呢？粗一想，肯定是穷人的险多，爬高上低烟熏火燎的，恶劣的工作多是穷人在操作，就是明证。但富人钱多了，去买险来冒，比如投资或是赌博，输了跳楼饮弹，也扩大了风险的范畴。就不好说谁的险更多一些了。看来，险可以分大小，却是不宜分穷富的。

险是不是可以分好坏呢？什么是好的冒险呢？带来客观的利益吗？对人类的发展有潜在的好处吗？坏的冒险又是什么呢？损人利己夺命天涯？

嘿！说远了。我等凡人，还是回归到普通的日常小险上来吧。

每天都冒一点险，让人不由自主地兴奋和跃跃欲试，有一种新鲜的挑战性。我给自己立下的冒险范畴是：以前没干过的事，试一试。当然了，以不犯法为前提。以前没吃过的东西，尝一尝，条件是不能太贵，且非国家保护动物。（有点自作多情。不出大价钱，吃到的定是平常物。）

目标定下，即有蠢蠢欲动之感。可惜因眼下在北师大读书，冒险的半径范围较有限。清晨等车时，悲哀地想到，"险"像金戒指，招摇而靡费。比如到西藏，可算是大众认可的冒险之举，走一趟，费用可观。又一想，早年我去那儿，一文没花，还给每月六元的津贴，因是女兵，还外加七角五分钱的卫生费。真是占了大便宜。

车来了。在车门下挤得东倒西歪之时，突然想起另一路公共汽车，也可转乘到校，只是我从来不曾试过这种走法，今天就冒一次险吧。于是抽身退出，放弃这路车，换了一条新路线。最后七绕八拐，挤得更甚，费时更多，气喘吁吁地在差一分钟就迟到的当儿，闯进了教室。

不悔。改变让我有了口渴般的紧迫感。一路连颠带跑的，心跳增速，碰了人不停地说对不起，嘴巴也多张合了若干次。

今天的冒险任务算是完成了。变换上学的路线,是一种物美价廉的冒险方式,但我决定仅用这一次,原因是无趣。

第二天冒险生涯的尝试是在饭桌上。平常三五同学合伙吃午饭,AA 制,各点一菜,盘子们会聚一堂,其乐融融。我通常点鱼香肉丝、辣子鸡丁类,被同学们讥为"全中国的乡镇干部都是这种吃法"。这天凭着巧舌如簧的菜单,要了一客"柳芽迎春",端上来一看,是柳树叶炒鸡蛋。叶脉宽得如同观音净瓶里洒水的树枝,还叫柳芽,真够谦虚了。好在碟中绿黄杂糅,略带苦气,味道尚好。

第三天的冒险颇费思索。最后决定穿一件宝石蓝色的连衣裙去上课。要说这算什么冒险啊,也不是樱桃红或是帝王黄色,蓝色老少咸宜,有什么穿不出去的。怕的是这连衣裙有一条黑色的领带,好似起锚的水兵。衣服是朋友所送,始终不敢穿的症结正因领带。它是活扣,可以解下。为了实践冒险计划,鼓足了勇气,我打着领带去远航。浑身的不自在啊,好像满街筒子的人都在端详议论。仿佛在说:这位大妈是不是有毛病啊,把礼仪小姐的职业装穿出来了?极想躲进路边公厕,一把揪下领带,然后气定神闲地走出来。但为了自己的冒险计划,我咬着牙坚持了下来。走进教室的时候,同学友好地喝彩,老师说,哦,毕淑敏,这是我自认识你以来,你穿的最美丽的一件衣裳。

三天过后,检点冒险生涯,感觉自己的胆子比以往夯了一点。有很多的束缚,不在他人手里,而在自己心中。别人看来微不足道的一件事,在本人,也许已构成了腱鞘般的裹挟。突破是一个过程,首先经历心智的拘禁,继之是行动的惶惑,最后是成功的喜悦。

一个人就是一支骑兵

我曾行进在漫天皆白的冰雪中,在一支骑兵的中段靠后部分,那时还不到17岁的年龄,在藏北边防线上。无比艰难的跋涉中,我往前看,是英勇攀缘的战友;向后看,也是英勇攀缘的战友。我明白自己是队列中的一员,只能做一件事,攀缘。那时的我很懦弱,高寒与缺氧像两把冰锥,揳入我的前胸后背。极端的苦乏,让我想到唯一的解脱方法就是自杀。我用仅存的气力做告别人世的准备,可是因为我在连绵不绝的队列中,队列的节奏感和完整性,让我找不到机会对自己下手,就这样拽着马尾翻过雪山,被迫保全了性命。

之后,我对军队生出一种敬畏和崇拜。

军队是有头有尾的,也有心脏。司令部就是军队的指挥中枢,而司令员就是至高无上的王。无论情况怎样危急,无论条件怎样恶劣,无论事态多么复杂,无论困难怎样重峦叠嶂,指挥机关总是镇定和胸有成竹的。它冷静而清醒,不出昏招儿,不忘乎所以。胜不骄败不馁,紧张地运筹帷幄。我私下里曾想,司令员永远是不可战胜的吗?他可有孤单无能的时刻? 一次,司令员病了,卫生科长派我去给他输液。司令员虚弱地躺在白色被子里,须发杂乱,同寻常庄户老汉并无太大的区别。他的萎靡让在一旁看护他的我,有了发问的勇气。

趁他神志稍清,我说,司令员,你可有胆小的时候?

他看着输液瓶里眼泪般溅落的药水说,有。

我说,什么时候?

他说,就是现在。我不知道我还要躺多久,才能站起来指挥我的队伍。

在那时的我看来,这个回答同没回答差不多。

一支军队是有政委有政治部的,它看起来有些儒雅气,虽说也佩着枪,杀气却不浓重。但你不可小觑,它坚硬如铁又心细如发。它的勇气是深藏不露的,永远知道最初的方向和最后的目的地。知道我们何时软弱,它会给予激励;知道我们何时轻敌,它会给予警示;知道我们何时灰心丧气举步不前,它会给予鞭策……政委经验丰富,处事老到,表面上不动声色,内里洞若观火。说起来我对于政委的好感,还来源于一份血缘。我的父亲曾是一位师政委,这使得我近水楼台先得月地敢于探询政委的内心世界。

您是什么时候变得像一个政委的?我问父亲。

这句话有很大的语病,如果问别的政委,可能会被批评。好在他是我的父亲,原谅我的好奇和冒犯。

他说,嗯,政委是慢慢变成的。

我说,具体是什么时候呢?比如是您30多岁?40多岁?还是更老的时候?

他说,很难找到一个具体的时间,总之变化是逐渐发生的。你先要做自己的政委,然后才能做大家的政委。

这句话,我也不大懂。当时认为主要区别在于——当自己的政委不用任命,而成为一支军队的政委,是需要更高机构任命的。直到很久以后我才醒悟,一个当不好自己政委的人,不配给更多将士当政委。

说完了一支军队的司令员和政委,就要说后勤部长了。通常我们想起后勤部长,总伴着食堂的烟火气。后勤部掌管的就是粮草之事,虽说有"兵马未动粮草先行"的古话罩着,但比较起来,后勤部的重要性还是稍逊一筹。比如破釜沉舟,砸坏的都是属于后勤部的设备,可见对于打胜仗来说,后勤部是可以暂时割舍的。起码离开几小时或是一天,没有太大的风险。

我一回忆起当年阿里军分区的后勤部长就想笑,他有点邋里邋遢,单帽的檐总是捋不直,好像被特意发了一个伪劣品。我们是新兵,但帽檐笔直。后来才明白,只有极老的兵,才敢藐视军纪。发夏装的时候,他说,这几个女娃娃怎么能在雪山上穿单衣呢?快给基地打报告,把她们的夏装换成冬装,才不会落下病。

那时候的藏北高原比现在要冷。在一个风和日丽的冬日,我随手拿了温度计到室外去测,得到的数据是零下38度。我有365天都没有脱下过棉裤的纪录,膝关节还是如小虫噬咬。男兵的夏装和冬装式样相同,只是一个瘦些一个宽松些。男兵领夏装的时候故意放大一号,就可以把夏装罩在棉衣棉裤上。女式军服夏装有掐腰和小翻领,想要把它套在棉袄棉裤之上简直痴心妄想。

那时年轻的我们,其实很想在严寒的风雪中,穿半开领的夏装窈窕过市,让众多的男性士兵侧目。至于久远的损害,我们完全顾及不到。后勤部长铁嘴断金,一句话毁了少女们扮俏的梦想。那时我们是愤愤的,便私下里骂他军阀作风。后勤部长似乎能掐会算,他说,你们现在骂我,将来会感激我,傻娃娃啊。女式夏装在严寒的高原,的确是没有用武之地的鸡肋。勉强穿戴,关节炎、气管炎一定会缠上我们。现在我已年逾花甲,还未曾骨折且没有大关节的红肿热痛,这和后勤部长的"军阀"作风密切相关。

以上是我对一支作战军队基本配置的了解。

也许你要说,哦,你忘了,还有武器。

是的,军队不能没有武器,骑兵不能没有马。但这对骁勇的军队来讲,并不是最重要的。

那时我有一支步枪,我练到闭着眼睛能在几分钟之内迅速拆解组装,也用它打出了优秀的成绩。我一直以为配给我这种小兵的枪,一定是无名鼠辈。直到我退役很多年之后,才知道它是大名鼎鼎的AK-47的一个版本。枪械是不断改进的,武器是不断发展的,然而如果没有人来操控,枪就是钢铁的生冷拼装,无人机也不过是求婚时的玩具。虽然由于级别的不同,枪和无人机的性能也会有天壤之别,但骨子里,它们是没有生命的。马是骑兵的伴侣,但马服从人。

一个人就是一支骑兵,你要有勇气。你能掌握什么技术,这并不是最关键的。普天下的本领千千万,归根结底,都是枪和无人机的远房亲戚。

你之所以成为你,是因为你有你的司令员和政委,你有你的后勤部长,你是你自己的小兵,又是你自己的统帅。

你要知道这支军队向何处去。你要在这支军队沮丧的时候给它打气。你要在这支军队迷路的时候,做它永不失灵的 GPS。你要在这支军队忘乎所以的时候,适时地给它兜头一盆冷水。你要在这支军队重伤的时候,给它输血,给它包扎。你要在这支军队畏葸不前的时候,擂响战鼓。你要在它恬然酣睡的时候吹起冲锋号。你要给它以休养生息的机会,你要让它安然和健康,你要知道什么对它是真正的好,并要不懈地坚持。你要知道什么是可能伤害它的陷阱,早早地发出警报远离可能的危险。你要冷静要镇定要充满激情又能适可而止,你要令行禁止健步如飞,你要能帮他找到最相宜的伴侣……

想到虽是独自一人,但身后有一支军队。车辚辚马萧萧,罡风浩荡,旌旗猎猎,号角长鸣,司政后一应俱全指挥若定,真是令人豪情万丈的事情。

你的身体里必有一颗成功的种子

在每个人的生命里,都有一个关于创造的秘密,等待着被发现,那将是你的第二次诞生。

你一定要相信,在你的身体里,有一颗种子,焦灼地盼望着阳光。至于它到底是一颗什么种子,在没有发芽之前,谁也不知道。

你的责任就是给它浇水,保护它不被鸟雀啄食,不因为干渴而失去生机,不会被人偷走,也不会在你饥肠辘辘的时刻被你炒熟了充饥。如果那样做了,你虽可一时果腹,却丧失了长久发展的原动力。

那颗种子可能藏在你的耳朵里,你就有灵敏的听觉。可能藏在你的手指甲里,你就有非凡的触觉。也可能在你的眸子里,也可能在你的肌肉中。当然了,更可能在你的大脑中、心脏里、双手中……

每个人在属于个人的成长经历中,早已获得了解决问题的丰富宝藏。请信任我们的潜意识,它必定能在正确的时机产生恰当的回应。告诉你一句悄悄话——有时候,信息也将以非语言的方式揭露真相。

找找吧,一定找得到!

身体里绝对有不少于一百种的功能,能保证你在浑然不觉中完成种种复杂的运作。但你不要以为功能们会一直老老实实地待在那里,它们是勤勤恳恳的,却不是任劳任怨的。如果你一直视它们的存在为理所当然,从来不照料它们,不维护和激励它们,或是过度使用,或置若罔闻,那么,它们不是反抗,就是消极怠工,也许集体突围,无声无息地溜走了,然而你误以为它们从来不曾居住在你的身体里。要知道,一辈子无意识地随波逐流,会导致你各种功能的退化。

成功并不像想象的那样难。因为我们不敢做,它才变得难起来。

你不能要求没有风暴的海洋

痛苦和磨难是人生不可分割的一部分。只有接受这一事实,我们才能超越它,更加看清生命的意义。

你说你不要这些苦难,那么生命也就失去了框架。很多自杀的人,就是因为没有理会这种意义,一厢情愿地认为生命是应该只有甘甜没有挫败的。特别是在恋爱早期,那种汹涌的荷尔蒙带来的欢愉,让人把激情当成了常态。生命的常态,其实就是平稳和深邃,还有暗流。在最深刻的层面,我们不单与别人是分离的,而且与世界也是分离的,兀自踯躅前行。

生命的每一步都带着人们向死亡之境跌落,不要存在幻想,这才让你比较持久稳定,安然地居住在孤独中,胸中如有千沟万壑、千军万马。只有接受这一事实,我们才能超越死亡,腾起在空中,看清生命的意义。

有一次,到沙漠中间的一个城市去,临行之前和当地的朋友联络。她不停地说,毕老师,你可要做好准备啊,我们这里经常是黄沙蔽日。不过,这几天天气很不错,只是不知道它能不能坚持到你到来的那一天。

我有点纳闷。虽然人们常常说,"您的到来带来了好天气",或者说,"天气也在欢迎您呢",谁都知道,这是典型的客套。个体的人是多么渺小啊,我们哪里能影响到天气!

不过这位朋友反复地提到天气,还是让我产生了好奇。我说,不管好天气还是坏天气,我们都不能挑选。天气是你们那里的一部分,就是黄沙蔽日,也是你们的特色啊。

说者无意,听者有心。后来,这位朋友对我说,她听了我的话,就放下心来。我很奇怪,因为自觉这番话里,并没有多少劝人安心的含义啊。她说,我们这里天气多变,经常有朋友一下飞机就抱怨,闹得主客都很尴尬。

我说,坏天气也是大自然的一部分,就像每个人的生命中都必定会下雨,某些日子势必黑暗又荒凉。就像你不可能总是吃细粮,那样你就会得大肠癌。你一定要吃粗纤维。坏天气、悲剧、死亡、生病,都是生命中的粗纤维,我们只有安然接纳。

你不可能要求一个没有风暴的海洋。那不是海,是泥潭。

没有一棵小草自惭形秽

被人邀请去看一棵树,一棵古老的树。大约有五千年的历史,已被唐朝的地震弯折了腰,半匍匐着,依然不倒,享受着人们尊敬的注视。

我混在人群中直着脖子虔诚地仰望着古树顶端稀疏的绿叶,一边想,人和树相比是多么渺小啊。人生出来,肯定是比一粒树种要大很多倍,但人没法长得如树般伟岸。在树小的时候,人是很容易就把树枝包括树干折断,甚至把树连根拔起,树就结束了生命。就算是小树长成了大树,归宿也是被人伐了去,修成各种各样实用的物件。长得好的树,花纹美丽木质出众,也像美女一样,红颜薄命,被人劫掠的可能性更大,于是很多珍贵的树种濒临灭绝。在这一点上,树是不如人的。美女可以人造,树却是不可以人造的。

树比人活得长久,只要假以天年,人是绝对活不过一棵树的。树并不以此傲人,爷爷种下的树,照样以累累果实报答那人的孙子或是其他人的后代。

通常情况下,树是绝对不伤人的。即便如前几天报上所载一些村民在树下避雨,遭了雷击致死,那元凶也不是树,而是闪电,树也是受害者。人却是绝对伤树的,地球上森林数量的锐减就是明证,人成了树的天敌。

　　树比人坚忍。在人不能居住的地方,树却裸身生长着,不需要炉火或是空调的保护。树会帮助人的,在饥馑的时候,人扒过树的皮以充饥,我们却从未听到过树会扒下人的什么零件的传闻。

　　很多书籍记载过这棵古树,若是在树群里评选名人的话,这棵古树是一定名列前茅了。很多诗人词人咏颂过这棵古树,如果树把那些词句都当作叶子一般披挂起来,一定不堪重负。唐朝的地震不曾把它压倒,这些赞美会让它扑在地上。

　　树的寿命是如此长久,居然看到过妲己那个朝代的事情。在我们死后很多年,这棵古树还会枝叶繁茂地生长着。一想到这一点,无边的嫉妒就转成深深的自卑。作为一个人活不了那么久远,伤感让我低下头来,于是我就看到了一棵小草,一棵长在古树之旁的小草。只有细长的两三片叶子,纤细得如同婴儿的睫毛。树叶缝隙的阳光打在草叶的几丝脉络上,再落到地上,阳光变得如绿纱一样飘浮了。

　　这样一株柔弱的小草,在这样一棵神圣的树底下,一定该俯首称臣毕恭毕敬了吧?我竭力想从小草身上找出低眉顺眼的谦卑,最后以失望告终。这棵不知名的小草,毫无疑问是非常渺小的。就寿命计算,假设一岁一枯荣,老树很可能见过小草五千辈以前的祖先。就体量计算,老树抵得过千百万小草集合而成的大军。就价值来说,人们千里万里路地赶了来,只为瞻仰老树,我敢肯定,没有一个人是为了探望小草。

　　既然我作为一个人,都在古树面前自惭形秽了,小草你怎能不顶礼膜拜?我这样想着,就蹲下来看着小草。在这样一棵历史久远、声名卓著的古树身边为邻,你岂不要羞愧死了?

　　小草昂然立着,我向它吐了一口气,它就被吹得蜷曲了身子,但我气息一尽,它就像弹簧般伸展了叶脉,快乐地抖动着。我再吹一口气,它还是在弯曲之后怡然挺立。我悲哀地发现,不停地吹下去,有我气绝倒地的一刻,小草却安然。

草是卑微的,但卑微并非指向羞惭。在庄严的大树身旁,一棵微不足道的小草都可以毫不自惭形秽地生活着,何况我们万物灵长的人类!

所有的动力都来自内心的沸腾

每只小狗都有一个目标

有一对夫妇有两个孩子,一个叫莎拉,一个叫克里斯蒂。当孩子还小的时候,父母决定为他们养一只小狗。小狗抱回来以后,他们想请一位朋友帮忙训练这只小狗。他们搂着小狗来到朋友家,安然坐下,在第一次训练前,女驯狗师问:"小狗的目标是什么?"夫妻俩面面相觑,很是意外,他们实在想不出狗还有什么另外的目标,嘟囔着说:"一只小狗的目标?那当然就是当一只狗了。"女驯狗师极为严肃地摇了摇头说:"每只小狗都得有一个目标。"

夫妇俩商量之后,为小狗确立了一个目标——白天和孩子们一道玩,夜里要能看家。后来,小狗被成功地训练成了孩子的好朋友和家中财产的守护神。

这对夫妇就是美国的前任副总统阿尔·戈尔和他的妻子迪帕。他们牢牢地记住了这句话——做一只狗要有目标。推而广之,做一个人也要有目标。

在现实生活中,却有太多太多的人,没有目标。其实寻找目标并不是一件太难的事,关键是你要知道天下有这样一件唯此唯大的事,然后尽早来做。正是你自己需要一个目标,而不是你的父母或是你的老师或是你的上级需要它。它的存在,和别人的关系都没有和你的关系那样密切。也就是说,它将是你最亲爱的伙伴,其血肉相连的程度,绝对超过了你和你的父母,你和你的妻子儿女,你和你的同伴及领导的关系。你可能丧失了所有的财产和所有的亲人,但只要你的目标还在,你就还有一个完整的系统存在,你就并不孤独和无望。

我们常常把别人的期待当成了自己的目标,在孩童的时候,这几乎是顺理成章的事情。但是,你会渐渐地长大,无论别人的期望是怎样的美好,它也不属于你。除非有一天,你成功地在自己的心底移植了这个期望,这个期望生根发芽,长成了你的目标。那时,尽管所有的枝叶都和原本的母本一脉相承,但其实它已面目全非,它的灵魂完完全全只属于你,它被你的血脉所濡养。

我们常常把世俗的流转当成自己的目标。这一阵子崇尚钱,你就把挣钱当成了自己的目标。殊不知钱只是手段而非目标,有了钱之后,事情远远没有结束。把钱当成目标,就是把叶子当成了根。目标是终极的代名词,它悬挂在人生的瀚海之中,你向它航行,却永远不会抵达。你的快乐就在这跋涉的过程中流淌,而并非把目标攫为己有。从这个意义上说,钱不具备终极目标的资格。过一阵子流行美丽,你就把制造美丽保存美丽当成了目标。殊不知美丽的标准有所不同,美丽是可以变化的,目标却是相当恒定的。美丽之后你还要做什么?美丽会褪色,目标却永远鲜艳。

有人把快乐和幸福当成了终极目标,这也值得推敲。快乐并不只是单纯的快感,类乎饮食和繁殖的本能。科学家们通过研究,发现最长远最持久的快乐,来自你的自我价值的体现。而毫无疑问,自我价值是从属于你的目标感,一个连目标都没有的人,何谈价值呢!

一棵树的目标也许是被雕成大厦的栋梁,也许是撑一把绿伞送人阴凉,也许是化作无数张白纸传递知识,也许是制成一次性筷子让人大快朵颐……还有数不清的可能性,我们不是树,我们不可能穷尽也不可能明白树的心思。我们是人,我们可以为自己确立一个目标,这是做人的本分之一。

绿手指

美国某小镇，有一位老奶奶，长着"绿手指"。千万别以为她是个妖怪或有什么特异，这是当地人对好园丁的称赞。

一天，老人在报上看到一条消息，园艺所重金悬赏纯白金盏花。老奶奶想，金盏花除了金色，就是棕色的，白色的，不可思议。不过，我为什么不试试呢？

她对八个儿女讲了，遭到一致反对。大家说，你根本不懂种子遗传学，专家都不能完成的事，你这么大年纪了，怎么可能完成呢？

老奶奶决心一个人干下去。她撒下金盏花的种子，静心侍弄。金盏花开了，全是橘黄色的。老奶奶在中间挑选了一朵颜色稍淡的花，任其自然枯萎，以取得最好的种子，第二年把它们栽种下去。然后，再从花朵中挑选颜色浅淡的种子，栽种……一年又一年，春种秋收循环往复，老奶奶从不沮丧怀疑，一直坚持。儿女远走了，丈夫去世了，生活中发生了很多事，老奶奶处理完这些事之后，依然满怀信心地栽种金盏花……

二十年过去了。有一天早晨，她来到花园，看到一朵金盏花开得奇特灿烂。它不是近乎白色，也不是很像白色，是如银如雪的纯白。

她把一百粒种子寄给了那家二十年前悬赏的机构。她甚至不知道这则启事是否还有效,在这漫长的岁月里,是否早就有人培育出了纯白金盏花。

等待的日子长达一年,因为人们要用那些种子验证。终于,园艺所长打电话给老奶奶说,我们看到了你的花,它是雪白的。因为年代久远,奖金不再兑现。您还有什么要求吗?

老奶奶对着听筒小声说,只想问一问,你们可还要黑色的金盏花?我能种出来……

黑色的金盏花至今没开放,因为老奶奶去世了,世人再没有了这种笨笨的坚持。

但愿你我还能长出新的绿手指。

阖闭星云之眼

青年时代,我曾经有一段时间是一个悲观主义者,这也许是和我在西藏高原的经历有关。高原太辽阔了,人力太渺小了。雪峰太久远了,人生太短暂了。有时真是生出无尽的悲哀,觉得奋斗有什么用呢?百年之后,不还是一抔黄土?一个人的力量太薄弱了,太平洋不会因为一杯沸水而升高温度,这杯水却永远地消失了。

后来,我知道这种看世界的角度,被哲学家称为"银河"或"星云之眼"。从这个位置来看,我们和目所能及的所有生物都是微不足道的,一切奋斗都显得荒凉和愚蠢,结局和发展都充满了不可言说的荒谬。一个人,和一只蚂蚁、一条蛆虫没有任何分别。从星云和银河的角度来看,人类轻渺如烟、无足挂齿。

这只眼振振有词,在逻辑上几乎是无懈可击的。你若真要遵循了这只眼的视角,会从根本上使生命枯萎凋落。

一些好高骛远的人,在遭受失败的时候,会拾起这只眼为自己开脱。因为所有的努力和不努力都混为一谈,他的失败也就顺理成章。一些胸无大志的人,在沉沦和荒靡的时刻,会躲在这只眼后面为自己找借口。因为一切都在虚无中,他的荒废光阴也就有了理论支点。一些游戏人生放弃光明的人,在黑暗中也眨巴着这只眼,似乎一切都是梦,清醒和昏迷并无分别……

你不要小看了这看似遥远而又神秘的星云之眼,如果你长期用这只眼注视世界,就会不由自主地灰心丧志。持久地沉浸其中,还有可能放弃生命。当我们从生活中抽离,成为袖手旁观者时,所有世俗的欢快和目标,就变得轻如鸿毛。

闭阖星云之眼吧,因为那不是你的位置,那是神的位置。摒弃那高处不胜寒的孤寂,回到充满生机又复杂多变的人间吧。僭越是危险的,我们今生为人,是一种福气。珍惜我们明察秋毫的双眼,可以仰视星空,却不要让自己轻飘飘地飞起来,到达星云的高度。那里,据说很冷,很黑,很荒凉。

那些让我们感到有内涵、有勇气、有坚持力的人,我坚信他们是有理想的。人很怪,只有理想这种东西,才能够提供源源不断的动力。

第二志愿

人们常常把所有的注意力,都集中在第一志愿上。这些年,随着考试严酷性的不断升级,关于填报志愿的说法也越来越霸道了——那就是,全力以赴关注你的第一志愿。某些大学的录取人员公开宣布,我们是不会录取第二志愿的学生的。因为你的热爱不够专一,录来也学不好的。

高考形势特殊,僧多粥少,对于学校的取舍,旁人不好议论是非。但我以为,如果把高考报志愿的经验推而广之,把第一志愿至上,扩展成人生选择的一大信条,就有商榷的必要了。

人生的选择绝少是唯一的。

听一位美国心理学家讲座,谈到男女青年挑选恋爱对象时,他说,如果你在读大学的时候,一眼扫去,本班级上的异性,有三分之一以上可以成为你的配偶候选人,那么……

讲到这里,说是悬念也好,说是征询民意也好,他成心留出一个长长的停顿,用苍蓝色的眼珠扫视全场。台下发出汹涌的低语声,均说,那他就是一个神经病!

异国的心理学家耸耸肩膀说:"喏!那他或她,就是一个心理健康的人。"

所有的动力都来自内心的沸腾

这观点有点好玩,也有点耸人听闻,是不是?当然,他指的寻找伴侣,是在大学校园内,智商和背景有大的相仿,并不能波及整个社会,说某个男人觉得与世上三分之一的女人都可成为眷属,才属正常。

但这一论点也可以说明,既然结为夫妻这样严重的问题,都不妨有一手或是几手打算,那么,在其他场合的选择,当有更大的弹性。

当孤注一掷地把自己的命运押在某个"唯一"头上的时候,我们实际上是处于自我封闭和焦灼无序的状态。内心流淌的是自卑和虚弱。以为只有这狭窄的途径,才是抵达目的地的独木桥,无法设想在另外的情形下,还有道路尚可通行。某些人的信念虽执着但脆弱,难以容忍自己的不成功。由于太惧怕失败的阴影了,拒绝想象除胜利以外,事态还同时存有一千种以上暗淡的可能。他们能够采取的自卫措施,就是放下眼帘。以为只要不去想,不良的结果就可能像鬼魅,只能在暗夜中游走,不会真的在太阳下现身。

于是每当选择的关头,我们可以看到那么多人鸵鸟似的奋不顾身、色厉内荏地跑跳着,到了没有退路的时候,就把小小的脑袋埋入沙荒。他们并不仅仅骗别人,首先的和更重要的,是用这种虚张的气势,为自己打气加力。他们拒不考虑第二志愿,觉着给自己留了退路,就是懦夫和逃兵。甚至以为那是一个不祥的兆头,好像夜啼的猫头鹰,早早赶走方平安。他们竭力不去前瞻那潜伏着的败笔和危险,好像不带粮草就杀入沙漠的孤军。即使为了应付局面多做准备,也是马马虎虎潦潦草草,虚与委蛇地写下第二、第三志愿……不走脑子,秋水无痕。不敢一针见血地问自己,假若第一志愿失守,能否依旧从容微笑?

可惜世上的事情,不如愿者十之八九。当冰冷的结局出现时,很多人就像遇到雪崩的攀援者,一落千丈。

此刻，你以前不经意间随手填写的第二志愿，就像保险绳一样，在你下坠的过程中，有力地拽住了你，还你一方风景。

惊魂未定的你，此时心中百感交集。被第一志愿抛弃的巨大失落，使百骸俱软，无暇顾及和珍视第二志愿的援手。你垂头丧气地望着崖下，第一志愿的游魂还在碎石中闪着虚光。有人恨不能纵身一跳，以七尺之躯殉了那未竟的理想。即便被亲人和世俗的利害劝得暂且委曲求全，那心中的苦郁悲凉，也经久不散。

第二志愿如同灰姑娘，龟缩在角落里，打扫尘埃，收拾残局，等待那不知何日才能莅临的金马车。

其实人的才能是多方面的，守节般地效忠第一志愿，愚蠢不说，更是浪费。候鸟是在不断的迁徙当中，寻找自己的最佳栖息地，并在长途艰苦的跋涉中，锻炼了羽翼。在屋檐下盘旋的鸟，除了麻雀，还能想出谁。

寻找第二志愿的过程，实质上是对自己的一次再发现。除了那最突出最显著的特点之外，我还有什么优长之处？第一志愿和第二志愿之间，可否像两位相得益彰的前锋，交互支援？我还有哪些潜藏着的特质，有待发掘和培养？平日疏忽的爱好，也许可在失落中渐渐显影？

第二志愿的考虑和填写，也许比第一志愿更取舍艰难。惟妙惟肖地预想失败，直面败后的残局和补救的措施，绝非乐事，但却必须。尝试着在出征前就布置退却和迂回的路线，并在这种惨淡经营的设计当中，规划自己再一次崛起的蓝图，是一种经验，更是勇气。

也许是因为害怕面对这种挫折的演习，有人敷衍了事般地拟下第二志愿，并不曾经历大脑深远的思考。他们以为这是勇往直前、背水一战的魄力，殊不知暴露的只是自己乏于坚忍和气血两虚。

不可搪塞第二志愿。它依旧是人生重要的选择，是你面对逆境的备份文件。它是进可以攻、退可以守的支撑点,它是无惧无悔的屏障,它是一个终结和起跑的双重底线。

或许有人以为,有了第二志愿、第三志愿……人就易颓败,不进取。这是一个谬论。亡命之徒不可取,它使人铤而走险,一旦失利,便是绝望与死寂。不妨想想杂技演员。有了保险绳的时候,他们的表演会无后顾之忧,更精妙绝伦。

在填写第一志愿的时候,把其后的每一个志愿也都认真地考虑,这是人生不屈不挠的法门之一。

第二辑　旌旗猎猎，浩然前行

变化的哀伤

变化无穷。从蛹到蝶，从蚕到蛾，从矿石到金属，从少年到成人。从一个地方到另一个地方，从一个行业到另一个行业。从目不识丁到学富五车，从一个人到两个人到三个人以至更多，从卑微到高尚到倾国倾城青史留名。从乡村到城市，从神州到世界……

变化是一个过程，其间充满危险。小时逮过知了的幼虫，就是民间俗称的"马猴"，黑褐板结的外壳，锋利的脚爪，佝偻着，苍老丑陋。傍晚，我把它扣在盆里，清晨打开，看到一只晶莹剔透的蝉，绉纱般的羽翼正由鹅绿飘向清咖啡色，一旁抛着它僵硬的袈裟。我很想看到蝉从壳中钻出的一刹那，第二日，克制着困倦，以一个少年最大的忍耐，在半夜三点的时候，猛地打开了陶盆。蝉正艰难地蜕变着，挣扎着，背脊开裂，折叠的翅膀如同尚未发好的豆芽，湿淋淋蜷曲着。我动了恻隐之心，用手指撕开蝉的外壳，帮忙它快些娩出……之后我心满意足地睡觉去了。早上当我以为能看到一名不知疲倦的流行歌手时，迎接我的是枯萎的尸体。

变化是一个过程。哪怕它曾是我们久久的渴望，都携带着深深的哀伤。因为我们旧有的熟悉的一部分，在变化中无可挽回地丢失了，遗下点点血迹，如同我们亲手截断了自己的一臂。我们只有用留下的那只温热的手,执着渐渐冷却的手,为它送行。一个稚嫩的我们不熟悉的新肩膀,正艰难地植入我们的躯体。伤口在出血,磨合很苦涩,但生机勃勃的变化就在这寂静和摩擦中不可扼制地绽放了。

我们在变化中成长。如果你拒绝了变化,你就拒绝了新的美丽和新的机遇。变化使我们成熟,但它首先使我们痛苦。人生中最重要的变化,一定伴随着大的焦灼和忧虑,甚至可以说,如果没有蚀骨销魂的痛,变化就不够清醒和完整。

痛苦是变化装扮的鬼脸——一个无所不在的先锋。

逃避苦难

万里迢迢,到了甘肃敦煌。鸣沙山像一个橙黄色的诱惑,半明半暗卧在傍晚的戈壁上。

人们像朝圣似的扒下鞋袜,一步一滑地向沙顶爬去。

"你是想后来居上吗?"友人从五层楼高的沙坡上向我招手。

我抱着双肘,半仰着脸对她说:"我不爬山。"

"那你怎么到达山那边如画的月牙泉?"

"雇一匹骆驼。"

"要是雇不到骆驼呢?"友人从六层楼高的沙丘上向我喊话。

"那就只好沿着山根转过去。"

"这可是鸣沙山啊!"友人已经到了七层楼高的沙峰。

"不管是什么山,只要给我选择的自由,我就不爬。"

"我憎恶爬山!"

我对友人喊,她已经到了十几层楼高的沙崖,没有回头。

她没有听到我的话,听到了也不会赞同。

经历是我们爱憎的最初的和永远的源泉。

我曾经穿行于世界上最高的峰峦与旷野,山给予我太多的苦难。那个时候我17岁,当现在的女孩娇嗔地把这个年龄称为"花季"的时候,我正在昆仑山上度着永远的冬季。

在最冷的日子里,我们要爬很多皑皑的雪山。我背着枪支、弹药、十字箱、雨布、干粮、大头鞋、皮大衣,还有背包,加起来六七十斤。

第一天行进的路程,只是爬一座山。那座山悬挂在遥远的天际,像一匹白马的标本。

还没有走到山脚下,我就一步也迈不动了。宿营地在山的那边,遥远得如同我已死去了的曾祖父母。我完全不知道自己将怎样走过这漫长的征途。

缺氧使我憋闷得直想撕裂胸膛,把自己的心像一穗玉米那样扒出,晾晒在高原冰冷的阳光中。

生命给予我的全部功能都成了感受痛苦的容器,我的眼珠被冰雪冻住了,雪花像六角形的芒刺牢固地粘在眼皮上,绝不融化,眼睛像两只雪刺猬。呼呼的风声将耳膜压得像弓弦一样紧张,根本听不到除此以外的任何声响。关节里所有的滑液都被冻住了,每走一步都感觉到冰碴的摩擦。手指全然失掉知觉,感到手腕以下是光秃秃的……

时至夜半,我仍未走出那座山。我慢慢地、慢慢地倒向昆仑山万古不化的寒冰。我不走了,一步也不想走了,走比死亡可怕得多。枕着冰雪,仰望高海拔处才能见到的宝蓝色天空。我愿意永不复生。

参谋长几乎是用枪逼迫我站起来重新走。

从此,我惧怕爬山,仅次于死亡。

惧怕爬山,实际上是惧怕苦难。山,这些地球表面疙里疙瘩的赘物,驱使我们抵抗地心强大的引力,以自身微薄的力量把自己举起来。当我们悬浮在距海平面很大的山峦上,以为自己很高大,其实我们不过是山的玩偶。

苦难是对人的肉体和心灵的酷刑。那些叫嚷热爱苦难的人,我总怀疑他们未曾经历过刻骨铭心的苦难。或者曾将苦难与苦难换取的荣誉置于跷跷板的两头,他们发现荣誉飘扬在半空,遮蔽了苦难,他们觉得值。

苦难是对人的信念最残酷的锤打。当你饥肠辘辘,当你衣不蔽体,当你的尊严践踏于泥泞之中,当你纯洁的期冀被苦难蚀得千疮百孔之时,你对整个人类光明的企盼极有可能在这"黑海洋"中颠覆。命运之舟破碎了,只剩几块残骸,即使逃脱困厄的风口,理想也受到致命的一击。再要抬起翅膀,需要积蓄永远的力量……

经受苦难而不萎靡、不沦落、不摇尾乞怜、不柔若无骨、不娼不盗、不偷不抢、不失魂落魄、不死去活来,是天才、是领袖、是超人,非平常人可比。

然而历史是平常人创造的。

幸亏人类害怕苦难,人类才得以不断进步、发展、繁荣。假如人类什么都不怕,什么都满足,那么至今还穴居山顶、茹毛饮血、火种刀耕。

最稚嫩最敏感的部位最怕疼,例如我们的手指尖。粗糙它、磨砺它,指肚便会结出厚厚的茧子,这是一种悲哀的退化。

手指结茧可以消退,心灵的蛹若被苦难之丝包绕,善与美的蛾儿便难以飞出,多数窒息于黑暗之中。

当然,当苦难像飓风一样无以回避地迎面扑来时,我也会勇敢地迎上去,任沙砾打得遍体鳞伤,任头发像一面黑色的旗帜高高飘扬……

为了逃避苦难,我一生奋斗不息。

苦难也像幸福一样,分有许多层次,好像一条漫长的台阶。苦难宫殿里的至尊之王,是心灵的痛楚。

没有血迹,没有伤痕,假如心灵被洞穿,那伤口永世新鲜。

我相信在人类的心灵国度里,通行"痛苦守恒定律"。无论怎样的位极人臣,无论怎样的花团锦绣,无论怎样的二八佳丽,无论怎样的鹤发童颜,都有潜藏的伤口,淌着透明的血。

逃避了食不果腹、衣不蔽体的小苦难,便滋生出建功立业、壮志未酬的大痛苦,待功成名就、踌躇满志之时,又生出孤独寂寞、高处不胜寒的凄凉……人类只要存在感觉,苦难便像影子永远伴随。成功地逃避一次又一次苦难,人类就在进化的阶梯上匍匐向前了。

西域古道上,驼铃叮当。我骑着骆驼,绕到月牙泉。

"没有爬上鸣沙山,你要后悔一辈子。"友人气喘吁吁滑下沙丘对我说。

我不后悔。世界上的山是爬不完的,能少爬一座就少爬一座吧。

像逃避瘟疫一般,我逃避苦难。

轰毁心中的魔床

魔鬼有张床。它守候在路边,把每一个过路的人,揪到它的魔床上。魔床的尺寸是现成的,路人的身体比魔床长,它就把那人的头或是脚锯下来。那人的个子矮小,魔鬼就把路人的脖子和肚子像拉面一样抻长……只有极少的人天生符合魔床的尺寸,不长不短地躺在魔床上,其余的人总要被魔鬼折磨,身心俱残。

一个女生向我诉说:我被甩了,心中苦痛万分。他是我的学长,曾每天都捧着我的脸说,你是天下最可爱的女孩。可说不爱就不爱了,做得那么绝,一去不回头。我是很理性的女孩,当他说我是天下最可爱的女孩的时候,我知道我姿色平平,担不起这份美誉,但我知道那是出自他真心。那些话像火,我的耳朵还在风中发烫,人却大变了。我久久追在他后面,不是要赖着他,只是希望他拿出响当当硬邦邦的说法,给我一个交代,也给他自己一个交代。

由于这个变故,我不再相信自己,也不相信他人。我怀疑我的智商,一定是自己的判断力出了问题。如此至亲至密,说翻脸就翻脸,让我还能信谁?

女生叫箫凉,箫凉说到这里,眼泪把围巾的颜色一片片变深。失恋的故事,我已听过成百上千,每一次,丝毫不敢等闲视之。我知道有殷红的血从她心中坠落。

我对箫凉说,这问题对你已不单单是失恋,而是最基本的信念被动摇了,所以你沮丧、孤独、自卑还有愤怒得莫名其妙……

箫凉说,对啊,他欠我太多的理由。

我说,人是追求理由的动物。其实,所有的理由都来自我们心底的魔床——那就是我们对一些问题的看法和观念。它潜移默化地时刻评价着我们的言行和世界万物。相符了,就皆大欢喜,以为正确合理。不相符,就郁郁寡欢,怨天尤人。

这种魔床,有一个最通俗最简单的名字,就叫作"应该"。有的人心里摆得少些,有三个五个"应该"。有的人心里摆得多些,几十个上百个也说不准,如果能透视到他的内心,也许拥挤得像个卖床垫的家具城。

魔床上都刻着怎样的字呢?

箫凉的魔床上就写着"人应该是可爱的"。我知道很多女生特别喜欢这个"应该"。热恋中的情人,更是三句话不离"可爱"。这张魔床导致的直接后果,就是我们以为自己的存在价值,决定于他人的评价。如果别人觉得我们是可爱的,我们就欢欣鼓舞;如果什么人不爱我们了,就天地变色,日月无光。很多失恋的青年,在这个问题上百思不得其解,苦苦搜索"给个理由先"。如果没有理由,你就不能不爱我。如果你说的理由不能说服我,那么就只有一个理由,就是我已不再可爱,一定是我有了什么过错……很多失恋的男女青年,不是被失恋本身,而是被他们自己心底的魔床锯得七零八落。残缺的自尊心在魔床之上火烧火燎,好像街头的羊肉串。

要说这张魔床的生产日期,实在是年代久远,也许生命有多少年,它就相伴了多少年。最初着手制造这张魔床的人,也许正是我们的父母。当我们还是婴儿的时候,那样弱小,只能全然依赖亲人的抚育。如果父母不喜欢我们，不照料我们，在我们小小的心里，无法思索这复杂的变化，最简单的方式，我们就以为是自己的过错。必是我们不够可爱，才惹来了嫌弃和疏远。特别是大人们的口头禅"你怎么这么不乖？如果你再这样，我就不喜欢你了……"凡此种种，都会在我们幼小的心底，留下深深的印记。那张可怕的魔床蓝图，就这样一笔笔地勾画出来了。

有人会说，啊，原来这"应该如何如何"的责任不在我，而在我的父母。其实，床是谁造的，这问题固然重要，但还不是最重要的。心理学家弗洛伊德说过，一个孩子，就是在最慈爱的父母那里长大，他的内心也会留有很多创伤（大意，原谅我一时没有找到原文，但意思绝对不错）。我们长大之后，要搜索自己的内心，看看它藏有多少张这样的魔床，然后亲手将它轰毁。

一位男青年说，我很用功，我的成绩很好。可是我不善辞令，人多的场合，一说话就脸红。我用了很大的力量克服，奋勇竞选学生会的部长，结果惨遭败北。前景黑暗，这可不是个好兆头，看来我一生都会是失败者。于是，他变得落落寡合，自贬自怜，头发很长了也不梳理，邋遢着独往独来的，好似一个旧时的落魄文人。大家觉得他很怪，更少有人搭理他了。

他内心的魔床就是：我应该是全能的。我不单要学习好，而且样样都要好。我每次都应该成功，否则就一蹶不振。挫折被放在这张魔床上翻身反复比量，自己把自己裁剪得七零八落。一次的失败就成了永远的颓势，局部的不完美就泛滥成了整体的否定。

一个不美丽的大学女生每天顾影自怜。上课不敢坐在阶梯教室的前排，心想老师一定只愿看到"养眼"的女孩。有个男生向她表示好感，她想我不美丽，他一定不是真心。如果我投入感情，肯定会被他欺骗，当作话柄流传。于是，她斩钉截铁地拒绝了他，以为这是决断和明智。找工作的时候,她的简历写得很好,每每被约见面试,但每一次都铩羽而归。她以为是自己的服饰不够新潮化妆不够到位,省吃俭用买了高级白领套装外带昂贵的化妆品,可惜还是屡遭淘汰……她耷拉着脸,嘴边已经出现了在饱经沧桑的失意女子脸上才可看到的像小括弧般的竖形皱纹。

如果允许我们走进她枯燥的内心,我想那里一定摆着一张逼仄的小床。床上写着:女孩应该倾国倾城。应该有白皙的皮肤,应该有挺秀的身躯,应该有玲珑的曲线,应该有精妙绝伦的五官……如果没有,她就注定得不到幸福,所有的努力都会白搭,就算碰巧有一个好的开头,也不会有好的结尾。如果有男生追求长相不漂亮的女孩,一定是个陷阱,背后必有狼子野心,切切不可上当……

很容易推算,当一个人内心有了这样的暗示,她的面容是愁苦和畏惧的,她的举止是局促和紧张的,她的声音是怯懦和微弱的,她的眼神是低垂和飘忽的……她在情感和事业上成功的概率极低,到了手的幸福不敢接纳,尚未到手的机遇不敢追求,她的整个形象都散射着这样的信息——我不美丽,所以,我不配有好运气!

讲完了黯淡的故事,擦拭了委屈的泪水,我希望她能找到那张魔床,用通红的火把将它焚毁。

谁说不美丽的女子就没有幸福?谁说不美丽的女子就没有事业?谁说命运是个好色的登徒子?谁说天下的男子都是以貌取人的低能儿?

心中的魔床有大有小,有的甚至金光闪闪,颇有迷惑人的能量。我见过一家证券公司的老总,真是事业有成、高大英俊,名牌大学洋文凭,还有志同道合的妻子,活泼聪颖的孩子……一句话,简直人所有的他都有,可他寝食无安,内心的忧郁焦虑非凡人所能想象,不知是什么灼烤着他的内心。

我总觉得这一切不长久。人无远虑,必有近忧。水至清则无鱼,谦受益满招损。我今天赚钱,日后可能赔钱。妻子可能背叛,孩子可能出车祸。我也许会突患暴病,世界可能会发生地震火灾飓风,即使风调雨顺,也必会有人祸,比如9·11……我无法安心,恐惧追赶着我的脚后跟,惶恐将我包围。他眉头紧皱着说。

我说,你极度地缺乏安全感。你总在未雨绸缪,你总在防微杜渐。你觉得周围潜伏着很多危险,它们如同空气看不着摸不到,但却无所不在无所不能。

他说,是啊。你说得不错。

我说,在你内心,可有一张魔床?

他说,什么魔床?我内心只有深不可测的恐惧。

我说,那张魔床上写着:人不应该有幸福,只应该有灾难。幸福是不真实的,只有灾难才是永恒。人不应该只生活在今天,明天和将来才是最重要的。

他连连说,正是这样。今天的一切都不足信,唯有对将来的忧患才是真实的。

我说,每个人都有过去现在和将来。对我们来讲,无论过去发生过什么,都已逝去。无论你对将来有多少设想,都还没有发生。我们活在当下。

由于幼年的遭遇,他是个缺乏安全感的人。惊惧射杀了他对于幸福的感知和欣赏。只有销毁了那魔床,他才能晒到金色的夕阳;听到妻儿的欢歌笑语,才能从容镇定地面对风云。即使风雨真的袭来,也依然轻裘缓带玉树临风。

说穿了,魔床并不可怕,当它不由分说就宰割着你的意志和行为之时,面对残缺,我们只有悲楚绝望。但当我们撕去了魔床上的铭文,打碎了那些陈腐的"应该",魔力就在一瞬间倒塌。随着魔床轰塌,代之以我们清新明朗的心态。

　　魔由心生。时时检点自己的心灵宝库,可以储藏勇气,可以储藏智慧,可以储藏经验和教训,可以储藏期望和安慰,只是不要储藏"应该"。

握紧你的右手

常常见女孩郑重地平伸着自己的双手,仿佛托举着一条透明的哈达。看手相的人便说:男左女右。女孩把左手背在身后,把右手手掌对准湛蓝的天。

常常想世上可真有命运这种东西?它是物质还是精神?难道说我们的一生都早早地被一种符咒规定,谁都无力更改?我们的手难道真是激光唱盘,所有的祸福都像音符微缩其中?

当我沮丧的时候,当我彷徨的时候,当我孤独寂寞悲凉的时候,我曾格外地相信命运,相信命运的不公平。

当我快乐的时候,当我幸福的时候,当我成功优越欣喜的时候,我格外地相信自己,相信只有耕耘才有收成。

渐渐地,我终于发现命运是我怯懦时的盾牌,当我叫嚷命运不公最响的时候,正是我预备逃遁的前奏。命运像一只筐,我把对自己的姑息、原谅以及所有的延宕都一股脑儿地塞进去。然后蒙一块宿命的轻纱。我背着它慢慢地向前走,心中有一份心安理得的坦然。

有时候也诧异自己的手。手心叶脉般的纹路还是那样琐细,但这只手做过的事情,却已有了几番变迁。

所有的动力都来自内心的沸腾

在喜马拉雅山、冈底斯山、喀喇昆仑山三山交汇的高原上我当过卫生员,在机器轰鸣铜水飞溅的重工业厂区里我做过主治医师。今天,当我用我的笔杆写我对这个世界的想法时,我觉得是用我的手把我的心制成薄薄的切片,置于真和善的天平之上……

高原呼啸的风雪,卷走了我一生中最好的年华,并以浓重的阴影,倾泻于行程中的每一处驿站。

岁月送给我苦难,也随赠我清醒与冷静。我如今对命运的看法,恰恰与少年时相反。

当我快乐当我幸福当我成功当我优越当我欣喜的时候,当一切美好辉煌的时刻,我要提醒我自己——这是命运的光环笼罩了我。在这个环里,居住着机遇,居住着偶然性,居住着所有帮助过我的人。

而当我挫折和悲哀的时候,我便镇静地走出那个怨天尤人的我,像孙悟空的分身术一样,跳起来,站在云头上,注视着那个不幸的人,于是我清楚地看到了她的软弱,她的懦怯,她的虚荣以及她的愚昧……

年近不惑,我对命运已心平气和。

小时候是个女孩儿,大起来成为女人,总觉得做个女人要比男人难,大约以后成了老婆婆,也要比老爷爷累。

生活中就像没有无缘无故的爱一样,也没有无缘无故的幸运。对于女人,无端的幸运往往更像一场阴谋一个陷阱的开始。我不相信命运,我只相信我的手。

因为它不属于冥冥之中任何未知的力量,而只属于我的心。我可以支配它,去干我想干的任何一件事情。我不相信手掌的纹路,但我相信手掌加上手指的力量。

蓝天下的女孩儿,在你纤细的右手里,有一粒金苹果的种子。所有的人都看不见它,唯有你清楚地知道它将你的手心炙得发疼。

那是你的梦想,你的期望!

女孩,握紧你的右手,千万别让它飞走!相信自己的手,相信它会在你的手里,长成一棵会唱歌的金苹果树。

卑微也是我们的朋友

如果你自卑,不要把这视为奇耻大辱。人人都自卑,只是我们战胜自卑的方法不一样。承认自卑是正常的,这就是胜利的第一步。

我常常收到很多人发来的信件,述说自己因为种种理由而自卑,比如个子矮小,家庭贫困,单亲,受教育的程度太低,不知道某个常识而被人耻笑,开运动会买不起新的运动鞋,嗓子太粗,不能像夜莺般美妙,头太大了,说话带有明显的乡下口音,等等。

如果说这些在一般人的印象中是弱项,从而成为了自卑的理由,那么,我们比较容易理解,我还听到过有人因为自己太美丽而自卑。那姑娘讲,她付出努力所取得的一切成就,都被人归结为美貌带来的幸运,甚至还有人话里话外地敲打她是不是运用了某种潜规则。

这个清俊的女生满怀幽怨地说,我为我的相貌而深深自卑。我很想去整容,把自己整得丑陋一些,这样就可以抬起头来做人,人们就会认识到我是一个有内在价值的人。不骗你,我真的到整形医院去了,可整形师说从来没有接收过这样的病例,他想不出如何操作……

对于人人都自卑这件事,我是百分百相信。你若是不信,可以抽空看看名人的传记。几乎没有一个名人不谈到自己是自卑的。而且按照咱们上面列举的自卑理由,他们也都是"师出有名"的。

"我不如别人。我自卑,所以,我不停地努力。当年从郑州到国家队的时候,没有一个人肯定我,他们全说一米五的我打球不会打得如何。为了证明给他们看,我快发了疯,每天都比别人刻苦,我知道我的个子不如别人,别人允许有失败的机会,我没有。我只能赢,所以我打球凶狠,那是逼出来的。后来我成功了,别人又说我没有大脑,只会打球。于是我发疯地学习,英语从不认识字母到熟练地和外国人对话。我不比别人聪明,我还自卑,但一旦设定了目标,就决不轻言放弃。什么都不用解释,用胜利说明一切!"

这段话是谁说的啊?恐怕你看完了就会知道,这是获得过十八个世界冠军、得过四枚奥运金牌的邓亚萍。

也许你要说,这么伟大的人,我们就不好比了。那容我再来录上一段普通人的自卑史。

"我曾经是个非常自卑的人,即使是现在,自卑还常常在,我觉得自己很多地方不如人。我不如 A 聪明,不如 B 睿智,不如 C 有才,不如 D 美貌如花……我只是一个普通女子,不善言,不会搞各种关系,我只会写字,通过写字证明我自己。感谢我的自卑,它让我越挫越勇,让我觉得永远不如别人,让我不敢停步,让我在人生的路上一路坚强。"

这位女子的文章常常见诸报端,你打开《读者》《青年文摘》等刊物,经常会看到她的文章。

我手边看到的资料说到,刚刚因为出演了《色·戒》而再次获奖的梁朝伟就说自己一直是个非常自卑的人。名人尚且如此,遑论我等俗众!

哦,不要把自卑看得那么可怕,这是人人都享有的一个特点。其实这话说得有语病,既然是人人都有,就不能说是特点了,只能说是

所有的动力都来自内心的沸腾

常数。对于一个规律性的东西,实在没有害怕的必要,从容对待就是了。因为渺小的人类对于浩瀚的宇宙来说是自卑的,羸弱的婴孩对于伟壮的成人来说是自卑的,短暂的生命对于无涯的时空来说是自卑的。我们的种种欠缺和无奈,对于光明的期望和理想来说是自卑的。

说了这么多自卑的合理性,并非要大家对自卑安之若素。其实,你接纳了自卑,你把自卑当成一个朋友,它就会以你意料不到的方式来帮助你。

为了战胜自卑,我们就会更加努力。因为自卑的持续存在,我们或许会比较少骄横。因为自卑,我们记得渺小和尊崇,这未尝不是因祸得福呢!

阿尔弗雷德·阿德勒认为,从人一出生,自卑感就伴随左右,之后需要用一生的时间去提高自己的技能、优越感和对别人的重要性。

这样看来,卑微也是我们的朋友,卑微里也有不容小觑的力量。

孤独是一种兽性

孤独这两个字,从它的偏旁与字形,一眼望去就让人想起动物世界。看来我们聪明的祖先造字的时候,就已洞察它的真髓。

很低等的动物,多半是合群的。比如海洋里庞大的虾群,丛林中的白蚁,都是数目庞大的聚合体。随着物种渐渐进化,孤独才悄然而至。清高的老虎、高傲的鹰隼、狡猾的狐狸、威猛的狮子,你见过成群结伙浩浩荡荡组织起来的吗?

等进化到了人,事情才又复杂了。人类为了各种利益,重新集结在一起。比如上千万人的城市,至今还在膨胀之中,从事某一行业的人摩肩接踵地挤在一起,房屋盖得像毒蘑菇一般紧密,公共汽车拥挤成血肉长城……

在这种情况下,人回忆孤独、渴望孤独而不得,便沉浸于寻找与回味的痛苦。

孤独是一种源于兽的洁癖和勇敢。高雅的人在说到孤独时,以为那是人类的特殊情感,其实不过是返祖之一斑。

孤独是某个生命个体独立地面对大自然的交流。自然是永恒而沉默的,只有深入它的怀抱,在万籁寂静之时,你才能感觉到它轻如发丝的震颤。

寻共鸣易，寻孤独难。因为共同的利害，无数人紧紧拴在一起，利至则同喜，利失则同悲。比如股票市场，哪里有孤独插翅的缝隙？

高官厚禄、纸醉金迷、霓裳羽衣、巧笑倩兮……都需要有人崇拜，有人喝彩，有人钟情……假若孤独着，一切岂不似沙上建塔？

这些人也经常谈论孤独。但他们说出"孤独"这个字眼的时候，表达的不过是一种利益不够辉煌的愤懑，和洁净凉爽无欲无求的孤独感大不相干。

人是软弱的动物，因为恐惧才拥挤一处，以为借此可以抵挡从天而降的风雷。即使无法抵御，因为目睹同类也遭此厄运，私心里也可生出最后的快慰。

孤独是属于兽的一种珍贵属性，表达一种独往独来的自信与勇猛，在人满为患的地球上，它已经越来越稀少了。

也许有一天，人性终于消灭了兽性，孤独就像最后一只恐龙，也会销声匿迹。

蚕是被自己的丝裹住的

蚕是被自己的丝裹住的,这是一个真理。每一个养过蚕的人和没有养过蚕的人,都知道这件事。蚕丝是一寸一寸吐出来的,在吐的时候,蚕昂着头,很快乐专注的样子。蚕并没有意识到,正是自己的努力劳动,才将自己的身体束缚得紧紧。直到被人一股脑儿丢进开水锅里,煮死,然后那些美丽的丝,成了没有生命的嫁衣。

这是蚕的悲剧。当我们说到悲剧的时候,不由自主地持了一种观望的态度。也许,是"剧"这个词,将我们引入歧途。以为他人是演员,而我们只是包厢里遥远的安全的看客。其实,作茧自缚的情况,绝不如想象的那样罕见,它们广泛地存在于我们周围,空气中到处都飘荡着纷飞的乱丝。

钱的丝飞舞着。很多人在选择以钱为生命指标的时候,看到的是钱所带来的便利和荣耀的光环。钱是单纯的,但攫取钱的手段却不是那样单纯。把一样物作为自己奋斗的目标,它的危险,不在于这件物品的本身,而在于你是怎样获取它并消费它。或许可以说,收入钱的能力还比较地容易掌握,支出它的能力则和人的综合素质有极大的关系。在这个意义上讲,有些人是不配享有大量的金钱的。如同一个头脑不健全的人,如果碰巧有了很大的蛮力,那么,无论是对于他本人还是对于他人,都不是一件幸事。在一个社会财富和个人财富飞速增长的时代,钱是温柔绚丽的,钱也是飘浮迷茫的,钱的乱丝令没有能力驾驭它的人窒息,直至被它绞杀。

爱的丝也如四月的柳絮一般飞舞着,迷乱着我们的眼,雪一般覆盖着视线。这句话严格说起来,是有语病的。真正的爱,不是诱惑,是温暖。只会使我们更勇敢和智慧,但的确有很多人被爱包围着,时有狂躁。那就是爱的没有节制了。没有节制的爱,如同没有节制的水和火一样,甚至包括氧气,同是灾难性的。

水火无情,大家都是知道的。但是谈到氧气,那是一种多么好的东西啊。围棋高手下棋的时候,吸氧之后,妙招迭出,让人疑心气袋之中是否藏有古今棋谱?记得我学习医科的时候,教授讲过这样一个故事。一名新护士值班,看到衰竭的病人呼吸十分困难,用目光无声地哀求她——请把氧气瓶的流量开得大些。出于对病人的悲悯,加上新护士特有的胆大,当然,还有时值夜半,医生已然休息。几种情形叠加在一起,于是她想,对病人有好处的事,想来医生也该同意的,就在不曾请示医生的情况下,私自把氧气流量表拧大。气体通过湿化瓶,汩汩地流出,病人顿感舒服,眼中满是感激的神色,护士就放心地离开了。那夜,不巧来了其他的重病人。当护士忙完之后,拎着一头的汗水再一次巡视病房的时候,发现那位衰竭的病人,已然死亡。究其原因,关键的杀手竟是——氧气中毒。高浓度的氧气抑制了病人的呼吸中枢,让他在安然的享受中丧失了自主呼吸的能力,悄无声息地逝去了……

很可怕,是不是?丧失节制,就是如此恐怖的魔杖。它令优美变成狰狞,使怜爱演为杀机。

谈到爱的缠裹带给我们的灾难,更是俯拾即是。放眼观察,会发现很多。多少人为爱所累,沉迷其中,深受其苦。在所有的蚕丝里面,我以为爱的丝,可能是最无形而又最柔韧的一种。**挣脱它**,也需要最高的能力和技巧。这当中的奥秘,须每一个人细细揣摩练习。

还有工作的丝,友情的丝,陋习的丝,嗜好的丝……或松或紧地包绕着我们,令我们在习惯的窠臼当中难以自拔。

逢到这种时候,我们常常表现得很无奈很无助,甚至还有一点点敝帚自珍的狡辩。常常可以听到有人说,我也知道自己的毛病,也不是不想改,可就是改不掉。我就是这样一个人了……当他说完这些话的时候,就好像对自己和对众人都有了一个交代,然后脸上就显出安坦无辜的样子,仿佛合上了牛皮纸封面的卷宗。

每当这种时候,我在悲哀的同时,也升起怒火。你明知你的茧,是你自己吐的丝凝成的,你挣扎在茧中,你想突围而出。你遇到了困难,这是一种必然。但你却为自己找了种种的借口,你向你的丝退却了。你一面吃力地咬断包围你的丝,一面更汹涌地吐出你的丝,你是一个作茧自缚的高手,你比推石头的西西弗斯还惨。他的石头只是滚下又滚下,起码并没有变得更大更沉重。你的丝却在这种突围和分泌的交替中,汲取了你的气力,蚕食了你的信心,它令你变得越来越不喜爱自己,退缩着,在茧中藏得更深更严密更闭锁更干瘪了。

我们每个人都有一些茧。这些茧背负在我们的身上,吸取着我们的热量,让我们寒冷,令前进的速度受限。撕碎这茧,没有外力和机械可供支援,只有靠自己的心和爪。

茧破裂的时候,是痛苦的。茧是我们亲手营造的小世界。茧的空间虽是狭窄的,也是相对安全的。甚至一些不良的嗜好,当我们沉浸其中的时候,感受到的也是习惯成自然的熟络。打破了茧的蚕,被鲜冷的空气,闪亮的阳光,新锐的声音,陌生的场景……刺激着,扰动着,紧张的挑战接踵而来。这种时刻的不安,极易诱发退缩。但它是正常和难以避免的,是有益和富于建设性的。你会在这种变化当中,感受到生命充满爆发的张力,你知道你活着痛着并且成长着。

有很多人终身困顿在他们自己的茧里。这是他们自己的选择,当生命结束的时候,他们也许会恍然发觉,世界只是一个茧,而自己未曾真正地生活过。

我在寻找那片野花

一位女友,告我这样一件事。

上小学的时候,班上有个女同学,叫作荞,家境贫寒,是每学期都免交学杂费的。她衣着破烂,夏天总穿短裤,是捡哥哥剩下的。我和她同期加入少先队。那时候,入队仪式很庄重。新发展的同学面向台下观众,先站成一排,当然脖子上光秃秃的,此刻还未被吸收入组织嘛。然后一排老队员走上来,和非队员一对一地站好。这时响起令人心跳的进行曲,校长或请来的英模——总之是德高望重的长辈,口中念念有词,说着"红领巾是红旗的一角,是用烈士的鲜血染成的"等教诲,把一条条新的红领巾发到老队员手中,再由老队员把这一鲜艳的标志物绕到新队员的脖子上,亲手绾好结,然后互敬队礼,宣告大家都是队友了,隆重的仪式才算完成。

新队员的红领巾,是提前交了钱买下的。荞说她没有钱。辅导员说:"那怎么办呢?"荞说,哥哥已超龄退队,她可用哥哥的旧领巾。于是,那天授巾的仪式,就有一点特别。当辅导员用托盘把新领巾呈到领导手中的时候,低低说了一句。同学们虽听不清是什么,但也能猜出来——那是提醒领导,轮到荞的时候,记得把托盘里的那条旧领巾分给她。

满盘的新领巾好似一塘金红的鲤鱼,支棱着翅角。旧领巾软绵绵地卧着,仿佛混入的灰鲫,落寞孤独。那天来的领导,可能老了,不曾听清这句格外的交代,也许根本没想到还有这等复杂的事。总之,他一一发放领巾,走到荞的面前,随手把一条新领巾分给了她。我看到荞好像被人砸了一下头顶,身体矮了下去。灿如火苗的红领巾环着她的脖子,也无法映暖她苍白的脸庞。

那个交了新红领巾的钱,却分到一条旧红领巾的女孩,委屈至极。当场不好发作,刚一散会,就怒气冲冲地跑到荞跟前,一把扯住荞的红领巾说:"这是我的!你还给我!"

领巾是一个活结,被女孩拽住一股猛拉就系死了,好似一条绞索,把荞勒得眼珠凸起,喘不过气来。

大伙扑上去拉开她俩。荞满眼都是泪花,窒得直咳嗽。

那个抢领巾的女孩自知理亏,嘟囔着:"本来就是我的嘛!谁要你的破红领巾!"说着,女孩把荞哥哥的旧领巾一把扯下,丢到荞的身上,补了一句:"我们的红领巾都是烈士用鲜血染的,你的这条红色这么淡,是用刷牙出的血染的。"

经她这么一说,我们更觉得荞的那条旧得凄凉。风雨洗过,阳光晒过,褪了颜色,布丝已褪为浅粉;铺在脖子后方的三角顶端部分,几乎成了白色;耷拉在胸前的两个角,因为摩挲和洗涤,絮毛纷披,好似炸开的锅刷头。

我们都为荞鸣不平,觉得那女孩太霸道了。荞却一声未吭,把新领巾折得齐整整,还了它的主人;又把旧领巾两端系好,默默地走了。

后来我问荞:"她那样对你,你就不伤心吗?"荞说:"谁都想要新领巾啊,我能想通。只是她说我的红领巾是用刷牙刷出的血染的,我不服。我的红领巾原来也是鲜红的,哥哥从九岁戴到十五岁,时间很久了。真正的血,也会褪色的。我试过了。"

我吓了一跳。心想:她该不是自己挤出一点血,涂在布上,做过什么试验吧?我没敢问,怕得到一个肯定的答复。

毕业的时候,荞的成绩很好,可以上重点中学,但因为家境艰难,只考了一所技工学校,以期早早分担父母的窘困。

在现今的社会里,如果没有意外的变故,接受良好的教育,是从较低阶层进入较高阶层的——不说是唯一,也是最基本的孔道。荞在很小的时候,就放弃了这种可能。她也不是具有国色天香的女孩,没有王子骑了白马来会她。所以,荞以后的路,就一直在贫困的底层挣扎。

我们这些同学,已接近了知天命的岁月。在经历了种种的人生,尘埃落定之后,屡屡举行聚会,忆旧兼互通联络。荞很少参加,只说是忙。于是,那个当年扯她领巾的女子说:"荞可能是混得不如人,不好意思见老同学了。"

荞是一家印刷厂的女工。早几年,厂子还开工时,她送过我一本交通地图。说是厂里总是印账簿一类的东西,一般人用不上的。碰上一回印地图,她赶紧给我留了一册,想我有时外出或许会用得着。

说真的,正因为常常外出,各式地图我很齐备。但我还是非常高兴地收下了她的馈赠。我知道,这是她能拿得出的最好的礼物了。

一次聚会,荞终于来了。她所在的工厂宣布破产,她成了下岗女工。她的丈夫出了车祸,抢救后性命虽无碍,但伤了腿,从此吃不得重力。儿子得了肝炎休学,需要静养和高蛋白。她在几个地方连做小时工,十分奔波辛苦。这次刚好到这边打工,于是抽空和老同学见见面。

我们都不知说什么好,只是紧握着她的手。她的掌上有很多毛刺,好像一把尼龙丝板刷。

半小时后,荞要走了。同学们推我送送她。我打了一辆车,送她去干活的地方。本想在车上多问问她的近况,又怕伤了她的尊严,正斟酌为难时,她突然叫起来:"你看!你快看!"

窗外是城乡接合部的建筑工地,尘土纷扬,杂草丛生,毫无风景。我不解地问:"你要我看什么呢?"

荞很开心地说:"我要你看路边的那一片野花啊。每天我从这里过的时候,都要寻找它们。我知道它们哪天张开叶子,哪天抽出花茎,哪天早晨突然就开了……我每天都向它们问好呢!"

我一眼看去,野花已风驰电掣地闪走了,不知是橙是蓝。看到的只是荞的脸,憔悴之中有了花一样的神采。于是,我那颗久久悬起的心,稳稳地落下了。我不再问她任何具体的事情,彼此已是相知。人的一生,谁知有多少艰涩在等着我们?但荞经历了重重风雨之后,还在寻找一片不知名的野花,问候着它们。我知道在她心中,还储备着丰足的力量和充沛的爱,足以抵抗征程的霜雪和苦难。

此后,我外出的时候,总带着荞送我的地图册。

朋友这样结束了她的故事。

苦难之后

谈谈关于苦难的问题,你们可有兴趣?有人一定会捂着耳朵说,不听不听……说句心里话,我也怕谈这个难题。对我这也是一个大考验。咱们好像共同面对着一碗苦苦的药汤,要一口口慢慢地喝下去,有时还得咂着嘴回味一番,更是苦上加苦。可是中国有句古话,叫作"良药苦口利于病",对于某些重要的命题,回避不是一个好法子。所以,咱们就一块皱着眉咬着牙,坚持讨论下去吧。

我之所以不称你们为"老朋友",不是因为咱们相识的时间还短,是因为你们的年龄比较小。我原来总以为研究"苦难"这个大题目,要放在人比较成熟的时候——起码要到男孩下巴上长出软软胡须,女孩身姿婀娜之后。可是,生活根本就不理会我们的安排,它我行我素,肆无忌惮。可以顷刻之间,就把严酷的灾难,比如山崩地裂,比如天灾人祸,比如父母离异,比如病魔降身……降临到无数人头上,毫不对儿童和少年存体恤之情。

这就证明了一个铁一般冷酷的事实——苦难的降临是不以人的善良意志为转移的。它就像空气一样,围绕着成人,也围绕着未成年人。对于注定要发生的风浪,单纯地依靠一厢情愿的堤坝,是无法躲避灾难的。更重要更有效的策略,是我们具备直面它的勇气,然后从

所有的动力都来自内心的沸腾

容冷静坚定顽强地走过苦难，重建生活。

有一句说得很滥的话——"不要总是生活在童话中"。这话是什么意思呢？大概是说——童话虽然很美好，但现实生活中远不是那个样子。面对真实的生活的时候，我们要忘掉童话的气氛。

我不同意这种说法。其实在那些最优秀的童话里，是充满了苦难和对于苦难的抗争的。比如说"灰姑娘"吧。她小小的年纪，就失去了母亲，父亲也并不关爱她（在那个经典的故事中，没有对灰姑娘爸爸的具体描写，我估计不是作者的疏忽，而是灰姑娘的老爸乏善可陈。从他找的第二任夫人的品行可看出，这老先生对人的洞察能力不佳），在继母的冷漠和姐姐们的白眼下生活，没法读书，做着力所不及的杂役……嗨！简直就是未成年人被家庭虐待的典型。

比如"卖火柴的小女孩"，更是悲惨已极。没有吃的，没有喝的，在节日的夜晚，还要光着脚在风雪中售卖火柴，以至于饥寒交迫冻饿而死……真是惨绝人寰的景象。依我在西藏雪域生活多年的经验，作家笔下所描绘的小女孩临死前所看到的温暖光明的家庭图画，其实很有科学根据。濒临冻僵的人，神经麻痹之后会出现神秘的幻觉——平日的理想都虚无缥缈地浮现出来了。包括小女孩脸上的笑容，也有医学基础。严寒会使人的肌肉强烈痉挛，我当过多年的医生，所见过的被冻死的人，表情都好似在微笑……

再说白雪公主。亲妈早早仙逝，后母不容，因为嫉妒她的美丽，竟然雇了杀手要取她首级。好不容易死里逃生，被好心小矮人收留。为了报答恩人，她从高贵的公主摇身一变，成了打扫家务烹炸菜肴的小时工，这个落差不可谓不大。就这样，她的厄运还远未终结，后母死死追杀，最后被毒苹果险些夺去红颜……

怎么样？以上所谈童话中的阴谋与死亡、贫困与灾难……其力度和惨烈，就是今人，也要为之垂泪吧？

我还可以举出许多。比如小人鱼变鳍为脚的痛楚,小红帽面对狼外婆的恐惧,孙悟空戴上紧箍咒的折磨和唐僧九九八十一难的艰辛……怎么样,我说得不错吧?童话并不遮盖苦难,它们比今天那些搞笑的故事,更多悲凉和灾难的警策。

也许是因为童话多半有一个光明的结尾,好人得到神灵相助,就使人们忽略了那些惨淡的忧郁,以为童话总是祥云笼罩,这实在是一个大误会。

小朋友和中朋友们,说句真心话,依我这些年跋山涉水走南闯北的经验,苦难就像感冒,几乎是不可避免的。如果谁告诉你们世界永远是阳光灿烂,请记住——他是一个骗子。

灾难埋伏在我们前进的拐弯处,不知何时会突袭我们。怕,是没什么用的。我们不能取消灾难,各位能够做到的就是面对灾难不屈服。

灾难会带给我们巨大的痛苦。亲人丧失、房屋倒塌、财产毁坏、学业中断、断臂失明、瘫痪失语、孤苦无依、诬陷迫害……这些词令人窒息,我都不忍心写下去了。但我深深知道,以上绝境还远远不是灾难的全部,在人生过程中,还有大大小小许许多多匪夷所思的艰涩会不期而遇。

既然灾难不可避免,灾难之后,我们怎么办?我想答案一定是形形色色的。不过万变不离其宗,大致可以分成两大类。

一条路是——我们可以终日啼哭,用泪水使太平洋的海拔高度上升。我们可以一蹶不振徘徊在墓地,时时沉湎在对亲人的怀念和追悼中。我们可以怨天尤人,愤问苍穹的不公和大自然的残忍。我们可以从此心地晦暗,再也不会欢笑和宽容……

沿着这条路一直走下去,那结局是末日的黑色和冰冷。

还有一条路是——我们拭干眼泪,重新唤起生的勇气。掩埋了亲人之后，我们努力振奋精神，以告慰天上的目光。我们更珍惜生命的价值和意义，争取用自己的存在让这颗星球更美。我们对他人更多温情和宽厚，因为我们从患难中理解了友谊和支援……

沿着这条路走下去，那结局是火焰般的橘黄色，明媚温暖。

小朋友和中朋友们，这两条路可是南辕北辙的啊。灾难之后，何去何从，千万三思而后行！

灾难是一把双刃剑，可以把一个人从精神上杀死，也可以把他锻造得更加坚强。所以，选择非常重要。

如果说，何时遭遇灾难，是不受我们控制的，但灾难之后如何走过灾难，却是我们一定能掌握的。在灾难的废墟上，愿生命之树依然常青。

回头是土

早年读鲁迅关于写作技巧的传授，有一条叫作——一直写下去，不要回头。

那时年轻，很有些不解。为什么不能回头呢？看看自己的脚印，歪斜了就校正，如果笔直，便一直走下去，有什么不好呢？

存疑。很多年。有一天，忽然就懂了。原来，鲁迅在传授和不自信作斗争的经验。面向前方，坚定地走下去，任它成功或是失败，不再计较，只是一味地挺进。

这句话说起来容易，做起来，难。头在你的颈子上，稍有犹疑，椎骨就会螺旋般地转回，眸子就看到了你熟悉的一切。它们拧成一道拽你后退的绳索，牵着你，退缩。

身后，是熟悉的一切，尽管它有令人不悦不满以致腐朽发臭的地方，但我们曾长久地浸泡其中，习惯成自然了。即使是令人痛苦的体验，我们也已经承受并忍耐，熬过了。向前，一切是陌生和昏暗暧昧的，在它若隐若显的浑浊中，藏着莫名的危险和恐惧。这种未知带来的不安和焦虑，在强度和广度上，甚于我们已然经受的痛楚。

于是，回头就不是单纯的一个脖子的动作，而是心灵的扭曲和战栗。

写作也如此。新生的念头是如此脆弱和飘忽,它可以很锐利,但是不沉厚。它可以很空灵,但是不扎实。它可以很幽默,但是不持久。它可以很美妙,但是不坚固……总之,任何一个新生儿有的优点它都具备,但是它也义无反顾地具有一切婴儿所有的弊病。它是朝气蓬勃和易折易断的。否定的锄头,不必太强烈,轻轻一点,都会使它在焦土中窒息。

鲁迅好心肠。我猜他早年也是不断回头的,后来吃了苦头,才有这般肺腑之言。到了晚年,敢回头了。回多少次头,也无法击毁他决战的信念。但他已不屑回头,不回头成了习惯。他的矍铄和坚韧,很多概来源于此吧?鲁迅体恤后人,教个诀窍给我们。他不讲这是为什么,只是说,你们若信,就这样做吧。你当真听了他的话,试上几次,定体会到奥妙和乐趣。

练练看,不回头。你就发现,行进的速度快了许多,心情好了不少。回头是土,向前是金。

第三辑　心香如兰,幸福自来

恰到好处的幸福

我学医生涯的开端颇为惊悚。根本就不懂任何医学知识的新兵到了西藏边防部队,卫生科长对我们说,给你们每人分一个老卫生员为师,让他先教你们打针,然后穿上白大褂就能上班了。

我觉得这不像学医,像学木匠。我师傅是个胖胖的老卫生员。说他老,大约也只有20岁出头吧,但对十六七岁的我们来说,已足够沧桑。他找来一个塑料的人体小模型,用粗壮的食指在那人的屁股上画了个虚拟的"十"字,然后说:打针的时候,针头扎在臀部这个十字的外上四分之一处,不然容易伤了神经。伤了,下肢就会瘫痪。

很可怕。我点点头,说记住了,屁股的外上四分之一。

老卫生员说,从此你不能说屁股,说臀部。

我像鹦鹉一样重复:臀部臀部。

老卫生员又说,记住消毒的步骤,先是2%碘酒,再是75%酒精。棉球要涂同心圆,不能像刷油漆似的乱抹。

我说,记得啦!

老卫生员又说,考考你。酒精要用多少度的?

我说,75%。

他说,那么,80%的行不行呢?

我暗自揣摩,75%一定是能达到消毒目的的最低标准。藏北山高路远,所用物资千里迢迢地运来,使用一定力求节省。所以,问题的答案不言而喻。

我说,80%行。

老兵的面容很平静,继续问,那么,90%的酒精怎么样?

我说,那当然也行。

老兵说,100%呢?

我说,肯定更好啦!只是那样太浪费了。

老兵被高原紫外线晒成紫色的脸庞,变成棕黑色,说,错啦!75%的酒精可以破坏细菌的膜,药水渗入到内里去,整个细菌就被杀死了。浓度更高的酒精,飞快地把细菌外膜凝固了,就像砌起一道墙,反倒阻止了药液进一步浸透到细菌内部,杀不死细菌,有些东西,并不是越浓越好,要恰到好处。

那一天,我记住了"臀部"和"恰到好处"。

我到国外某机构参观。辉煌大厅中竖立着金字的企业精神。其中有一条,叫作"合理期望"。

我说,这一条有点特别。一般都会更励志一些,比如"崇高期望"云云。

陪同人员解答,这是我们的创始人尊崇的原则。期望并不是越高越好,而是要恰到好处。期望太高了,达不到,就会心生怨恨和沮丧,长久以往,就会丧失信心。期望太低了,没有动力和目标,得过且过,也会让人萎靡不振。所以,合理的期望,是一种正确评估,在愿望和实际情况之间,找到最佳的平衡点。

在那一瞬,我向后回忆想到了酒精,向前展望想到了幸福。

酒精的浓度不能太高,过了那个最佳值,结果就适得其反。幸福也是一样,切不要贪得无厌。

有些人,把目光瞄向自己目力所及的享受最高等级处。某种机缘看到了好房子,就设想以后能在这屋结婚生子。看到豪华的车,就设想能开着这车呼朋引类风驰电掣。看到人家的高职务,就发愿我以后要比你升得更高。看到别人的娇妻,就想我的伴侣定要倾国倾城。看到人家狂发美食图片,暗自发誓有一天我将吃龙肝凤髓并昭告天下。知道寿星活了90岁,就渴慕自己赶超100岁……

凡此等等,皆为不合理期望。

且不说把这些物质形态和外在指标当成是否幸福的指标是否明智,单说目光如此之高,便有违"恰到好处"这一原则。

房子完全不需要那么大,够用即可。太大了,就算你有那个银两买下来,也是暴殄天物。地球资源有限,你为什么要享用那么多的地盘,剥夺了他人的空间?

食品完全不必那么精益求精,因为它的主要功能是为我们的机体提供营养。只要洁净并能够供给身体的需求即可。太稀缺惊险的食材,太复杂劳烦的烹制方法,太考究并故弄玄虚的进食环境,都是不可取的。它们所附着的是炫耀高阶层的沾沾自喜,而这些,恰好和幸福朴素温暖的宗旨不相容。

配偶不必求国色天香出人头地,价值观相同,彼此说得来话,相互喜欢,就是神仙伴侣。

职务这件事儿,和你能力有一定的关联,但也和局面与关系牵连,并不是单纯凭着努力就一定能达到目的,高下也没有绝对的公平。刨去坏人,这世界上的能人很多,自己做不到那个位置,让别人来做,未必就一定不妥。僧多粥少的事情,为何非要收入你囊中?

车子主要是代步工具,不必把它看成是硕大的勋章或是族徽,彰显财力不可一世。那不是幸福的氛围,而是自卑的秽气沿街抛洒。

至于活多久,这可是含有天机的秘密。你不可胜天,不要太狂狷。况且生死并不是胜败与否的决斗,只是无尽长河中的一环。泰然相向,生命之高下并不决定于绵长或短暂,更在于丰美和深邃。

身体健康也不必求全,就算体检表上有了向上或是向下的小箭头,我们也可以适时纠正。实在纠正不了,从容逝去就是。幸福是思想的花朵,和身体器官是否无懈可击,并不相关。

恰到好处,是一种哲学和艺术的结晶体。它代表的豁达和淡然,是幸福门前的长廊。轻轻走过它,你就可以拍打幸福的门环。

幸福的七种颜色

幸福应该有多少种颜色呢?

"说不清。"我回答。

大家听了可能有点迷糊,说:"你自己既然不知道,为什么又曾说过幸福有七种颜色呢?"

在文化中,"七"这个数字有一点古怪。

欧洲人自古以来就格外钟情于"七"这个数字。最早的源头该是古希腊人,许多巧合都和"七"有关。希腊人认为自然界是由水、火、风、土四种元素组成的,而社会的基本细胞是家庭。把完整的家庭细分,是由父亲、母亲和孩子三方组成。再做一次加法,把自然和社会组成的世界统计一下,就有七种基本元素。古希腊人酷爱加法,认为世界的基本图形是正方形、三角形以及完美的圆形,毕达哥拉斯学派就是这一主张的坚定拥趸。你劳神把这些图形的角的数量加起来,哈!也是七。由于太多的东西与神秘的数字七有关,他们造七座坛、献七份祭、行七次叩拜之礼,什么都爱凑个七字。"七大主教"、"七大美德",连罪也要数到"七宗罪"。当然,最著名的是神也喜欢七,于是一个星期是七天,第七天你可以休息。

七在佛教里面也是吉祥之数,有七宝、七层浮屠等。中华文化对七也颇有好感，《说文》里面说："七，阳之正。"这个七啊，常为泛指，表明多的意思，又神秘又空灵。

托尔斯泰老人家说，幸福的家庭都是相似的，唯有不幸的家庭，各有各的不幸。我当过多年的心理医生，觉得不幸的家庭都是相似的，唯有幸福的家庭却是各有各的不同。

你可能要说，这不是成心和托尔斯泰抬杠嘛！我还没有落到那种无事生非的地步。你想啊，只有香甜的味道，才可反复品尝，才能添加更多的美味在其中，让味蕾快乐起舞。比如椰蓉，比如可可，比如奶油……丰富的层次会让你觉得生活美好万象更新。如果那底味已是巨咸、巨苦、巨涩，任你再搁进多少冰糖多少香料都顷刻消解，那难耐难忍的味道依然所向披靡，让你除了干呕，再无良策。

早年间我当兵在西藏阿里，冬天大雪封山，零下几十度的严寒，断绝了和外界的一切联系，我们每日除了工作就是望着雪山冰川发呆。有一天，闲坐的女孩子们突然争论起来，求证一片黄连素的苦可以平衡多少葡萄糖的甜（由此可见，我们已多么百无聊赖）。一派说，大约500毫升5%的葡萄糖就可以中和苦味了。另外一派说，估计不灵。500毫升葡萄糖是可以的，只是浓度要提高，起码提到10%，甚至25%……争执不下，最后决定实地测查。那时候，我们是卫生员，葡萄糖和黄连素乃手到擒来之物，说试就试。方案很简单，把一片黄连素用药钵细细磨碎了，先泡在浓度为5%的葡萄糖水里，大家分别来尝尝，若是不苦了，就算找到答案了。要是还苦，就继续向溶液里添加高浓度的葡萄糖，直到不苦了为止，然后计算比例。临到实验开始，我突然有些许不安。虽然小女兵们利用工作之便，搞到这两种药品都不费吹灰之力，但藏北到内地山路迢迢，关山重重，物品运送到阿里不容易啊，不应这样为了自己的好奇暴殄天物。黄连碎末混入到葡萄糖液里，整整一瓶原本可以输入血管救死扶伤的营养液就报废了。至于黄连素，虽不是特别宝贵的东西，能省也省着点吧。我说："咱缩减一下量，黄连素只用四分之一片，葡萄糖液也只用四分之一瓶，行不行呢？"

我是班长，大家挺尊重我的意见的，说："好啊。"有人想起前两天有一瓶葡萄糖，里面漂了个小黑点，不知道是什么杂物，不敢输入病人身体里面，现在用来做苦甜之战的试验品，也算废物利用了。

试验开始。四分之一片没有包裹糖衣的黄连素被碾成粉末（记得操作这一步骤的时候，搅动得四周空气都是苦的），兑到125毫升浓度为5%的葡萄糖水中。那个最先提出以这个浓度就可消解黄连之苦的女孩率先用舌头舔了舔已经变成黄色的液体。她是这一比例的倡导者，大家怕她就算觉得微苦，也要装出不苦的样子，损害试验的公正性，将信将疑地盯着她的脸色。没想到她大口吐着唾沫，连连叫着："苦死了，你们千万不要来试，赶紧往里面兑糖……"我们为自己"以小人之心度君子之腹"感到羞惭，拿起高浓度的糖就往黄水里倒，然后又推举一个人来尝。这回试验者不停地咳嗽，咧着嘴巴吐着舌头说："太苦了，啥都别说了，兑糖吧……"那一天，循环往复的场景就是女孩子们不断地往小半瓶微黄的液体里兑着葡萄糖，然后伸出舌尖来舔，顷刻抽搐着脸，大叫："苦啊苦啊……"

直到糖水已经浓到了几乎要拉出黏丝，那液体还是只需一滴就会苦得让人打战。试验到此被迫告停，好奇的女兵们到底也没有求证出多少葡萄糖能够中和黄连的苦味。大家意犹未尽，又试着把整片的黄连泡进剩下的半瓶里去，趁着黄连还没有融化，一口吞下，看看结果若何。这一次很快得到证明，没有融化的黄连之苦，还是可以忍受的。

把这个试验一步步说出来，真是无聊至极。不过，它也让我体会到，即使你一生中一定会邂逅黄连，比如生活强有力地非要赐予你极困窘的境遇,比如你遭逢危及生命的重患必得要用黄连解救,比如……你都可以毫无惧色地吞咽黄连。毕竟,黄连是一味良药啊!只是,千万不要人为地将黄连碾碎,再细细品尝,敝帚自珍地长久回味。太多的人习惯珍藏苦难,甚至以此自傲和自虐,这种对苦难的持久迷恋和品尝,会毒化你的感官,会损伤你对美好生活的精细体察,还会让你歧视没有经受过苦难的人。这些就是苦难的副作用。苦的力量比甜的力量要强大得多,不要把黄连碾碎,不要让它嵌入我们的生活。

只要你认真寻找,幸福比比皆是。幸福不是一种颜色,也不是七种颜色,甚至也不是一百种颜色……幸福比所有这些相加还要多,幸福是无限的。

提醒幸福

我们从小就习惯了在提醒中过日子。天气刚有一丝风吹草动,妈妈就说:"别忘了多穿衣服。"才结识了一个朋友,爸爸就说:"小心他是个骗子。"你取得了一点成功,还没容得乐出声来,所有关心你的人就一起说:"别骄傲!"你沉浸在欢乐中的时候,自己不停地对自己说:"千万不可太高兴,苦难也许马上就要降临……"我们已经习惯了在提醒中过日子,看得见的恐惧和看不见的恐惧始终像乌鸦盘旋在头顶。

在皓月当空的良宵,我们又会收到提醒:"注意风暴。"于是我们忽略了皎洁的月光,急急忙忙做好风暴来临前的一切准备。当我们大睁着眼睛枕戈待旦之时,风暴却像迟归的羊群,不知在哪里徘徊。当我们实在忍受不了等待灾难的煎熬时,我们甚至会祈盼风暴早些到来。

风暴终于姗姗地来了。我们怅然发现,所做的准备多半是没有用的。事先能够抵御的风险毕竟有限,世上无法预计的灾难却是无限的,战胜灾难靠的更多的是临门一脚,先前的惴惴不安帮不上忙。

当风暴的尾巴终于远去,我们守住家园,气还没有喘匀,新的提醒又响起来,我们又开始对未来充满恐惧和期待。

人生总是有灾难。其实大多数人早已练就了对灾难的从容,我们只是还没有学会灾难间隙的快活。我们太注重让自己警觉苦难,我们太忽视提醒幸福。

请从此注意幸福!

幸福也需要提醒吗?

提醒注意跌倒……提醒注意路滑……提醒受骗上当……提醒宠辱不惊……先哲们提醒了我们一万零一次,却不提醒我们幸福。

也许他们认为幸福不提醒也跑不了的。也许他们以为好的东西你自会珍惜,犯不上谆谆告诫。也许他们太崇尚血与火,觉得幸福无足挂齿。他们总是站在危崖上,指点我们逃离未来的苦难。但避去苦难之后是什么?

那就是幸福啊!

享受幸福是需要学习的,当幸福即将来临的时刻需要提醒。人可以自然而然地学会感官的享乐,却无法天生掌握幸福的韵律。灵魂的快意同器官的舒适像一对孪生兄弟,时而相傍相依,时而貌合神离。

幸福是一种心灵的震颤。它像会倾听音乐的耳朵一样,需要不断地训练。

简言之,幸福就是没有痛苦的时刻。它出现的频率并不像我们想象的那样少。人们常常只是在幸福的金马车已经驶过去很远后,才捡起地上的金鬃毛说:"原来我见过它。"

人们喜爱回味幸福的标本,却忽略幸福披着露水散发清香的时刻。那时候我们往往步履匆匆,瞻前顾后不知在忙着什么。

世上有预报台风的,有预报蝗虫的,有预报瘟疫的,有预报地震的,没有人预报幸福。其实幸福和世间万物一样,有它的征兆。

幸福常常是朦胧的,很有节制地向我们喷洒甘霖。你不要总希冀轰轰烈烈的幸福,它多半只是悄悄地扑面而来。你也不要企图把水龙头拧大,幸福会很快地流失,你须静静地以平和之心体验幸福的真谛。

幸福绝大多数是朴素的。它不会像信号弹似的在很高的天际闪烁红色的光芒,它披着本色外衣,温暖地包裹起我们。

幸福不喜欢喧嚣浮华,常常在暗淡中降临。贫困中相濡以沫的一块糕饼,患难中心心相印的一个眼神,父亲一次粗糙的抚摸,女友一张温馨的字条……这都是千金难买的幸福啊,像一粒粒缀在旧绸子上的红宝石熠熠夺目。

幸福有时会同我们开一个玩笑,乔装打扮而来。机遇、友情、成功、团圆……它们都酷似幸福,但它们并不等同于幸福。幸福会借了它们的衣裙袅袅婷婷而来,走得近了,揭去帏幔,才发觉它有钢铁般的内核。幸福有时会很短暂,不像苦难似的笼罩天空。如果把人生的苦难和幸福分置天平两端,苦难体积庞大,幸福可能只是一块小小的矿石,但指针一定要向幸福这一侧倾斜,因为它是生命的黄金。

幸福有梯形的切面,它可以扩大也可以缩小,就看你是否珍惜。

我们要提高对于幸福的敏感,当它到来的时刻,激情地享受每一分钟。据科学家研究,有意注意的结果比无意要好得多。

当春天来临的时候,我们要对自己说:"这是春天啦!"心里就会泛起茸茸的绿意。

幸福的时候,我们要对自己说:"请记住这一刻!"幸福就会长久地伴随我们。

那我们岂不是拥有了更多的幸福?

所以,丰收的季节先不要去想可能的灾年,我们还有漫长的冬季来考虑这件事。我们要和朋友们跳舞唱歌,渲染喜悦。既然种子已经回报了汗水,我们就有权沉浸在幸福中。不要管以后的风霜雨雪,让我们先把麦子磨成面粉,烘一个香喷喷的面包。

所以,当我们从天涯海角相聚在一起的时候,请不要踟蹰片刻后的别离。在今后漫长的岁月里,有无数孤寂的夜晚可以独自品尝愁绪。现在的每一分钟,都让它像纯净的酒精,燃烧成幸福的淡蓝色火焰,不留一丝渣滓。让我们一起举杯,说:"我们幸福。"

所以,当我们守候在年迈的父母膝下时,哪怕他们鬓发苍苍,哪怕他们垂垂老矣,你都要有勇气对自己说:"我很幸福。"因为天地无常,总有一天你会失去他们,会无限追悔此刻的时光。

幸福并不与财富、地位、声望、婚姻同步,这只是你心灵的感觉。

所以,当我们一无所有的时候,我们也能够说:"我很幸福。"因为我们还有健康的身体。当我们不再享有健康的时候,那些最勇敢的人依然可以微笑着说:"我很幸福,因为我还有一颗健康的心。"甚至当我们连心也不再存在的时候,那些人类最优秀的分子仍旧可以对宇宙大声说:"我很幸福,因为我曾经生活过。"

常常提醒自己注意幸福,就像在寒冷的日子里经常看看太阳,心就不知不觉暖洋洋、亮光光。

第三辑　心香如兰,幸福自来

分泌幸福的"内啡肽"

我曾看过一则新闻:英国有家报社,向社会有奖征答"谁是最幸福的人",然后排出第一种最幸福的人,是一个妈妈给孩子洗完澡,怀抱着婴儿;第二种最幸福的人,是一个医生治好了病人并目送他远去;第三种最幸福的人,是一个孩子在海滩上筑起了沙堡;备选答案是,一个作家写完了著作的最后一个字,放下笔的那一瞬间。

看完这则不很引人注目的报道,那一瞬间,我真的像被子弹打中一样,感到极度震惊——这四种状况都曾集于我一身,但是,我没有感觉到幸福!

我为什么没有幸福感？有了这个问号后,我就去观察周围的人,这才发现,有幸福感的人是如此之少。有一年,我拿出贺卡看了看,结果发现最多的是"祝你幸福",这可能是中国人的集体无意识,所以才会觉得是永远的吉祥话。

可是,幸福的本质是什么东西呢？

日本春山茂雄博士《脑内革命》一书说,当我们感知幸福的时候,其实是生理在分泌一种内啡肽,即幸福感是体内内啡肽的分泌。从罂粟里提炼的吗啡是毒品,它的魔力正是在于它的分子结构模拟了生理基础上的内啡肽,让你体验到一种伪装的、模拟的快乐。当你觉得真正快乐的时候,例如接到大学录取通知书时,如果去抽血查验体内的生化水平,你的内啡肽水平是很高的。

据春山茂雄研究,人体内啡肽的分泌,和马斯洛"需要层次"的金字塔理论惊人地吻合:吃饭能带来愉悦,人在生理基础上是快乐的;然后,在实现安全、爱和尊严的需要的过程中,伴随着更大量内啡肽的分泌,让你感知自己的幸福;最重要的是,当你完成自我实现的时候,内啡肽就到达非常高的水平,远远超出吃饭带来的幸福感。

这种生理和心理的结合,使我觉得,能够体验到幸福感,是一个需要训练、感知且不断提高的过程,因为幸福不是与生俱来的。

我觉得世界上的幸福首先来自一个坚定的信念。

我常去高校和大学生交流,给我最多的感觉是,他们面临着一个非常重要的问题——人生观的确立和价值观的走向,即人为什么活着。

经常有媒体采访我的心理咨询中心,最喜欢提的问题是:"咨询最多的问题是什么?"我说,心理咨询室这张米黄色的沙发如若有知,一定会一次次地听到来访者在问:"我为什么活着?"我觉得人是追索意义的动物,尤其是年轻人,都曾经无数次地叩问这个问题。

以前,我们喜欢用灌输式的方法,从小将主义、理想或目标灌输给孩子,希望能够在他心中扎下根,成为他一生的坐标。可我现在发现,一个人的目标,一定需要他自己经过艰苦的摸索,然后在心理结构里确立下来,否则,无论我们多么用心良苦、谆谆教导,它真的只是一个外部的东西。

其实,每个人都早早地确立了一生的目标,因为它原本已存在于你的内心:从童年经验开始,你所热爱、尊敬、向往、要为之奋斗的东西,其实早已植根于心里,只不过被许多世俗的东西、繁杂的外界所影响,甚至被遮蔽了。当一个人开始有意识地关注自己的心理健康时,那是在整理他的心理结构,然后明白心中取得最主打作用的架构和体系。

我曾在一所非常好的大学做讲座,台下有学生递条子说:"毕老师,我想问问你,我年轻貌美,又有这么好的大学文凭,要是不找一个大款把自己嫁了,我是不是浪费了资源?"我想,在大学生寻找目标的迷茫过程中,能够有这种朋友式的探讨,是特别重要的。

另外,我觉得自我形象的定位是幸福感来源非常重要的一部分。

在大学生自我形象的构建里,有一部分是他们的"出身"(阶层):他们从各种阶层突然聚合到一起,大学虽是个相对小的、封闭的环境,却也是整个社会的缩影,因此,如何看待自己不可选择的出身阶层,这是自我形象非常重要的部分。另外一部分是他们的学业,包括学习的能力、智商的能力、人际交往的能力等,可归为自己奋斗来的部分。

然而,还有特别重要的一部分,就是外在条件——长相。

我曾在一所大学做关于自我形象、自我认知的讲座,请台下的学生回答:你们有谁曾经为自己的长相自卑?结果齐刷刷地举手——所有的人都自卑!

我当时一下子不知该如何反应,没料到当代年轻人在相貌问题上居然有如此大的压力。

后来,我悄悄问一位女生,问她为自己相貌的哪一点自卑,我实在找不着——她身材窈窕、黑发如瀑、明眸皓齿、肤如凝脂,真的是美女。

她说,我有一颗牙齿长得不好看。

我说,哪颗牙齿?

她说,第六颗牙齿。

我说,谢谢你告诉我,否则站在对面看你一百年,我也看不出你那颗牙齿不好。

她说,你不知道,可是我知道。我不敢笑,从来都是抿着嘴只露出两颗牙齿。同学都说我多"冷"、多高傲,其实,我只是怕人看到第六颗牙齿。男生追求我的时候,我就想,我一颗牙齿不好,他还追求我,肯定是别有用心,于是放弃了好几个条件很好的男生。

我觉得,当一个人不能接纳自己,不能和自己友好地相处的时候,他就不能和别人友好地相处。因为,他对自己都那么百般挑剔、那样苛刻,又怎能和别人有真诚的、良好的沟通与关系?

其实,我挺欣赏基督教里的说法:接受你不可改变的那一部分。我们可以列一列,像出身的阶层、长相及缺陷,这些是我们不可改变的,而我们能够去修炼、弥补和提高的,就是我们可改变的那一部分。

面对一个我们不可改变的东西,该如何对待它,每个人的答案是不一样的,而这个不一样的答案却可能深刻地影响我们的一生。比如,一个人认为他丑,就认定自己完全不会幸福了,觉得他既然这么丑,有什么权利得到幸福?一个人说他很贫寒,为什么别人可以含着银汤匙出生,而他却含着草根出生?

面对种种不平等,我常跟年轻人说,不平等是社会有机组成的一部分,而让它变得更为平等,是你义不容辞的责任之一。

首先,你要丢掉幻想,坦然接纳不公平、巨大的差异或先天不良。然后,对于自己可改变的部分,你就要细细地分析,找出自己的优缺点,是优点就让它更好,是缺点就要去弥补,尤其要突出优点,把自己光彩照人的方面表达出来。因为中国文化特别容易告诉你哪里不行,生怕你忘了自己的缺点,而你有什么优点,告诉你的人可不太多,所以要坦然接受自己的优点,将它发扬光大。

心理咨询中心来过一位留英硕士,月薪12万元,可他将自己说得一无是处,弄得我都心酸。我才知道,一个人接不接纳自己,其实不在于外在的条件,也不在于世俗的评判标准,而完全在于他内心框架的衡量。

我通常咨询完了不会给谁留作业,但那天我说,我给你留个作业:下星期来见我之前,你要写出自己的 15 条优点。

他快晕过去了,说,我怎么能找到 15 条优点呢? 至多也就找出一两条。这个世界上,可能只有您相信我还有优点,我父母就不相信我有优点,所有人都不相信我有优点!

我说,你老板起码相信你有优点吧,否则怎会出月薪 12 万元雇你?

他突然在这个事实面前愣了半天,然后说,噢,那我试试看。

所以我觉得,应该去认识自己的长处,将它发扬光大,去接纳那些不可改变的东西。当你能够坦然地面对自己的时候,其实也就可以坦然地面对世界——放下包袱后,你才可以轻装前进。

费尔巴哈说过:"你的第一责任是使你自己幸福。你自己幸福了,你也就能使别人幸福,因为,幸福的人愿意在自己周围只看到幸福的人。"

所有的动力都来自内心的沸腾

欣喜是自酿的

第一次认得"酿"这个字,它和"酝"肩并肩,相依为命。不过跟在它们俩身后的,是"会议"和"人选"这样正襟危坐的词。所以,我觉得"酝酿"是很严肃的行为。

后来才知道,酝酿本是家常事情。"酝"的繁体字,偏旁还是"酉",只是右边为"温暖"的"温"字之一半,意思就是温热和暖。"酿"的繁体字,左边也还是"酉",右边是个"襄"字,指的是包裹容纳之意。这两个字连在一起,描述的是在谷物中放置酵曲,让谷物慢慢发酵的过程。只要静候的时间足够长,原本的粮食就会因曲种不同,变成酒、酱油、醋、干酱等不同成品。"酝酿"如同一根金手指,探入谷物之后,让原粮成了脱胎换骨的妙品。

比如,红葡萄酒和葡萄是大不同的,虽然它们还羞涩地保留着一脉相承的殷红。

黄豆和豆瓣酱也分道扬镳了,虽然它们都还保存着某些破损的豆瓣。

醋和它的前身就更南辕北辙了。洁净透明的米醋有得道成仙的飘逸,它粗糙的前身像池塘中的泥。

酝酿就是如此惊艳,时间与曲种合谋,平凡的谷物开始升华,自此酿泉为酒,积微成著,点石成金。

曹操除了金戈铁马可歌可泣,还会酿酒。他呈给献帝的酿酒秘方,从用曲多少用稻多少,到何日渍曲几日一酿,都说得条理分明。甚至给酿得不成功的酒,指出了一条洗心革面之路——"若以九酝苦难饮,增为十酿",即可变成好酒,能够甘饮了。

古代的知识女性卓文君也是会酿酒的。靠自己双手劳作,酿出的美酒,一时间竟成了私奔之后司马相如小饭店的招牌。

现代的女人男人,很少会酝酿之法。葡萄酒是在酒厂制造的,酱油是在酱油厂生产的,醋是在醋厂完成的。我们荒疏了很多本领,以为万物都是从超市的货架上诞生的。

我有个朋友是红酒庄的品酒师。我在他那里速成过红酒的知识,为了自己写小说描绘贵族晚宴的时候不至于露怯。他耐心讲解,希望我能成材。谆谆讲解多次之后,进入了验收阶段。

他拿出"酒鼻子",考察我的长进。

"酒鼻子"这名字说起来凡俗,实则是一种来自法国的专业品酒鉴赏工具。它把葡萄酒的香气收集起来,制成类似标本的小瓶子,包含了葡萄酒中常见的78种典型气味。共分为54个香味系列,12浊味和12橡木系列。水果、花卉、树木、草本、香料、动物等味道无不囊括其中。比如荔枝、黑醋栗、松露、胡椒、烤杏仁等八竿子打不着的气味,在"酒鼻子"里都占据一席之地。

合格的品酒师,要能准确地说出各种气味的名称。

当我成功地把"酒鼻子"中的某一果香,说成是"柿子椒味"之后,品酒师以绅士的绝望表达了对我的遗弃。

不过,我可没有以怨报德地放弃他。某年夏天,我的一位朋友送来了一大篓优质葡萄,晶莹欲滴,紫霜盖顶,我以为他从花果山归来。

非常好的葡萄。猴王汗水涔涔地说。

是啊是啊。我频频点头。然后为难地说,这么多,怎么吃得完?

把它们冻起来。寒冬腊月时,拿出一粒,往嘴里一扔,嘎嘣脆,你可以咂摸出夏秋的味道。猴王说。

我下意识地托了托腮,琢磨我的槽牙可经得住这般乍暖还寒?

不管怎么说,我表示了衷心的感谢。猴王走后,我给能想得起的亲朋打电话,约好送葡萄的时间。整整奔波一天,所余葡萄之量仍是惊人。

我给绅士品酒师打电话说,我要送您一些上好的葡萄。

给我送葡萄,有点像给渔民送蛤蜊。酒绅士回答。

但是,我的葡萄太多了,放下去会坏掉,暴殄天物啊!我真有点急了。

那您可以把它们酿成葡萄酒。酒绅士说。

酿……酒?完全不会。我茫然。

酿酒并不难,从前几乎所有的女人都会酿酒。我把要领教给您,网上也有攻略。您只需准备一些干净的玻璃容器就行了。酒绅士轻描淡写。

在送无可送的危急情况下,为了挽救葡萄,只有学习酿酒。

哪儿能有酒曲?我突然想到这一极重要的问题。

如果您是专业的酿酒工厂,当然需要酒曲。但您在家里试着酿这么一点葡萄,可以不用酒曲。酒绅士说。

本来我就是生手,再没有酒曲,这不还没启动就意味着完全失败吗?我气急败坏,觉得这酒绅士草菅人命。哦,确切地说,是草菅葡萄命。

酒绅士说,您的葡萄上可有一层白霜似的东西?

我说,有。

酒绅士说,这正是天然野生的酵母菌。您只要在清洗葡萄的时候不要把它们一网打尽,等上一段时间,它们就能自动把葡萄发酵成酒了。

我半信半疑,说,就这么简单?

酒绅士说,是的。您想想,最初的葡萄酒一定是自然发酵的,那时候,哪里有现成的酒曲呢。请相信大自然。

我仍不死心,在网上搜索了一下"酒曲"。结果是酿糯米酒的曲种好买,酿葡萄酒的曲种只供批发,起批点足够发酵一吨葡萄。我这一堆命运多舛的葡萄,只有仰仗大自然的馈赠了。

按照酒绅士的指示,我把葡萄洗净晾干(保留了葡萄上的白霜,并对它们寄予厚望),然后带上一次性手套,将葡萄一一捏碎。看着猩红的汁液鲜血般淌入干净的玻璃容器中,心中像农妇般祈祷——葡萄啊葡萄,请你快快变成酒!

之后的每一天,我几乎每个小时都去张望酝酿中的葡萄,看它们在粉身碎骨之后如何踏上涅槃之路。

葡萄们开始发泡膨胀,紫色的皮和灰白的籽向上浮动,在表面形成痂皮,臃肿而纷杂,简直和腐朽的垃圾差不多。我向酒绅士悲哀地报告,他毫不惊诧地说,这是发酵的正常过程,酒酵母正在把葡萄中的糖分化为酒精,少安毋躁,慢慢等待。

简短截说,在大约十几天的煎熬之后,我终于发现盛放葡萄的容器中,不再向上翻涌气泡,渐渐安静下来,汁液趋向澄清。

您可以过滤它们。酒绅士遥控。

过滤之后,葡萄汁女大十八变,居然有了葡萄酒的模样。

我向酒绅士报告喜讯,他仍旧是淡然地说,好啊。

我说下一步呢?

他说,您可以把它们斟入酒杯,品尝一下。

我有点诚惶诚恐,斟进酒杯的时候,居然有轻微的紧张。之后,我喝到了自己酿出的葡萄酒,清爽甘甜。

那一瞬,我吐着舌头呆住了。我一直认为我把葡萄酿坏是理所当然的,倒是这不可思议的简单平顺之成功,令人愕然。

我立马向酒绅士报喜。他并没有我这般兴奋,只是说,您赶快把过滤完的酒汁,用50摄氏度加热蒸一下。记住啊,温度既不能过高,也不能过低。之后,满瓶、密封、低温、避光保存。存储不得超过半年,就得喝完。

我说,为什么?

他说,防止酒变成醋。

我说,酒是酒醋是醋,两者怎么会混淆?

酒绅士说,它们相隔并不远。在天然酵母菌存在的地方,也有天然醋酸菌存在。发酵完成之时,酵母菌就被自己生成的酒精杀死了,但醋酸菌还能继续存活。

我放下电话,思忖的结果是决定背弃老师。我想看到"酝酿"的全过程。一天过后,酒果真开始发酸。最初是若有若无的轻柔酸气,几天之后,就势不可当地变成了彻头彻尾的醋。

我向酒绅士报告我的最终产品。他沉吟了一下说,已经变成醋的酒,是没有任何方法复原的。果醋也是葡萄的升华。

实事求是地说,葡萄醋味道不错,冰过之后兑水喝,有秋天的清香。

小口喝着自酿的葡萄醋,不知怎的联想到了幸福。幸福并不是与生俱来的,就像如果不经过酿造,葡萄和酒并不等同。对于幸福的把握,需要学习,需要等待,需要时间和努力。很多人以为幸福和外部介入有关系,就像我以为酿酒一定要有酒曲,要有外力的促发。这个外来的介入物,要么是一笔偶然财富,要么是一个天降奇迹,要么是巧遇了一位贵人或是追求到一个爱人,要么是误打误撞莫名其妙的好运……

毋庸讳言,外界当然是有一些益于幸福发酵的颗粒存在,就像需要购买的酒曲。但请注意,好运气并不直接等同于幸福。每天做白日梦般期待外在的福祉,是年轻时很容易陷入的盲区。

请像一颗葡萄学习,它本身就携带着野生的酵母菌,一旦时机成熟,就会发酵成新的生命。人世间的俗常生活,也蕴藏着天然的幸福因子,白霜般黏结在生活的缝隙中。那就是我们对人世间的善良期望,是我们坚守勤劳的信念,是我们的真诚和友爱,是我们的努力和慈悲。只要有了这些,即使没有外来的助力,一样能创造出属于自己的幸福。需要的只是时间和持之以恒。这就是酝酿幸福的过程。

由于自己的不慎,导致了不幸时,我们常常会说——谁谁自己酿出了一杯苦酒。是不是可以反过来说,幸福也是自己酿的呢?有葡萄在,就有野生的酵母菌在,有生活在,就有天然的幸福因子在。只要努力,葡萄和我们都有希望走向升华。

感动是一种能力

"感动"在词典上的意思是"思想感情受外界事物的影响而激动,引得同情或向慕"。虽然我对这本词典抱有崇高的敬意,依然认为这种说法不够精准,甚至有点词不达意。难道感动如此狭窄,只能将我们引向同情或是向慕的小道吗?这对感动来说,似乎不全面、不公平吧?感动的含义比这要丰饶得多、辽阔得多、深邃得多啊。

"感动"最望文生义、最直接的解释就是感情动起来了。你的眼睛会蒸腾出温热的霞光,你的听觉会察觉远古的微响,你的内心像有一只毛茸茸的小松鼠越过,它纤细而奔跑的影子惊扰了你,思维的树叶久久还在摇曳,你的手会不由自主地出汗,好像无意中捡到了天堂的房卡,你的足弓会轻轻地弹起,似乎想如赤脚的祖先一般奔跑在高原……

感动的来源是我们的感官,眼耳鼻舌身加上触觉和压觉。如果封闭了我们的感官就戕杀了感动的根,当然也就看不到感动的芽和感动的果了。感官是一群懒惰的小精灵,同样的事物经历得多了,感官就麻痹松懈了。现代社会五光十色,瞬息万变,感官更像被塞进太多脂肪的孩子,变得厌食和疲沓。如今人渐渐丧失了感动的能力,感动闪现的时间越来越短,感动扩散的涟漪越来越淡。因为稀缺,感动变成了奢侈品。很多人无法享受感动,于是他们反过来讥讽感动,嘲笑感动,把感动和理性对立起来,将感动打入盲目和幼稚的泥沼之中。

感动是一种幸福,在物欲横流的尘垢中,顽强闪现着钻石般的瑰彩。当我们为古树下的一株小草绝不自惭形秽、而是昂首挺胸成长而感动的时刻,其实我们想到的是人的尊严。我上小学的时候,在一次考试中,得到了有生以来最差的分数。万念俱灰之时,我看到一只蜘蛛锲而不舍地在织补它残破的网。它已经失败了三次,一次是因为风,一次是因为比它凶猛百倍的鸟,第三次是因为我的恶作剧。蜘蛛把破坏者感动了,风改了道,鸟儿不再飞过,我把百无聊赖的手握成了拳。我知道自己可以如同它那样,用努力和坚忍弥补天灾人祸,重新纺出梦想。我也曾在藏北雪原仰望浩渺星空而泪流满面,一种博大的感动类似天毯,自九天而下裹挟全身。银河如此浩瀚,在我浅淡生命之前无数年代,它们就已存在,在我生命之后无数年代,它们也依然存在。那么,我的存在又有什么意义呢?在这个惶然的瞬间,我被存在而感动,决心要对得起这稍纵即逝的生命。

我喜欢常常感动的女人,不论那感动我们的起因,是一瓣花还是一滴水,是一个笑颜还是一缕白发,是一本举足轻重的证书还是只言片语的旧笺……引发感动的导火索,也许不胜枚举,可以有形,也可以是无所不在的氛围和若隐若现的天籁。感动可以有着任何颜色的羽毛,在清晨或是深夜,不打招呼就进入心灵的客厅,在那里和我们的灵魂倾谈。

珍惜我们的感动,就是珍惜了生命的零件。在感动中我们耳濡目染,不由自主地逼近那些曾经感动过我们的灵魂。也许有一天,我们也在无意间成了感动的小小源头,它淙淙地流向了另一双渴望感动的眼眸。

所有的动力都来自内心的沸腾

为自己建立快乐的生长点

人类正在经历有史以来最独特的一个阶段,也可以说是"五千年未有之变革"。嘿!岂止是五千年,简直就是自打人类从树上爬下来之后,五十万年甚或两百万年以来从未有过的奇特阶段。

这就是我们生存的威胁,已经不再是祖先们最恐惧的风霜雨雪等自然灾害,也不再是布帛菽粟的温饱问题,而是来自亲手制造的核灾难和心理樊笼。这是我们第一次面临人的心灵广泛起到主导作用的阶段,是人类自身演变进程的关键时刻。

我们面对的最大矛盾是——痛由心生。

饭吃饱了,是好事还是坏事呢?当然是好事了。没有尝过饥饿滋味的人,是很难体会到那种极度低血糖带给人的虚弱,具有多么恐怖和濒死的感觉。那个时候能得到一块干粮,简直就是无与伦比的幸福。如果是一块香喷喷的烤肉,更是咫尺天堂。

饥饿是强大的。当饥饿不存在的时候,很多痛彻心扉的欢乐也一去不复返了(这里的痛,要作痛快来理解)。旧的欢乐走了,要有新的欢乐顶上来。否则,人就被剥夺了幸福的重要源泉。

每个人,要为自己建立起快乐的生长点。这是你在新形势、新阶段的新任务。你不能仅仅满足于食物带来的快乐,也不能满足于性本能带来的快乐。那都是动物的本能,虽然不能一笔抹杀,但人毕竟和动物是有重大区别的。

生物的快乐是永远存在的,不过,它们其实是很节制的。比如你的胃,容量就很有限。我曾亲眼在临床上见到过因为吃得太多,而把胃撑爆裂的病人,极其凄惨。我本来以为胃是很结实的器官,而且到了满溢的时刻,就不会接纳更多的食物。其实不然。因为一下子涌进了大量食物,胃就丧失了蠕动的功能,停滞在那里,好像一个懈怠了的橡皮口袋。如果事情局限在这个地步,还不是最糟,要命的是吃进去的食物,在体温的作用下开始发酵,产生了大量的气体。这时的胃就膨胀起来,变成了一个气球。产气越来越多,气体终于把胃给撑炸了。当我们用手术刀打开患者腹部的时候,看到的是满肚子白花花的大米饭。我们把破裂的胃切除了,用大量的生理盐水清理腹腔,把那些完全没有消化的大米粒从肝胆的后面和肠子的表层冲洗下来,好像在洗一堆油腻的锅碗瓢盆……手术持续了很长时间,我们多么希望能挽救这个人的生命啊,然而,那些米饭带有大量的病菌,它们污染了洁净的腹腔,让这个人生了极重的败血症,最终逝去。

可见,一个人能吃进肚子的食物,实在是有限度的。

再说那个令人颇感兴趣的"性"。性的物质基础是性器官。当我学习性器官的功能时,接触到一个词,叫作"绝对不应期"。这个医学术语是什么意思呢?

面对一块活体的肌肉,你用电极棒刺激一下,它就反射性地弹跳一下,对你的刺激发生反应。你加快刺激的频率,它的反射也就增快增密。但是,这不是可以无限玩下去的游戏。当你的刺激变得更加频密的时候,肌肉反倒一动不动了。老师说,这组肌纤维进入了"绝对不应期"。任你如何加大刺激的强度,它就是呆若木鸡,毫无反应。用一句通俗点的话来说,肌肉罢工了!

肌肉什么时候复工呢？不知道。理智无法操纵肌肉的规律，除非它休息好了，自愿上工。不然，除了等待，你是一点法子也没有。

老师说，在人体所有的肌肉组群中，男性生殖器的肌肉和心肌的绝对不应期是最长的。为什么，你们知道吗？

学生们回答说，心肌如果没有足够的休息，无论什么刺激来了都反应一番，心脏就乱跳起来，会发生纤维性颤动，人体的发动机就废了。

老师说，回答得很好。那么，生殖器的肌肉为什么也要那么长的休息时间呢？

那时我们都很年轻，实在不知道这个问题如何回答为好，面面相觑。

老师说，性可以被用来压抑死亡焦虑。医学不得不承认性的诱惑具有某种极为神奇的力量，是一个强大的避风港，在短时间内可以对抗焦虑。在性的魔力之下，人会陶醉其中。不过，因为生殖器官不是单纯为了给人狂喜的器官，它肩负着繁衍后代的责任。这个工作太辛苦了，所以，它就给这个活动包了一件快乐的外衣，如同药丸外面的那层糖皮。你若是为了糖衣而不停地吃药，一定会把你吃坏。所以，生殖器的肌肉就有了显著的绝对不应期。

但是，请谨记——性绝不是全部。医学教授谆谆告诫，这显然已经超过了医学的范畴。他说，年轻人啊，如果你把性当成了人生的唯一要务，那么，不但身体不能允许，而且在一切如潮水般消退之后，遗留下来的是无比凄凉和无意义的感觉，世界变得庸俗和单一。尤其是杂交，虽然可以向寂寞的人提供短暂而强大的舒缓，但这必然是饮鸩止渴。

我至今不知道这是不是有科学证明的权威说法，但人的生殖系统绝不是贪得无厌的蠢货，这一点我绝对相信。

既然食欲和性欲带给我们的快乐都是有定量的,那我们到哪里去寻找取之不尽、用之不竭的快乐呢?

只有精神领域的探索是永无止境的,它能提供的快乐也是最高质量的快乐。

所有的动力都来自内心的沸腾

锻造心情

心情好像一种很柔软的东西,经常因为自然界的风花雪月或是人世间的阴晴冷暖,剧烈波动着,蛛丝般震颤飘荡,无所依傍,哪里用得上"锻造"这样充满了金属音响的词呢?

心情于我们是那样重要。健康与美丽,如若没有一副好心情,犹如沙上建塔水中捞月,一切都无从谈起。心情与我们形影不离,不,它甚至比影子的追随还要牢固得多。光不存在的时候,影子就藏在深深的黑暗中了。只有心情牢牢黏附在胸膛最隐秘的地方,坚定不移地陪伴着我们。快乐的人,在黑夜中也会绽出笑容;凄苦的人,即使睡着了,梦中也滴泪。

心情是心田的庄稼。只要心脏在跳动,心情就播种着,活跃着,生长着,更迭着,强有力地制约着我们的生存状态。可能没有爱情,没有自由,没有健康,没有金钱,但我们必有心情。

心情是我们的收割机呢。如果你懊丧,收获的就是退缩畏葸和一事无成。如果你落落寡合,只一味地倾诉苦难,朋友最终会离去,留你孑然面对孤灯。如果你昂扬,希望就永远微茫地闪动,激你前行。如果你百折不挠,生活每一次把你压扁,你都会充满了韧性和幽默地弹跳而起,螺旋向上。如果你向每一丛绿树和鲜花打招呼,它们必会回报你欢笑与芬芳……

如果你渴望健康和美丽,如果你珍惜生命每一寸光阴,如果你愿为这世界增添晴朗和欢乐,如果你即使倒下也面向太阳,那么,请锻造心情。

它宁静而坚定,像火山爆发后凝固的岩浆,充满海绵状的孔隙又坚硬无比。它可以蕴含人生的苦难,但绝不会被苦难所粉碎。它感应快乐的时候如丝如弦,体贴人间的每一分感动。它凝重时如锚如链,风暴中使巨轮安稳如磐。它在一次次精彩的淬火中,失去的是杂质,获得的是强韧。它延展着,包容着,被覆着我们裸露的神经,保卫着我们精神的海洋与天空。它是蓝色澄清的内心疆域,在那里栖息着我们永不疲倦的灵魂。

让我们的成品——沉稳宁静广博透明的心情,覆盖生命的每一个清晨和夜晚。从此不再因外界的风声鹤唳而瑟瑟发抖,不再因世间的荣辱得失而锱铢必较,不再因身体的顿挫不适而万念俱灰,不再因生命的瞬忽飘逝而惆怅莫名……

人生因此健康,因此壮丽。

所有的动力都来自内心的沸腾

好心态

一个健全的心态，比一百种智慧都更有力量。

现在把智商炒得火热，可是我总觉得很多事情没办好，不是我们的智商不够，而是心态不稳。心理现在也成了一个几乎被说滥了的词。棋下输了，会说，其实是在心理上输了。跳水砸了，会说不是技不如人，而是心理上的问题。考试慌张，没能考出应有的成绩，自然也是心理上的毛病了……凡此种种，还可以举出很多。有时心想，心理问题变成了一个大箩筐，什么东西都可以丢进去。

不过，心理还真是一个大箩筐，也许它的容积，比我们想象的更大。我们的大脑，虽说是整个机体的总司令，但其实只占了整个身体能量的一小部分。还有一大部分，是习惯成自然，类乎山高皇帝远的封建诸侯国，自成体系。也就是说，机体几乎是在独立自主的情形下，下意识地完成着很多重要工作。比如，正常时分，你能知道自己的胃肠道是如何消化食物的吗？能知道自己的血压是如何调整的吗？想必大多数人一脸茫然。

如果人们紧张慌乱手足无措，诸侯小国也顿时进入了非常状态。放弃了平日的稳定和协调，乱成一锅粥，其后果不堪设想。这就是为何在比赛中，有的选手会因为过度紧张，犯一些不可思议的低级错误。

　　说到底,也没什么不可思议的。紧张几乎是万恶之源,一旦机体进入了不协调状态,我们会词不达意、手足无措、丢三落四、张口结舌、漏洞百出、匪夷所思……总之,各种谬误风起云涌,让人防不胜防。

　　有人看到这里,就会很悲观,说照你这样一讲,岂不就没救了?无论我们事先准备得如何好,到时候,神通广大的潜意识一作乱,我们就前功尽弃、毁于一旦了啊!的确是这样。平日锻炼自己养成健全的心态,遇事冷静不慌,全部身心高度协调,这比智慧更重要。

所有的动力都来自内心的沸腾

用宽容治愈焦虑

  宽容就是允许别人有判断和行动的自由。对不同于自己的观点和行为，哪怕已经预见到了一切危险的结局，也依然耐心地公正地等待。

  这一点，好难啊。可能是当过临床心理学家的缘故，听过很多人的故事，知道很多人的结局，这也就让我的人生，在某种程度上记住了很多人的经验。我没有更精湛的远见卓识，只是像一只老啄木鸟，敲击的树干比较多了，对于哪里有虫子，判断力稍好。

  最常有的悲哀，是看到危险渊薮，而当事人还以为是一马平川，逍遥向前。我大声疾呼警示危险，但人们闭目塞听优哉走去，令我惆怅叹息。时间久了，我也咽喉嘶哑，明知不可为而为之的耐心，渐渐消减。

  更多的时候，因为当事人并没有征询我的意见，我也不能挺身而出干涉他人的生活，眼睁睁地看着列车出轨，人仰马翻。

  人要想慈悲地输出智慧，不自作多情，也不是容易事。这种时刻，让我焦灼。

  时间久了，也想明白了。不能以为焦虑不安就是贡献力量的一种方式，这是弄巧成拙，既帮不了别人，也毁了自己的欢愉。

焦虑本身并不是竭尽全力的表达,只是不良心理状态的折磨。其实,人生并没有一定的对错之分。生命是一个过程,万丈红尘、万千气象都是常态。宽容就是接受和自己不同的人生状态,并不歇斯底里。

幸福有盲点，失去过的人才知其可贵

无论是古代人、近代人还是现代人，对于幸福的追求从未停止过片刻。

生活本身的目的就是获得幸福，追求幸福让众生殊途同归。那么，到底什么是幸福？

古往今来，关于幸福的定义，可以说众说纷纭五花八门。当我们讨论一个问题时，有的时候，可以从"它不是什么"来推断。

首先，幸福不是金钱。

金钱肯定是万分重要的。当然，贫贱夫妻百事哀。在物资极度匮乏的情况下，金钱和幸福有密切的相关性。但是，随着温饱的满足，人们对幸福的追求，就脱离了金钱增加的轨道。也就是说，金钱成倍地增加了，相应的幸福感，并没有成倍增加。国外的研究发现，百万富翁和街头的乞丐，感知幸福的比例差不多。

到我的心理诊所来咨询的访客中，有些人的婚姻关系亮起了红灯，他们说，我们无比怀念以前没钱的日子，那时候，我俩每天都有说不完的话，两个人一起打拼，乐在其中。现在呢，房子有了，钱有了，可是话没了。两个人的心越离越远了。这是怎么回事啊？是哪里出了问题啊？

看来,不幸福有时和金钱有关,但有了钱,幸福并不能自然而然地降临。

其次,幸福不是高科技。

谈及科技与幸福的时候,所有人的第一反应几乎都以为它们是相关的。有了更多的新科技,人们就会收获更多的幸福。

这个论点初看之下很有道理。因为有了空调,人们不再受酷热严寒之苦,安逸舒适,自然多了幸福。2009年7月,北京酷热,有一天我看到报纸上登了一封读者来信,一位产妇说,我刚生了宝宝,我们这一带停电了,宝宝在没有空调的房间里,受了大罪了,这可怎么办呢?太痛苦了!

看了这封忧心忡忡的读者来信,我就想起我孩子也是生在7月,那一年,北京也是酷暑。当然没有空调,不过,也安然度过了,好像并没有产生出婴儿在没有空调的房间里就不能生活的顾虑。从这个角度来说,高科技不但没有增加人们的幸福感,反倒让人变得更敏感、更弱不禁风了。

有了火车,人们夕发朝至,免了鞍马劳顿之苦,快捷安全,自然多了幸福。有了电子邮件,人们手指轻点鼠标,无数思念和信息顿时抵达,自然多了幸福。较之茹毛饮血、刀耕火种的人类,如今的我们似乎幸福到了天上。事实果真如此吗?

不然。今天的人们并没有比以前感受到更多的幸福。

既然幸福不是金钱,不是高科技,那么,幸福是不是长寿呢?

在中国古代,"福寿禄"三足鼎立,可见这三样不是一种东西。福是福,福与祸相对,无祸便是福。

寿呢,指的是活得长久。禄,指的是古时官吏的俸禄。

现代人认为:生命不在长度,不在数量,而在质量,要重视它的宽度和深度。

现在，我们还要探讨一下——"福"是不是多子多福？

这一点，估计现代人马上会给出否定的答案。孩子并不直接等同于幸福。如果是那样的话，比人具有更强繁殖力的动物就更幸福了。比如鱼和虾甩子一次可以达到几十万，你能说它们比人类更幸福吗？其实，越是低等动物，它们面临的生存环境越是险恶。为了保证在极端恶劣的环境中种族不灭绝，它们就进化出了大量生殖的本能，这和幸福的确没有多大关系。就算是在人类社会，多胎的家庭也不一定更幸福。

我们绕了半天圈子，现在还是回到主题上来，一探究竟。幸福到底是什么呢？

讲一个故事。

有一个女人，曾经在这个问题上走入歧途，陷入恐慌，不得不重新思考自己的人生定位。

若干年前，她看到了一则报道，说是西方某都市的报纸，面向社会征集"谁是世界上最幸福的人"这个题目的答案。来稿踊跃，各界人士纷纷应答。报社组织了权威的评审团，在纷纭的答案中进行遴选和投票，最后得出了三个答案。因为众口难调，意见无法统一，还保留了一个备选答案。

按照投票者的多寡和权威们的表决，发布了"谁是世界上最幸福的人"的名单。记得大致顺序是这样的：

第一种最幸福的人：给孩子刚刚洗完澡，怀抱婴儿面带微笑的母亲。

第二种最幸福的人：给病人做完了一例成功手术，目送病人出院的医生。

第三种最幸福的人：在海滩上筑起了一座沙堡，望着自己劳动成果的顽童。

备选的答案是:写完了小说最后一个字,画上了句号的作家。

消息入眼,这个女人的第一个反应仿佛被人在眼皮上抹了辣椒油,呛而且痛,心中惶惶不安。当她静下心来,梳理思绪,才明白自己当时的反应,是一种深入骨髓的悲哀。原来她是一个幸福盲。

为什么呢?说来惭愧,答案中的四种情况,从某种意义上说,那时的她,居然都在一定程度上初步拥有了。

她是一个母亲,给婴儿洗澡的事几乎是早年间每日的必修。那时候家中只有一间房子,根本就没有今天的淋浴设备,给孩子洗澡就是准备一个大铝盆,倒上水,然后把孩子泡进去。那个铝盆,她用了六块钱,买了个处理品,处理的原因是内壁不怎么光滑,麻麻癞癞的。她试了试,好在只是看着不美观,并不会擦伤人,就买回来了。那时要用蜂窝煤炉子烧水,水热了倒进铝盆,然后再加冷水。用手背试试,水温合适了,就把孩子泡进盆里。现在她每逢听到给婴儿用的洗浴液是"无泪配方",就很感叹。那时候,条件差,只能用普通的肥皂给孩子洗澡。因为忙着工作,家务又多,洗澡的时候总是慌慌忙忙的,经常不小心把肥皂水浸到孩子的眼睛里,闹得孩子直哭。洗完澡,把孩子抱起来,抹一抹汗水,艰难地扶一扶腰,已是筋疲力尽,披头散发的了。

她曾是一名主治医生,手起刀落,给很多病人做过手术,目送着治愈了的病人走出医院大门的情形,也经历过无数次了。回忆一下,那时候想的是什么呢?很惭愧啊,因为忙,往往是病人还在满怀深情地回望着医生呢,她已经匆匆回过头去,赶回诊室。候诊的病人实在多,赶紧给别的病人看病是要紧事。再有,医生送病人,也不适合讲"再见"这样的话,谁愿意和医生"再见"呢?当然是希望永远不见医生最好。她知趣地躲开,哪里有什么幸福之感?记得的只是完成任务之后长长呼出一口气,觉得已尽到了职责。

对比第三种幸福人的情形,可能多少有一点点差距。儿时调皮,虽然没在海滩上筑过繁复的沙堡(这大概和那个国家四面环水有关),但在附近建筑工地的沙堆上挖个洞穴藏个"宝贝"之类的工程,倒是常常一试身手。那时候心中也顾不上高兴,总是担心别叫路过的人一脚踩塌了她的宏伟建筑。

另外,在看到上述消息的时候,她已发表过几篇作品,因此那个在备选答案中占据一席之地的"作家完成最后一字"之感,也有幸体验过了。这个程序因为过去的时间并不太久,所以那一刻的心境记得还很清楚。也不是什么幸福感,而是愁肠百结——把稿子投到哪里去呢?听说文学的小道上挤满了人,恨不能成了"自古华山一条道",一不留神就会被挤下山崖。那时候,虽然还没有"潜规则"这样的说法,但投稿子要认识人,已成了公开的秘密。她思前想后,自己在文学界举目无亲,一片荒凉,一个人也不认识,贸然投稿,等待自己的99%是退稿。不过,因为文学是自己喜爱的事业,她不能在自己喜爱的东西里藏污纳垢。她下定决心绝不走后门,坚守一份古老的清洁。知道自己这个决定意味着要吃闭门羹,心中充满了失败的凄凉,真是谈不到幸福。

看到这里,朋友们可能发觉这个糊涂的女人不是别人,就是毕淑敏啊!的确,当时的我,已经集这几种公众认为幸福的状态于一身,可我不曾感到幸福,这真是让人觉得晦气而又痛彻心肺的事情。我思考了一下,发觉是自己出了毛病。还不是小毛病,而是大毛病。如果这个问题不解决,我后半生所有的努力和奋斗,都是镜中花水中月。没有了幸福的基础,所有的结果都是沙上建塔。从最乐观的角度来说,即使我的所作所为对别人有些许帮助,我本人依然是不开心的。我不得不哀伤地承认,照这样生活下去,我就是一个不折不扣的幸福盲。

第三辑　心香如兰,幸福自来

　　我要改变这种情况,我要对自己的幸福负责。从那时起,我开始审视自己对于幸福的把握和感知,我训练自己对于幸福的敏感和享受,我像一个自幼被封闭在黑暗中的人,学习如何走出洞穴,在七彩光线下试着辨析青草和艳花、朗月和白云。我真的体会到了那些被病魔囚禁的盲人,手术后一旦打开了遮眼纱布时的诧异和惊喜,不由自主地东张西望,流下喜极而泣的泪水的感受。

忍受快乐

忍受快乐。

这个提法,好像有点不伦不类。快乐啊,好事嘛,干吗还要用忍受这个词?习惯里,忍受通常是和痛苦、饥寒交迫、水深火热联系在一起的。

忍受是什么呢?是一种咬紧嘴唇苦苦坚持的窘迫,是一种打落牙齿和血吞下的痛楚,是一种巴望减弱祈祷消散的呻吟,是一种狭路相逢听天由命的无奈。

如果是忍受灾害,似乎顺理成章。忍受快乐,岂不大谬?天下会有这种人?人们惊愕着,以为这是恶意的玩笑和粗浅的误会。

环顾四周,其实不欢迎快乐的人比比皆是。不信,你睁大了眼睛,仔细观察一下当快乐不期而至的时候,大多数人们的惊慌失措吧。

最具特征的表现是:对快乐视而不见。在这些人的心底,始终有一股冷硬的声音在回响——你不配拥有……这是过眼烟云……好景终将飘逝……此刻是幻觉……人生绝非如此……啊!我太不习惯了,让这种情形快点过去吧……

我们姑且称这种心绪为——快乐焦虑症。

这奇怪的病症是怎样罹患的？

许多年前，我从雪域西藏回北京探家，在车轮上度过了二十天时光。最终到家，结束颠沛流离之后，很有几天的时间，我无法适应凝然不动的大地。当我的双脚结结实实地踩在土地上的时候，感觉怪诞和恐慌。我焦灼不安地认为，只有那种不断晃动和起伏的颠簸，才是正常的。

你看，经历就是这么轻易地塑造一个人的感受和经验。当我们与快乐隔绝太久，当我们在凄苦中沉溺太深的时候，我们往往在快乐面前一派茫然。这种陌生的感觉，本能地令我们拒绝和抵抗。当我们把病态看成了常态时，常态就成了洪水猛兽。

一些人，对快乐十分隔膜。他们习惯于打拼和搏斗，竟不识天真无邪的快乐为何物。

还有一些人，顽固地认为自己注定不会快乐。

他甚至执拗地蒙起双眼，当快乐降临的时候，不惜将快乐拒之门外。他们已经从快乐焦虑症发展到了快乐恐惧症。当快乐敲门的时候，他们会像寒战一般抖起来。当快乐失望地远去之后，他们重新坠入暗哑的泥潭中，熟悉地昏睡了。

常常有人振振有词地说，我不接受快乐，是因为我不想太顺利了。那样必有灾祸。

此为不善于享受快乐的经典论调之一，快乐就是快乐，它并不是灾祸的近亲，和灾祸有什么血缘的关系？快乐并不是和冲昏头脑想入非非必然相连。灾祸的发生自有它的轨迹，和快乐分属不同的子目录。中国有句古话，叫作乐极生悲。我相信世上一定有这种偶合，在快乐之后，紧跟着就降临了灾难。但我要说，那并不是快乐引来的厄运，而是灾难发展到了浮出海面的阶段。灾难的力量在许多因素的孕育下，自身已然强大。越是在这种情形下，我们越是要珍惜快乐，因为它的珍贵和短暂。只有充分地享受快乐，我们才有战胜灾难的动力和勇气。

许多人缺乏忍受快乐的容量，怕自己因为享受了快乐，而触怒了什么神秘的力量，怕受到天谴，怕因为快乐而导致了自己的毁灭。

快乐本身是温暖和适意的，是欢畅和光亮的，是柔润和清澈的，同时也是激烈和富有冲击力的。

由于种种幼年和成年的遭遇，有人丢失了承接快乐的铜盘，双手掬起的只是泪水。这不是他们的过错，但是他们永久的悲哀。他们不敢享受快乐，他们只能忍受。当快乐来临的时候，他们手足无措，举止慌张。甚至以为一定是快乐敲错了门，应该到邻居家串门的，不知怎么搞差了地址。快乐美丽的笑脸把他们吓坏了。他们在快乐面前，感到不大自在，赶紧背过身去。快乐就寂寞地遁去。

快乐是一种心灵自在安详的舞蹈，快乐是给人以爱自己也同时享有爱的欢愉的沐浴，快乐是身心的舒适和松弛，快乐是一种和谐的宁静。

当我们奔波颠簸跳荡狂躁得太久之后，我们无法忍受突然间的安稳和寂静。我们在无边无际的喧闹中，遗失了最初的感动，我们已忘怀大自然的包容和涵养。我们便不再快乐。

很多人不敢接受快乐的原因，是觉得自己不配快乐。这真是一个奇怪的逻辑。快乐是属于谁的呢？难道不是像我们的手指和眉毛一样，是属于我们自身的吗？为什么让快乐像一个无人认领的孤儿，在路口徘徊？

人是有权快乐的。甚至可以说，人就是为了享受心灵的快乐，才努力和奋斗，才与人交往和发展。如果这一切只是为了增加苦难，我们还有什么理由为此奋斗不息？

人是可以独自快乐的，因为人的感觉不相通。既然没有人能代替我们切肤之痛的苦恼,也就没有人能指责我们的独自快乐。不要以为快乐是自私的,当我们快乐的时候,我们就播种快乐的种子。我们把快乐传染给周围的人,我们善待周围的世界,这又怎么能说快乐是自私的呢?

当我们不接纳快乐的时候,我们实际上是不尊重自己,不相信自己,不给自己留下美好驰骋和精神升腾的空间。

快乐是一种无拘无束的展翅翱翔,快乐是一种淋漓尽致地挥洒泼墨,快乐是一种两情相依,快乐是一种生死无言。

对于快乐,如同对待一片丰美的草地,不要忍受,要享受。享受快乐,就是享受人生。如果快乐不享受,难道要我们享受苦难?即便苦难过后,给我们留下经验的贝壳,当苦难翻卷着白色的泡沫的时候,也是凶残和咆哮的。

快乐是我们人生得以有所附丽的红枫叶。快乐是羁绊生命之旅的坚韧缰绳。当快乐袭来的时候,让我们欢叫,让我们低吟,让我们用灵魂的相机摄下这些瞬间,让我们颔首微笑地分享它悠远的香气吧!

忍受快乐,是一种怯懦。享受快乐,是一种学习。

所有的动力都来自内心的沸腾

抑郁的源头

　　每个人都是这样密切地与他人相关,所以当彼此的关系断裂时,才显出空旷无助的凄楚。断裂的原因,可能是误解、背叛、欺瞒、争吵、鄙视……死亡当然是最彻底的断裂了。生命是一根链条,其中一环断了怎么办?唯一的方法是把链条再接起来。这是需要花工夫动脑子的事情。

　　看过一个熟练的布厂女工表演棉条的连接。棉条断了,每一根棉丝都断了,如同一根雪白的冰棒被截断。女工把需要吻合的两根棉条对接,展开,让每一根棉丝都找到连接的位置,然后轻轻地捻动,让它们在旋转中融为一体。接好了,抻拽一番,融合得天衣无缝。

　　这个过程形象地说明了建立新关系的步骤。找到新的位置,然后从容不迫地连接,新的关系就慢慢建立起来了。

　　世界上的事,简言之,都是关系使然。人的全部活动,就是三种无法逃避的关系。

　　第一重,是人和自然的关系。人类是自然之子。没有自然,就没有了人所依附的一切。大自然的伟力,在城市里的人,不大容易体会得到。你到空旷的山野和广袤的沙漠中,你置身于晴朗的夜空之下,你在雪山顶端和海洋中央之时,比较容易找到人类应该待着的位置。

第二重关系,是人和自我的关系。你离不开你自己。只要你活一天,你就和自己密不可分。就算是你的肉身寂灭了,你依然和自己的精神痕迹紧紧地贴附在一起,无法分离。

第三重关系,就是人和他人的关系。纵观世界上无数的悲欢离合、潮起潮落,无非就是在这重关系上的跌宕起伏。人是被称为"人群"的,人不是单独的个体,而是人以群分。

这三重关系,无论哪一重发生了断裂,都是噩耗。我们是相互联结的,没有哪一部分的震荡,其他部分可以幸免。所以,海明威说,不要问丧钟为谁而鸣,丧钟为你而鸣。

人永远不要割断自己同他人的联系,不要割断同祖国的联系,不要割断同祖先的联系,不要割断同亲人的联系,不要割断同工作的联系,不要割断同历史的联系,不要割断同文化的联系……正是这重重联系,像斜拉桥的绳索一样,托举着你成为你。

如果桥梁的绳索断了,谁都知道要在第一时间将它修复。但是,人的关联的绳索断了,一时半会儿好像看不出非常严重的后果。你还是你,可以按时上班,可以听音乐和下饭馆,可以聊天和静思。但是,且慢,时间长了,是一定要出岔子的。很多的抑郁症就是这样悄无声息地发生了。我曾经听过一位美国心理学家讲述治疗抑郁症的新疗法,他很决绝地说,世界上所有的抑郁症,都是在关系上出了问题。

真是这样的吗?

你可以不信,但可以好好想一想。

所有的动力都来自内心的沸腾

泥沙俱下地生活

有年轻人问,对生活,你有没有产生过厌倦的情绪?

说心里话,我是一个从本质上对生命持悲观态度的人,但对生活,基本上没产生过厌倦情绪。这好像是矛盾的两极,骨子里其实相通。也许因为青年时代,在对世界的感知还混混沌沌的时候,我就毫无准备地抵达了海拔五千米的藏北高原。猝不及防中,灵魂经历了大的恐惧、大的悲哀。平定之后,也就有了对一般厌倦的定力。面对穷凶极恶的高寒缺氧、无穷无尽的冰川雪岭,你无法抗拒人是多么渺小、生命是多么孤单这副铁枷。你有一千种可能性会死,比如雪崩,比如坠崖,比如高原肺水肿,比如急性心力衰竭,比如战死疆场,比如车祸枪伤……但你却在苦难的夹缝当中,仍然完整地活着。而且,只要你不打算立即结束自己,就得继续活下去。愁云惨淡畏畏缩缩的是活,昂扬快乐兴致勃勃的也是活。我盘算了一下,权衡利弊,觉得还是取后种活法比较适宜。不单是自我感觉稍愉快,而且让他人(起码是父母)也较为安宁。就像得过了剧烈的水痘,对类似的疾病就有了抗体,从那以后,一般的颓丧就无法击倒我了。我明白日常生活的核心,其实是如何善待每人仅此一次的生命。如果你珍惜生命,就不必因为小的苦恼而厌倦生活。因为泥沙俱下并不完美的生活,正是组成宝贵生命的原材料。

他又问,你对自己的才能有没有过怀疑或是绝望?

我是一个"泛才能论"者,即认为每个人都必有自己独特的才能,赞成李白所说的"天生我材必有用"。只是这才能到底是什么,没人事先向我们交底,大家都蒙在鼓里。本人不一定清楚,家人朋友也未必明晰,全靠仔细寻找加上运气。有的人可能一下子就找到了;有的人费时一世一生;还有的人,干脆终生在暗中摸索,不得所终。飞速发展的现代科技,为我们提供了越来越多施展才能的领域。例如,爱好音乐,爱好写作……都是比较传统的项目,热爱电脑,热爱基因工程……则是近若干年才开发出来的新领域。有时想,擅长操纵计算机的才能,以前必定悄悄存在着,但世上没这物件时,具有此类本领潜质的人,只好委屈地干着别的行当。他若是去学画画,技巧不一定高,就痛苦万分,觉得自己不成才。比尔·盖茨先生若是生长在唐朝,整个就算瞎了一代英雄。所以,寻找才能是一项相当艰巨重大的工程,切莫等闲视之。

人们通常把爱好当作才能,一般说来,两相符合的概率很高,但并不像克隆羊那样惟妙惟肖。爱好这个东西,有时候很能迷惑人。一门心思凭它引路,也会害人不浅。有时你爱的恰好是你所不具备特长的东西,就像病人热爱健康、矮个儿渴望长高一样。因为不具备,所以,就更爱得痴迷,九死不悔。我判断人对自己的才能,产生深度的怀疑以至绝望,多半产生于这种"爱好不当"的旋涡之中。因此,在大的怀疑和绝望之前,不妨先静下心来,冷静客观地分析一下,考察一下自己的才能,真正投影于何方。评估关头,最好先安稳地睡一觉,半夜时分醒来,万籁俱寂时,摒弃世俗和金钱的阴影,纯粹从人的天性出发,充满快乐地想一想。

为什么一定要强调充满快乐地去想呢?我以为,真正令才能充分发育的土壤,应该同时是我们分泌快乐的源泉。

他的最后一个问题是,你是怎样度过人生的低潮期的?

安静地等待。好好睡觉,像一只冬眠的熊。锻炼身体,坚信无论是承受更深的低潮或是迎接高潮,好的体魄都用得着。和知心的朋友谈天,基本上不发牢骚,主要是回忆快乐的时光。多读书,看一些传记。一来增长知识,顺带还可瞧瞧别人倒霉的时候是怎么挺过去的。趁机做家务,把平时忙碌顾不上的活儿都抓紧此时干完。

在纸上写下你的忧伤

把你不快乐的理由写在一张纸上,你会惊奇地发现,它们完全没有你想象的那样多,一般来说,它们是不会超过十条的。在这其中,把那些你不可能改变的理由划掉,比如你不是双眼皮或者你不是出身望族。然后认真地对付剩下的若干条,看看有哪些切实可行的方法可以将它们改变。

我常常用这个法子帮助自己,写在这里,供朋友们参考。

先准备一张纸,在纸上写下我纷乱的思绪。最好是分成一条条的,这样比较清晰和简明扼要。要知道,人在愁肠百结、眼花缭乱的时候,分辨力下降,容易出错。所以把复杂的问题简单化、条理化,用通俗点的说法,就是给问题梳个小辫子。实践证明,这是个好方法。

具体的操作步骤是这样的。假如你感到沮丧,就请你分门别类地把沮丧的理由写下来。假如你哀伤,就尝试着把哀伤的理由也提纲挈领地写下来。如果你也不知道因为什么,就是心烦意乱、百爪挠心、不知所措、诸事不顺的时候,也请你把所有可能导致如此糟糕心情的理由写下来。不要嫌麻烦,依此类推——当你愤怒的时候,当你寂寞的时候,当你无所适从的时候,当你自卑和百无聊赖的时候……都可以用这个法子试一试。

给你一个建议——找一张大一些的纸,起码要有 A4 纸那样大。如果你愿意用一张报纸一般大的纸,也未尝不可。反正我常常是这样开始的,引发我不适的感觉是如此强烈,深感没有一张大纸根本就写不下。数不清的理由像野兔般埋伏在烦恼的草丛里,等待着我去一一将它们抓出来。如果纸太小,哪里写得下?写到半路发觉空白地方不够了,再去找纸,多么晦气!

当然了,你要找一个安静的地方。你要独自一人。不要把这当成一个玩笑,精神的忧伤是值得认真对待的,我们要凝聚心力,有条不紊地打开创口。

我当过外科医生,每逢打开伤口的时候,我都要揪着一颗心,因为会看到脓血和腐肉,有的时候,还有森森白骨。但是,任何一个负责任的医生,都不会因为这种创面的血腥狼藉而用一层层的纱布掩盖伤口,那样只会养虎为患,使局面越来越糟。

打开精神的伤口也是需要勇气的。当你写下第一条的时候,你很可能会战战兢兢地下不了笔,这时候,你一定要鼓起勇气,不要退缩。就像锋利的柳叶刀把脓肿刺开,那一瞬,会有疼痛,但和让脓肿隐藏在肌肉深处兴风作浪相比,这种短痛并非不可忍受。

第一刀刺下去之后,你在迸出眼泪的同时,也会感到一点点轻松。因为,你把一个引而不发的暗疾揪到了光天化日之下。

乘胜追击,不要手软。请你用最快的速度再写下让你严重不安的第二条理由。这一次,稍稍容易了一些。不是吗?因为万事开头难啊!你已经开了一个好头,你已经把让你最难忍受的苦痛凝固在了这张洁白的纸上。这张纸,因了你的勇敢和苦痛,有了温度和分量。

第二条写完之后,请千万不要停歇下来,一定要再接再厉啊!这应该不是什么太难之事,因为让你寝食不安的事不会只是这样简单的一两件,你的悲怆之库应该还有众多的储备呢！也不要回头看,估摸自己已经写的那些东西是不是排名前后有调整的必要,只须埋头向前,一味写下。

写！继续！用不着掂量和思前想后,就这样写下去。等到了你再也写不出来的时候,咱们的"白纸疗法"第一阶段就先告一段落。

摆正那张纸,回头看一看。

我猜你一定有一个大惊奇。那些条款绝没有你想象的多！在一瞬间,你甚至有些不服气,心想造成我这样苦海无边、纷乱不止的原因,难道只有这些吗？不对,一定是什么地方出了差池,我想得还不够深不够细,概括得还不够周到,整理得还不够全面……

不要紧。不要急。你尽可以慢慢地想,不断地补充。你一定要穷尽让自己不开心的理由,不要遗漏一星半点。

好了,现在,你到了绞尽脑汁再也想不出新的愁苦之处的阶段了。那么,我们的"白纸疗法"第一阶段正式完成。

你可以细细端详这些让你苦恼的罪魁祸首。我猜你还是有些吃惊,它们比你预想的还要少得多。你以为你已万劫不复,其实,它们最多不会超过十条。

不信,我可以试着罗列一下。

1. 亲人逝去；
2. 工作变故；
3. 婚姻解体；
4. 人际关系恶劣；
5. 缺乏金钱；
6. 居无定所；
7. 疾病缠身；
8. 牢狱之灾；

9. 失学失恋；

10. ……

看到这里，你也许会说，这也太极端了吧？这些倒霉的事怎么能都集中到一个人身上呢？这种人在现实中的比例太低了！万分之一有没有啊？是的，我完全能理解你的讶然，但是，正如我们前面所说的，即使是这样的"头上长疮脚下流脓"的超级倒霉蛋，他的困境也并没有超过十条。

现在，"白纸疗法"进入第二个阶段。

把你的那些困境分分类，看看哪些是能够改变的，哪些是无能为力的。对于能够改变的，你要尽自己的努力来争取摆脱困境。对于那些不能改变的，就只能接受和顺应。

咱们还是拿那个天下第一倒霉蛋的清单来做个具体分析。

1. 亲人逝去；

2. 工作变故；

3. 婚姻解体；

4. 人际关系恶劣；

5. 缺乏金钱；

6. 居无定所；

7. 疾病缠身；

8. 牢狱之灾；

9. 失学失恋。

不能改变的：亲人逝去，婚姻解体，疾病缠身。

已经得到改变的：因为牢狱之灾，解决了居无定所。因为牢狱之灾，也就没有继续工作的可能性了，所以，第二条困境就不存在了。失学这件事，也只有等待出狱之后再做考虑。失恋这件事，虽然说并不是完全没有希望挽回，但因为恋爱毕竟是两个人的事情，假如在没有牢狱之灾的情况下,对方都已经和你分手,那么现在的局面更加复杂,和好的可能性也十分微弱,基本上可以把它放入你无能为力的筐子里面了。

可以做出的改变:

1. 在牢狱里,服从管理,争取减刑。

2. 积极治病,强身健体。

3. 学习知识和技能,争取出狱后能继续学业或是找到工作,积攒金钱,建立新的恋爱关系,找到房子,成立美满家庭。

通过剖析这张超级倒霉蛋的单子,我想你已经知道了该怎么做,我这里也就不啰唆了。毕竟每一片叶子都是不同的,每一个人遇到的具体困境和难处也都是不同的。我也就不打听你的隐私了。现在,让我们进入"白纸疗法"的第三个阶段。

第三个阶段非常简单,就是你给自己写一句话,可以是鼓励,也可以是描述自己的心境,也可以是把自己骂上一句。当然了,这可不是咬牙切齿的咒骂,而是激励之骂。

有的朋友可能还是不知道如何下笔,让我举几个例子。

有人写的是:那个悲伤的人已经走远,我从这一刻再生。

有人写的是:振作起来。不然,我都不认识你了!

还有人写的是:一切反动派都是纸老虎。

最有趣的是我曾看到一个年轻人写道:啊!我呸!

我问他,这个"我呸",是什么意思?

他翻翻白眼说,你连这个都不懂? 就是吐唾沫的意思。吐痰,这下你总明白了吧?

我笑笑说,还是不大明白。

他说,你怎么这么笨呢! 像吐口水一样,把过去的霉气都吐出去,新的生活就开始了。我小的时候,每逢遇到公共厕所,氨水样的味道直熏眼睛,我妈就告诉我,快吐口水,就把吸进肚子里的臭气都散出去了……现在,我也要"呸"一下。

我明白了,这是一个仪式,和过去的沮丧告别,开始新的一天。其实也很有道理。在咱们的文化中,有一个词,叫作"唾弃",说的就是完全的放弃。还有一个词叫作"拾人余唾",就是把别人放弃的东西再捡回来,充满了贬义。因此,这个小伙子在一句"我呸"当中,蕴含了弃旧图新的决定。

幸福是一种内心的稳定

我到 40 多岁的时候才觉得幸福是那么重要,此前我一直觉得自己不是一个幸福的人。后来我才知道,是我错了,幸福不是那么惊天动地的,不是那么大张旗鼓的,不是像我们想象的需要很多的金钱、需要那种万丈光芒的时刻。只要我们每一个人努力去争取、去奋斗,我们就会享有自己的幸福。

我最早关注到幸福这个问题,其实还是得益于一位德国的哲学家费尔巴哈。他说过,人活着的第一要务就是要使自己幸福。我当时看到这个说法挺惊讶的。我们会觉得我们有很多的小目标,我们会被这个社会的大的舆论所引导,被一些潮流所裹挟。可是,你一定要清楚,这一生你最重要的事情是让自己幸福。

我刚才说过,我到 40 岁的时候才明白了这些事情,源于那时我看到一个小的故事:

西方某个国家在进行的一个调查研究,题目是《谁是世界上最幸福的人》。因为在报纸上发出了征集答案的征文,成千上万的信函就飞到了报社。报社组织了一个评选委员会,想看看民众中对于幸福、对于谁是最幸福的人有怎样的答案。最后,按照得票的多少,第一名是给自己的孩子洗完澡后怀抱婴儿的妈妈;第二名是给病人治好了病后目送那个病人远去的医生;第三名是,孩子在海滩上自己筑起一个沙堡,夕阳西下的时候,这个孩子看着自己筑起的沙堡时自得其乐的微笑;第四名是给自己的作品画上句号的作家。

我看到这个答案以后,心里充满了悲凉。在某种程度上,这四种幸福在那个时候的我身上其实都已经历过。我有孩子,给他洗过澡,有抱过他的时候;我原来是医生,也有治好病人目送病人出院的时候;我可能没有在海滩上筑起过沙垒,但是在我们家附近工地上的沙堆挖过坑,然后看着旁边的人不小心掉进去;那时候我已经开始写作,所以也给自己作品画上过句号。我之所以难过,是因为我集这些幸福于一身,可是我未曾感到幸福。我想,不是世界错了,是我自己错了。我对于幸福的认识和把握,对它的追求,其实有重大的误区。就在这种情况下,我写了一篇散文叫《提醒幸福》,后来收入全国统编教材二年级语文里面。

四十不惑,中国的古话很有道理,时候不到真的不行,到了之后突然就明白了,所以我40多岁才明白了幸福。我现在看年轻时候写的日记,怎么能有那么多痛苦,但现在其实已经全忘记了。我原来觉得幸福是毫无瑕疵的,它应该没有任何阴影,应该那样纯粹和美好。但我现在要告诉你们,幸福其实是一种内心的稳定,我们没有办法决定外界的所有事情,但是我们可以决定自己内心的状态。或者简单地说,幸福其实是灵魂的成就。

我特别希望,年轻的朋友们从现在开始就懂得珍惜自己的生命和幸福,能明白所有的困苦都是生命过程中我们必然会遇到的。20多岁就能明白幸福该多好,你们会减少很多苦闷。当然,其实无论什么时候认识到幸福对我们如此重要都不晚,只要生命存在,我们就依然可以学习、可以成长。

在我明白了幸福以后,最重要的一个改变是,我觉得人生可以把握了。在此之前,我能把握的部分很少,因为心灵内部的那种无助感,那种随波逐流,那种对前程的不确定感,所以常常有一种深层的不安存在着。我现在越来越安宁了,我知道世上有一些事情我无能为力,这些我们都不要去费气力了。但是有一部分是可以改变的,我们怎么看待自己,怎么看待世界,我们把能改变的那部分尽我所能,按照我们的意志去加以改变。把这些事情做好以后,我心里面的稳定感就极大地增强了。我知道我一定会有灾难,因为世上不可能都是阳光灿烂的日子;也知道一定会有人性的幽暗之处在四面八方存在着,而当我把它们看得更清楚以后,我反倒对这个世界多了一份理解。我现在会觉得,这个世界就是如此泥沙俱下,但我依然对它充满希望,依然可以安然面对。

我学习心理治疗的时候接受的是人本主义的流派,我特别喜欢马斯洛说过的一句话:"做人是一件有希望的好事情。"我觉得人本主义流派有两大重要的出发点,一个是人性本善,另一个是人是可以改变的。我特别喜欢这两个基本的出发点,第一个和我们儒家的"人之初性本善"的观点天然吻合;关于第二个,其实任何时候我们都不要把这个世界和自己看得太悲观,我们应该对别人和自己都充满希望。我喜欢这样的一个流派。

我当心理医生的时候,听过许多苦难、挫折、沮丧、悲哀甚至仇恨的诉说。这让我感动于人世中相依为命的信任感和生命处于困境仍寻求解脱之法的韧性。这会让我有一种很坚定的信念,即我在这种危机的时刻要和他们在一起,要尽我的力量,以我内心的温暖去帮助他们。但我仍然知道,每个人的命运是由自己决定的,最后的决定权在他们自己手里,而我会将自己一生所经历的艰难困苦中收获的经验与之分享,会尽我所能帮助他们走过生命中非常泥泞而混乱的时期。当然,我也会确保自己内心的坚定,而不被那种滚滚的浊流所吞没,我们只是助人自助,最终的力量还是要来自对方的内心。

爱怕什么

爱挺娇气挺笨挺糊涂的,有很多怕的东西。

爱怕撒谎。当我们不爱的时候,假装爱,是一件痛苦而倒霉的事情。假如别人识破,我们就成了虚伪的坏蛋。你骗了别人的钱,可以退赔,你骗了别人的爱,就成了无赦的罪人。假如别人不曾识破,那就更惨。除非你已良心丧尽,否则便要承诺爱的假象,那心灵深处的绞杀,永无宁日。

爱怕沉默。太多的人,以为爱到深处是无言。其实爱是很难描述的一种情感,需要详尽的表达和传递。爱需要行动,但爱绝不仅仅是行动,或者说是语言和感情的流露,也是行动不可或缺的一部分。

我曾经和朋友们做过一个测验,让一个人心中充满一种独特的感觉,然后用表情和手势做出来,让其他不知底细的人猜测他的内心活动。出谜和解谜的人都欣然答应,自以为百无一失。结果,能正确解码的人少得可怜。当你自觉满脸爱意的时候,他人误读的结论千奇百怪。比如认为那是——矜持、发呆、忧郁……

一位妈妈,胸有成竹地低下头,做出一个表情。我和另一位女士愣愣地看着她,相互对视了一下,异口同声地说:你要自杀!她愤怒地瞪着我们说,岂有此理!你们怎么那么笨?!我此刻心头正充盈温情!愚笨的我俩挺惭愧的,但没等我们道歉的话出口,那妈妈恍然大悟道:原来是这样!怪不得我每次这样看着儿子的时候,他会不安地说:妈妈,我又做错了什么?你又在发什么愁?

爱是那样的需要表达,就像耗电太快的电器,每日都得充电,重复而新鲜地描述爱意吧。它是一种勇敢和智慧的艺术。

爱怕犹豫。爱是羞怯和机灵的,一不留神它就吃了鱼饵闪去。爱的初起往往是柔若无骨的碰撞和翩若惊鸿的动力。在爱的极早期,就敏锐地识别自己的真爱,是一种能力,更是一种果敢。爱一桩事业,就奋不顾身地投入;爱一个人,就勇往直前地追求;爱一个民族,就挫骨扬灰地献身。

爱怕沙上建塔。那样的爱,无论多么玲珑剔透,潮起潮落,遗下的只是无珠的蚌壳和断根的水草。

爱怕无源之水。沙漠里的河啊,即使不是海市蜃楼,波光粼粼又能坚持几天?当沙暴袭来的时候,最先干涸的正是泪水积聚的咸水湖。

爱怕假冒伪劣。真的爱也许不那么外表光鲜、色彩艳丽,没有精致的包装,没有夸口的广告,但是它有内在的质量保证。真爱并非不会发生短路与损伤,但是它有保修单,那是两颗心的承诺,写在天地间。

爱的脚力不健,怕远。距离会漂淡彼此相思的颜色。假如有可能,就靠得近一点,再近一点,直到水乳交融、紧密无间。万万不要人为的以分离考验它的强度,那样你也许会后悔莫及。尽量地创造并肩携手天人合一的机会。

爱像娇艳的花朵,怕转瞬即逝。爱可以不朝朝暮暮,爱可以不卿卿我我,但爱要铁杵磨针,恒远久长。

爱怕平分秋色。在爱的钢丝上不能学高空王子,不宜做危险动作。即使你摇摇晃晃,一时不曾跌落,也是偶然性救你,任何一阵旋风,都可能使你轰然坠毁。最明智保险的是赶快从高空回到平地,在泥土上留下深深的脚印。

爱怕刻意求工。爱可以披头散发,爱可以荆钗布裙,爱可以粗茶淡饭,爱可以风餐露宿。只要有一腔真情,爱就有了依傍。

爱的时候,眼睛近视散光,只爱看江山如画。耳朵是聋的,只爱听莺歌燕舞。爱让人片面,爱让人轻信。爱让人智商下降,爱让人一厢情愿。爱最怕的是腐败。爱需要天天注入激情和活力,但又如深潭,波澜不惊。

爱是世上最坚固的记忆金属,高温下不融化,冰冻不脆裂。造一艘爱的航天飞机,你就可以驾驶着它,遨游九天。

爱是比天空和海洋更博大的宇宙,在那个独特的穹宇中,有着亿万颗爱的星斗,闪烁光芒。一粒小行星划下,就是爱的雨丝,缀起满天清光。

爱是神奇的化学试剂,能让苦难变得香甜,能让一分钟永驻成为永远,能让平凡的容颜貌若天仙,能让喃喃细语压过雷鸣电闪。

爱是孕育万物的草原。在这里,能生长出能力、勇气、智慧、才干、友谊、关怀……所有人间的美德和属于大自然的美丽天分,爱都会给赠予你。

在生和死之间,是孤独的人生旅程。保有一份真爱,就是照耀人生得以温暖的灯。

梅花催

很多人以为爱是虚无缥缈的感情,以为爱在我们的日常生活中发生的频率十分低,以为只有空虚的、细腻的、多愁善感的人才会在淋漓秋雨的晚上和薄雾袅袅的清晨,品着茶、吹着箫,玩味什么是爱,以为爱的降临必有异兆,在山水秀美之地或是风花雪月之时,锅碗瓢盆、刀枪剑戟必定与爱不相关。

还有很多人以为自己不会爱,是缺乏技巧。以为爱是如烹调书和美容术一样,可以列出甲乙丙丁分类传授的手艺,以为只要记住在某种场合施爱的程序和技巧,比如何时献花、何时牵手,自己在爱的修行上就会有一个本质性的转变和决定性的提高。风行的各类男人女人、少男少女的杂志上,不时地刊登各种爱的小窍门、小把戏,以供相信这一理论的读者牛刀小试。至于尝试的结果,从未见过正式的统计资料,也无人控告这些经验的传授者有欺诈倾向。想来读者多是善意和宽容的,试了不灵,不怪方子,只怪自家不够勤勉。所以,各种秘方层出不穷,成为诸如此类刊物长盛不衰的不二法门。这也从另一个侧面说明,多少人求爱无门,再接再厉,屡败屡试。

爱有没有方法呢?我想,肯定是有的。爱的方法重要不重要呢?我想,一定是重要的。但在爱当中,最重要的不是方法,而是你对于爱的理解和观念。

你郑重地爱,严肃地爱,欢快地爱,思索地爱,轻松地爱,真诚地爱,朴素地爱,永恒地爱,忠诚地爱,坚定地爱,勇敢地爱,机智地爱,沉稳地爱……你就会是派生出无数爱的能力、爱的法宝、爱的方法、爱的经验。

爱是一棵大树。方法,是附着在枝干上的蓓蕾。

某年春节,我到江南去看梅花。走了很远的路,爬了许久的山,看到了无边无际的梅树。只是,没有梅花。

天气比往年要冷一些,在通常梅花怒放的日子,枝上只有饱满的花骨朵儿。怎么办呢?只有打道回府了。主人看我失望的样子,突然说,我有一个办法,可以让梅花瞬时开放。

我说,真的吗?你是谁?武则天吗?就算你真的是,如果梅花也学了牡丹,宁死不开,你又怎样呢?

主人笑笑说,用了我这办法,梅花是不能抵挡的。你就等着看它开放吧!

她说着,从枝上折了几朵各色蓓蕾(那时还没有现在这般的环保意识,摘花,罪过),放在手心,用热气暖着哈着,轻轻地揉搓……

奇迹真的在她的掌心缓缓地出现了。每一朵蓓蕾,好似被魔掌点击,竟在严寒中一瓣瓣地绽开,如同少女睡眼一般绽出了如丝的花蕊,舒展着身姿,在风中盛开了。

主人把花递到我手里,说好好欣赏吧。我边看边惊讶地说,如果有一只巨掌,从空中将这梅林整体温和揉搓,顷刻间就会有花海涌动了啊!

主人说,用这法子可以让花像真的一样开放,但是——

她的"但是"还没有讲完,我已知那后面的转折是什么了。如此短暂的工夫,在我手中蓬开的花朵,就已经合拢、枯萎,那绝美的花姿如电光石火一般,飘然逝去。

怎么谢得这么快？我大惊失色。

因为这些花没有了枝干。没有枝干的花,绝不长久。主人说。

回到正题吧。单纯的爱的技术,就如同那没有枝干的蓓蕾,也许可以在强行的热力和人为的抚弄下,开出细碎的小花,但它注定是短命和脆弱的。

我们珍视爱,是看重它的永恒和坚守。对于稍纵即逝的爱,我们只有叹息。

爱在什么时候,都会需要技术的。而且这些技术,会随着历史的进程,发展得更完善和周到。同时,我们无论在什么时候,都更看重那技术之下的,深埋在雄厚土壤中的爱的须根。

如果你需要长久的、致密的、坚固的、稳定的爱,你就播种吧,你就学习吧,你就磨炼吧,你就锲而不舍地坚持求索吧,爱必将降临在每一个真诚寻找它的眸子里。

所有的动力都来自内心的沸腾

关于爱的奇谈怪论

爱是人们常常谈论的话题,因为在空气、水分、食物和安全之后,就是我们的爱了。比如安全这个问题,表面上看来是对环境的要求,其实是对爱的一种深化,我们只有在爱中,才感觉自己是有价值,是值得爱护保护珍惜和发展的。一个丧失了安全感的人,是无法爱自己和爱世界的。比如人际关系,更是爱的浓缩和放大。难以设想,一个不爱他人的人,会有广泛的朋友和良好的社会关系。当然,他的身旁可能会聚集着一些人,但那不是心灵的需要,只是利益的驱使。谈到自我发展,更是爱的高级阶段。因为你有爱,超越了一己的范畴,才扩展到更广阔的人和物。在这种升腾和弥散过程中,爱变成一种柔和的光芒,从一个核心的晶体稳定地散发着,把温暖和明亮播扬到远方。

但是,当人们议论起爱的时候,却有着许多混淆和迷乱的地方。爱成了一个大花脸,大家都随心所欲地涂抹着它的面孔,把自制的油彩敷在她的嘴角和眉梢。爱于是变得诡谲和莫测起来。有几个流传很广的说法,我想提出讨论。

其一,爱和年龄有关吗?

这是人们通常不付诸书面,但彼此心照不宣的概念。具体意思是——只有年轻人才享有充沛富饶的爱意,它的浓度随着年龄的增长而逐步递减,从高耸的爱的山峰萎缩至贫瘠的爱的荒原。由于这一爱的假设的存在,年轻人因此而沾沾自喜,觉得自己仿佛享有一个爱的太平洋,可以不加计算地挥霍爱意。上了年龄的人则很气馁,当谈到爱的时候,很有一些"王顾左右而言他"的窘迫。爱的门扉已经像一家到了下班时间的商场,缓缓关闭。店员们带着疲惫的笑容在重复着"欢迎光临",你也花光了所有的积蓄,即使别人不翻白眼,自己也无颜再耽搁,只有缩着脖子夹着尾巴却步抽身,才是明智之举。

有一种影响约定俗成,那就是——爱,似乎是年轻人的专利,或者只有他们才有深入探讨这个话题的必要。当人们说到中年或老年人的爱意时,会扭扭捏捏地觉得那是一种爱的残次品,不那么正宗,不那么地道。比如在形容青年以上年纪人的爱情时,基本不会用"火热"这个词,而只以"温馨"代替。毋庸置疑,温馨比火热的程度,要差着好几个数量级呢。

在人们约定俗成的看法中,爱是有年龄限制的。它大量地存在于生命旺盛的青少年,而较少地分泌于生命渐趋平稳和衰落的成熟和晚期。

这岂止是谬误的,简直是奇怪的。它把爱这种密切属于人类的高等和神圣的感情,简化到相当于睾丸素、黄体酮之类的内在的激素分泌物和诸如皱纹和胡须这种简单的外在指标了。

这必然首先牵涉到爱是一种生理现象还是一种精神现象?

持年轻人拥有最多的爱意的看法的人,其实是把爱定位在激素,特别是性激素的产量上了。如果这样看来,年轻人是一定会把老年人打败的。但不幸或者是有幸的是,爱是一种精神状态,是一种需要不断修炼和提高的艺术,是一种积累经验审视自我的完善过程。因此,爱是和年龄无关的。

证据就是,爱可以在年轻人那里发生,也可以在老年人那里发生。从有人类以来的无数故事和历史可以证明,爱不是年龄的产品,它是心灵的能力。

其二,爱和对象有关。

中国有一句俗语,现在被人用得越来越多了,那就是——遇人不淑。原来是女人专用的,如今也常常听到被抛弃和耍弄的男人长吁短叹此词。爱错了人的惨剧,古往今来,总是屡屡发生。人们在唏嘘之余,总是悲叹那薄命女子痴情汉,怎么不把眼睛拭亮,偏偏遇到了不该爱不能爱的人,糊里糊涂地就爱上了,且爱得水深火热!

于是顺理成章地归纳出:在此情此景中,爱是没有过错的,错的是那爱的对象,不能承接爱,不能感受爱,不配得到爱……总之一句话——所爱非人。不是有一首很有名的歌吗,叫作《爱上一个不该爱的人》……

这就有一点讨论的必要了。

爱在这种悲剧中,似乎是孤立的一盆水,可以从楼台上闭着眼睛,泼到任何一个人身上,凭的是冥冥之中的概率。和那个施爱者是没有关系的。甚至有一种可怕的论调,爱是盲目的,爱是碰运气,爱是不可知不可测定的,爱是没有规律的……

爱在这里蒙上了宿命和诡谲的色彩,被妖魔化了之后,躲在命运的山洞里,伺机以画皮的模样谋害我们。

这样以少数人的愚蠢所导致的失利,来嫁祸于爱的清白之躯,是不公平和不正派的。

爱是一个正常心智的明媚选择,它积聚了一个人的精神能量和所有的素养智慧,是综合力量的体现。它首先表现在施爱者是有力量和有眼光的。如果你根本没有爱的能力,好比压根不会游泳,你误入爱的海洋,你被淹得两眼翻白,甚至有生命危险,但这不是海水的过错,这是因为你对自己的技艺判断失误。这是你的责任,怎么能迁怒于一望无际波澜壮阔的大海呢?人们对于自然界是如此宽宏大量和易于理解,为什么就对与我们休戚与共的爱,如此苛求相逼呢?这后面是否掩藏着我们人类对自己的宽纵和对无言情感的肆意欺凌呢?

你爱错了,责任在你。不但说明你的眼睛不亮、视力散光、聚焦不准,而且说明你根本就不懂得什么是爱。灾祸发生之后,搞清楚责任,是一件痛苦和扫兴的事情,特别是在枝蔓生长到一败涂地的时候,挖掘出最初那悲惨的种子,原来竟是自己亲手播种,当灾异显出狰恶之相时,自己非但没有亡羊补牢斩草除根,反倒以血饲虎姑息养奸以致贻害无穷……需要极大的勇气和力量来审判自己。甚至可以武断地说,由于这类悲剧事件的主人公,原本就对爱的理解颇为肤浅偏颇,当他们气定神闲的时候,你都不能指望他们的明智和清醒,在危机翻江倒海而来的时候,期待他们能有很好的自省力度,几近奢望。同时,我也深信,不幸的现场,如果善加发掘,是一堂虽然付出高昂学费,但也会物有所值的宝贵课堂。有时,幸福这个老师,和颜悦色地教授给你学问,绝对逊色于灾难声色俱厉的鞭挞。可惜的是,浑身伤痕的爱的败阵者,怨天尤人地呓语着,骂遍了天下人,单单饶过了自己。所以,我很想煞风景地提醒一下善良的人们,对在爱的战役中的败将,如果他或她没有对自身的反思和批判,如果在交了一笔昂贵的爱的学费之后,学会的只是指责和怨恨,那么,无论他或她显得多么楚楚可怜,你可以帮助以金钱,却勿倾泻情感。他们不懂真爱,还须努力学习。

搞清爱的最主要方面,不是在于爱的对象,而在于爱的主体,是沉冷峻严的判断。当你在人世间承受着种种知识的积累的时刻,你还需不断地历练对于爱的思索和实践。你要善于总结经验。如果不把主要的光圈聚焦在自己的爱的基准上,只是在大千世界的林林总总中发泄怨气、推卸责任,你就不但受到了来自他人的情感重创,而且还丢失了以后避开类似伤害的亡羊补牢的篱笆。

有很多人以为,只要成功地找到了一个可爱的人,爱就如霍乱病菌一般,自动地以几何数量级滋生起来,剩下的事,就是不断地收获爱的果实了。他们以为,爱主要是一个寻找的过程,找对了,就一好百好,找错了,就一了百了;是一件虎头蛇尾的事,成败仅仅维系在开端部分。

于是,找到那爱的对象就成了千钧一发生死未卜的事情。此事一完成,就马放南山、刀枪入库,只剩等着岁月这个发牌员,验证我们当初押下的签了。

爱是一时一事还是一生一世?

爱是一锤定音还是守护白头?

爱是一失足成千古恨还是勤勉呵护日积月累?

爱是变数还是常数?爱是概率还是守恒?

……

你的爱情等待你的看法。你的爱情验证你的看法。你能够有什么样的爱情观,你就有什么样的爱情。你的观念就是你的命运。

原谅我说得这般决绝甚至带有一点霸道。因为它实在太简单了。引发悲惨结局的肇事者,常常不是对复杂事物的判断,而是对常识的蔑视和忽略。

哑幸福

初逢一女子,憔悴如故纸。她无穷尽地向我抱怨着生活的不公,刚开始我还有点不以为然,很快就沉入她洪水般的哀伤之中了。你不得不承认,在这个世界上,有些人就是特别的倒霉,女人尤多。灾难好似一群鲨鱼,闻到某个伤口的血腥之后,就成群结队而来,肆意啄食他的血肉,直到将那人的灵魂嚼成一架白骨。

从刚开始,我就知道自己这辈子不会有好运气的。她说。

我惊讶地发现,在一片黯淡的叙述中,唯有说这话的时候,她的脸上显出生动甚至一点得意的神色。

你如何得知呢?我问。

我小时候,一个道士说过——这小姑娘面相不好,一辈子没好运的。我牢牢地记住了这句话。当我找对象时,一个很出色的小伙,爱上了我。我想,我会有这么好运吗?没有的。就匆匆忙忙地嫁了一个酒鬼。他长得很丑,我以为,一个长相丑恶的人,应该多一些爱心,该对我好。但霉运从此开始。

我说,你为什么不相信自己会有好运呢?

她固执地说,那个道士说过。

我说,或许,不是厄运在追逐着你,是你在制造着它。当幸福向你伸出银指的时候,你把自己的手掌,藏在了背后。你不敢和幸福击掌。但是,厄运向你一眨眼,你就迫不及待地迎了上去。看来,不是道士预言了你,而是你的不自信,引发了灾难。

她看着自己的手,摩挲着它,迟疑地说,我曾经有过幸福的机会吗?

我无言。有些人残酷地拒绝了幸福,还忿忿地抱怨着,认为祥云从未卷过他的天空。

幸福很矜持。遭逢的时候,它不会夸张地和我们提前打招呼。离开的时候,也不会为自己说明和申辩。

幸福是个哑巴。

第四辑　人生纷繁，素履而往

带上灵魂去旅行

人的知识永远是不完备的。他无法知道一个地区或是一个时代是否就是空间和时间的全部。从这个意义上讲,我们每个人都是井底之蛙,所不同的只是栖息的这口井的直径大小而已。每个人也都是可怜的夏虫,不可语冰。于是,我们天生需要旅行。生为夏虫是我们的宿命,但不是我们的过错。在夏虫短暂的生涯中,我们可以和命运做一个商量。尽可能地把这口井掘得口径大一些,把时间和地理的尺度拉得伸展一些。就算最终不可能看到冰,夏虫也力所能及地面对无瑕的水和渐渐刺骨的秋风,想象一下冰的透明清澈与痛彻心扉的寒冻。

旅行,首先是一场体能的马拉松,你需要提前做很多准备。先说说身体方面。依我片面的经验,旅行的要紧物件有三种。

第一,当然是时间。人们常常以为旅行最重要的前提是钱,于是就把攒钱当成旅行的先决条件。其实,没有钱或是只有少量的钱,也可以旅行。关于这一点,只要你耐心搜集,就会找到很多省钱的秘籍。如果把一个人比作一辆车,驱动我们前行的汽油,并不是金钱,而是时间。这个道理极其简单,你的时间消耗完了,你任何事都干不成了,还奢谈什么呢?或者说,那时的旅行只有一个方向,就是地

所有的动力都来自内心的沸腾

心了。

第二桩物件,是放下忧愁。忧愁是旅行的致命杀手,人无远虑,乃可出行。忧愁是有分量的,一两忧愁可以化作万只秤砣,绊得你跌跌撞撞鼻青脸肿。最常见的忧愁来自这样的思维:把这笔旅游的钱省下来可以买多少斤米多少缕菜,过多长时间丰衣足食的家常日子。将满足口腹之欲的时间当作计量单位,是曾经有用现在却不必坚守的习惯。很多中国人一遇到新奇又需要破费的事儿,马上把它折算成米面开销,用粮食做万变不离其宗的度量衡。积谷防饥本是美德,可什么事都提到危及生命安全的高度来考虑,活着就成了负担。谁若一意孤行去旅行,你一定会听到这一类的谆谆告诫。迅即地把诸事折合成大米的计算公式,来自温饱没有满足的农耕时代遗留下来的精神创伤。如果你一定要把所有的钱都攒起来用于防患于未然,这是你的自由,别人无法干涉。可你要明白,身体的生理机能满足之后,就不必一味地再纠结于脏腑。总是由着身体自言自语地说那些饥饱的事儿,你就灭掉了自己去看世界的可能性,一辈子只能在肚子画出的半径中度过。这样的人生,在温饱还没有解决的往昔,是不得已而为之,甚至可能成为能优先活下来的王牌。在今天,就有时过境迁、过于迂腐之感了。

第三桩,是活在身体的此时此刻。此话怎讲?当下身体不错,就可以出发,抬腿走就是,不必终日琢磨以后心力衰竭的呕血和罹患癌症的剧痛。我琢磨着自己还有能力挣出些许以后治病的费用,我相信国家的社会保障机制会越来越好。我捏捏自己的胳膊腿,觉得它们尚能禁得住摔打,目前爬高上低、餐风宿露不在话下。若我以后真是得了多少万人民币也医不好的重症,从容赴死就是了,临死前想想自己身手矫健耳聪目明时,也曾有过一番随心所欲的游历,奄奄一息时的情绪,也许是自豪。

第四辑 人生纷繁,素履而往

我是渐渐老迈的汽车,油料所剩已然不多。我要精打细算,小心翼翼地驱动它赶路。生命本是宇宙中的一瓣微薄的睡莲,终有偃旗息鼓闭合的那一天。在这之前,我一定要抓紧时间,去看看这四野无序的大地,去会一会英辈们残留下来的伟绩和废墟。

终于决定迈开脚步了,很多人有个习惯,出远门之前,先拿出纸笔,把自己要带的东西都一一列出。旅游秘籍中,传授这种清单的俯拾皆是。到寒带,你要带上皮手套、雪地靴,到热带,你要带上防晒霜、太阳镜、驱蚊油。就算是不寒不热的福地,你也要带上手电筒、黄连素加上使领馆的电话号码……

所有这些,都十分必要。可有一样东西,无论你到哪里,都不可须臾离开,那就是——你可记得带上自己的灵魂?

据说古老的印第安人有个习惯,当他们的身体移动得太快的时候,会停下脚步,安营扎寨,耐心等待自己的灵魂前来追赶。有人说是三天一停,有人说是七天一停,总之,人不能一味地走下去,要驻扎在行程的空隙中,和灵魂会合。灵魂似乎是个身负重担或是手脚不利落的弱者,慢吞吞地经常掉队。你走得快了,它就跟不上趟。我觉得此说法最有意义的部分,是证明在旅行中,我们的身体和灵魂是不同步的,是分离分裂的。而一次绝佳的旅行,自然是身体和灵魂高度协调一致,生死相依。

好的旅行应该如同呼吸一样自然,旅行的本质是学习,而学习是人类的本能。身为医生,我知道人一生必得不断地学习。我不当医生了,这个习惯却如同得过天花,在心中留下了斑驳的痕迹。旅行让我知道在我之前活过的那些人,他们可曾想到过什么、做过什么。旅行也让我知道,在我没有降生的那些岁月,大自然盛大的恩典和严酷的惩罚。旅行中我知道了人不可以骄傲,天地何其寂寥,峰峦何其高耸,海洋何其阔大。旅行中我也知晓了死亡原不必悲伤,因为你其实并没有消失,只不过以另外的方式循环往复。

凡此种种,都不是单纯的身体移动就能够解决问题的,只能留给旅行中的灵魂来做完功课。出发时,悄声提醒,背囊里务必记得安放下你的灵魂。它轻到没有一丝分量,也不占一寸地方,但重要性远胜过 GPS。饥饿时是你的面包,危机时助你涉险过关。你欢歌笑语时,它也无声扮出欢颜。你捶胸顿足时,它也滴泪悲愤……灵魂就算不能像烛火一样照耀着我们的行程,起码也要同甘共苦地跟在后面,不离不弃,不能干三天停一天地磨洋工。否则,我们就是一具飘飘荡荡的躯壳在蹒跚,敲一敲,发出空洞的回音,仿佛千年前枯萎的胡杨。

第四辑　人生纷繁，素履而往

旅行使我们谦虚

　　由于工作的关系，常常旅行。旅行比居家的时候辛苦，这是不消说的。中国有句古话——在家千日好，出门一时难，说的就是这份不易。但时间长了，待在家里，筋骨锈了，就会生出一份隐隐的焦灼，迫不及待地想到处面走走去。

　　是什么诱惑着我们放弃安宁和舒适，离开温暖的家，在某一个清晨或是深夜，毅然到遥远的他乡去了呢？

　　当然，很多时候，是为了谋生，为了无法推卸的责任和理由。但是，随着温饱的解决，我们越来越多自觉自愿地选择了——人在旅途。

　　一次，我应邀到国外访问。在规定的活动完结之后，主人很热情地让我挑选一个完全自由的项目，以便我可以更深入地了解这个国家。我想了想，提笔写下了："乘坐火车或是长途汽车，在大地上旅行。"主人看了看那张纸说："好，我们很乐意满足您的要求。只是，您的目的地是哪里呢？您究竟要到哪里去呢？"

　　我说："没有目的地，不到哪里去。坐着车在土地上行走，就是目的，就是一切了。"

　　我固执地认为，要真正认识一个国家、一个民族、一块土地、一处山水,你必得独自漫游。

旅行使我们谦虚。飞驰的速度,变换的风景,奇异的遭遇,萍逢的客人……这一切旅途中可能发生的事件,强烈地超出了我们已知的范畴,以一种陌生和挑战的姿态,敦促我们警醒,唤起我们好奇。在我们被琐碎磨损的生命里,张扬起绿色的旗帜;在我们被刻板疲惫的生活中,注入新鲜的活力。

久久的蜗居,易使我们的视野狭小、胸怀逼仄、肌力减弱、肺廓扁平……这个时候,收拾好行囊,辞别了亲人,踏上旅途吧!

珍惜旅途吧!火车上那些不眠的夜晚,凭窗而立,看铁轨旁一盏盏路灯,闪着紫蓝色的光芒,瞬忽而逝,许多记忆幽灵般地复活了。

人们常常在旅途中,猛地想起湮灭许久的往事,忆起许多故人的音容笑貌。好像旅行是一种溶剂,溶化了尘封的盖子,如烟的温情就升腾出来了。

人们常常在旅途中,向相识才几个小时的旅伴倾诉衷肠,彼此那样深刻地走入了对方的精神架构。我甚至知道几位青年,竟这样找到了自己的终身伴侣。

有人把这些解释为——旅途使人们亲近,是因为没有利害关系。我不同意这个观点。正是因为同乘一列车,同渡一条船,才使我们如此亲密。旅行使人性中温暖的那些因子弥散开来。

旅途也有困厄和风雨,艰难和险恶。但是,这不会阻止真正的旅行者的脚步。旅行正是以一种充满未知的魅力,激起人们不倦的向往。

山妖的阶梯

快到挪威边界了，导游莉雅说，可以买一些山妖带回国。我说山妖是什么？莉雅说，你马上就能见到了。进得店中，只见无数个怪模怪样的玩具龇牙咧嘴地瞅着你，好似一头扎进了外国的花果山。

莉雅说，北欧人喜爱的神话人物"Troll"，俗名就叫山妖。山妖的长相实在不敢恭维，披头散发，青面獠牙，个子都很矮，红蒜鼻头，尖耳朵，大肚皮，牙齿参差不齐，手指和脚趾都只有八个。有的两个头，有的三个头，头上长着青苔和树木，甚至还会长出一些小山妖。有的干脆只有一只眼睛。全身披满破烂的长毛，还长着像牛一样的尾巴。最惊人的是比大象还长的鼻子，据说是熬粥时用来当勺子用的。

我对莉雅说："山妖这么难看，一定也很凶恶。"莉雅说："不。山妖虽丑陋，但心地很善良，天性活泼，常受到小孩愚弄，智商好像不太高。有时也会搞出些恶作剧，谁要是得罪了山妖，他就会报复或戏弄你。如果和山妖和睦相处，就会得到善报。"

山妖也有软肋，就是只能昼伏夜出，见不得太阳。他们如果贪玩，忘了在天亮前躲起来，就会被阳光化为空气或山石。山妖精于手艺，能制各种武器和家庭用品，并在上面刻符咒，人们若错用他们的家什，就会遭殃。

说了这么半天,你是否能想象出山妖的模样?如果还感觉困难,我就给你打个比方(这个比方没有向专家求证过,如果错了,责任自负)。我觉得白雪公主故事中的七个小矮人,就是山妖一族。你看,他们居住在密林中,有自己专用的锅碗瓢勺和小床,不喜欢外人闯入和打扰,心地善良,乐于助人。这些岂不都暗合了山妖的秉性?

据说山妖是挪威最早的原住民。他们有家庭,分部落,甚至还有自己的王国。森林小湖的山妖叫"纳啃";居住在瀑布和磨坊中的山妖多才多艺,擅长拉小提琴,名叫"弗色格里门"(即"丑陋的瀑布人")。这个山妖还是个教授,听说一个挪威小提琴家曾拜师其门下。一般的山妖身材矮小,但在北方的海里,有一种叫"德捞根"的庞大山妖,十分恐怖。山妖安贫乐道,像柴堆、菜园、仓库、马厩和牛棚,都是他们安居乐业的地方。

在哈丁格高原,我们的汽车穿行于白雪皑皑的山峰,地面上蹲踞着乱石,听说都是山妖的化身。山路旁,错错落落地插了些粉红色的小球,这是当地百姓供给山妖的玩具。

传说山妖很喜欢喝粥,长鼻子可当搅拌器用。我和山妖有同感,是喝粥爱好者,只不过对以鼻当勺略有微词。如果伤风感冒了,涕泪交加,恐不相宜。我把这顾虑同莉雅讲了,莉雅说:"估计山妖是半人半神之体,并不罹患寻常的病痛。"

山妖也有很多法力,可以化成美女,如同《聊斋》中的狐狸精,引诱年轻的男子进山。不过,识别他们,也有法宝。山妖是有破绽的,如果你去北欧旅游,在人烟稀少的地方碰到曼妙的姑娘,一定要留意她身后是否有毛茸茸的尾巴。进山的女子也不可大意,有些雄山妖也会劫持漂亮的姑娘进山洞,从此音讯渺茫。

挪威戏剧大师易卜生的名作《培尔·金特》里,便有主人公遭山妖戏弄的场景——培尔无意间闯入山妖的洞窟,因拒绝与妖女成婚,遭众妖凌辱与折磨,差点丧命,幸而传来黎明的钟声,妖魔才星散而去。

山妖并不是铁板一块,而是分成三六九等。他们生性慵懒,但循规蹈矩。他们反应木讷,但天真善良。他们离群索居,偏又呼朋唤友。他们远离人,又和人有着千丝万缕的联系……看来因为山妖是名副其实的草根阶级,所以才受到百姓的广泛喜爱。

据专家考证,挪威利勒哈默尔市区北边的自然公园,是山妖的家乡,而在举世闻名的盖伦格峡湾,还有令人毛骨悚然的"山妖的阶梯"。

我很喜欢"山妖的阶梯"这个名字,缠着莉雅问可否绕道一看?莉雅说那就是极险的悬崖公路,位于鲁姆斯达尔山谷,一弯又一弯,近乎垂直地从山顶盘旋而下。十二道山弯像是一条极细的铂金白链"挂"在山间。因正在维修,我们无法抵达。看我失望,她说,今天的山路其状之险,也约等于"山妖的阶梯"了。

莉雅所言不虚。山路狭窄,雪峰林立,以我曾在西藏阿里攀山越岭的经验,也不得不惊叹这行程的陡峻。跋涉数小时后登到顶峰,俯瞰峡湾景致。挪威峡湾是被联合国教科文组织列为世界游览者评价第一的旅游之地。清冽似冰的山风把衣衫吹得鼓胀如帆,刀剁斧劈的孤悬绝壁之下,一泓碧蓝的海水,宛若仙境,美到令人眩晕。你会仰天长叹,相信此处绝非常人的居所,只能是山妖出没的属地。

所有的动力都来自内心的沸腾

丹麦的独腿锡兵

安徒生童话里,我喜欢《卖火柴的小女孩》,喜欢《海的女儿》,最喜欢的是《坚定的锡兵》。有的人把这篇童话的名字翻译成《坚强的锡兵》。相较之下,我还是更偏向"坚定"二字,那种对爱情奋不顾身的投入,还有死心塌地的一厢情愿,让人唏嘘。

童话里的锡兵只有一条腿,真不知道他是如何通过了当兵的体检,成了一名肩扛毛瑟枪的勇士。书里给了我们一个解释,说这个锡兵是最后一个被生产出来的,原材料不够用了,所以只有一条腿。按照这个解释,锡兵就是先天性残疾。锡兵历经种种磨难,从未改变对一位纸做的"小舞蹈家"的爱情,直到最后在火中凝结为一颗锡做的心。

当年读这篇童话的时候,就萌生了一个小小的愿望——得到一个小小的锡兵。那时候想得简单,以为既然是个著名的童话人物,就该到处有的卖,就像如今的唐老鸭、米老鼠。屡屡搜索未果,才明白这锡兵是个小人物,并不芳草天涯。看来,要找锡兵,只有到他的老家丹麦了。

到了丹麦,先去看的是海的女儿铜像。铜像矗立在哥本哈根海滨公园的浅海处,身高1.25米。注意啊,不是说美丽的美人鱼身高只有这么矮小,而是因为她取了一个屈腿侧身的坐姿。如果站起身来,就是个高大的美女。再提供一个数字:据说铜像的体重是175公斤,今年(2006年)已经有93岁了。

93岁的小美人鱼,丝毫不改婀娜多姿的体态,青铜色的"她"坐在一块礁石上,容颜清丽,美丽的发辫垂在腰间,在身后紧贴礁石处,有一条仿佛还在滴着水珠的鱼尾。美人鱼周围能容人站立的地方很狭窄,礁石上又覆满了青苔,又湿又滑,稍不小心就会跌入海里,让你来个不情愿的海水浴。我们很规矩地排着队,依次跳上岩石,迎着光照相。咔嚓咔嚓乱响了一阵之后,突然有人说,这样照法,美人鱼最重要的部分就丢了。

照过的人吓了一跳,马上反驳说:"你看,海水啊、蓝天啊、美人鱼啊,还有我啊,都照上了,什么都不缺的,肯定没丢掉任何东西。"没照过的人就停下了踏上苔藓的脚步,眼巴巴地等候着下文,以防自己辛辛苦苦地蹦跳过去,反倒做了无用功。

发难的那位说:"美人鱼啊美人鱼,你们只照了美人,没有照上鱼。正面取景,好看是没得说,可惜没有尾巴。没有尾巴的美人鱼,人家还以为是一尊普通的欧洲少女像呢!"

呵呵,尾巴!是的,美人鱼最重要的身份证就是她的尾巴。尾巴里藏着她全部的秘密和痛苦,当然,也有奉献和快乐。

于是大家重新来过。

听说这座美人鱼雕像早已不是丹麦雕塑家爱德华的原作。美人鱼曾多次遭到破坏,身首异处。政府为防悲剧重演,现在用的是仿制品,原作早被国家博物馆收藏。

听说每年有超过一百万的游客和美人鱼合影,有的游客还爬到美人鱼的身上,做出不雅的动作。政府准备把美人鱼的铜像搬到深海去,这样游客们就只能远远地眺望美人鱼的身姿,呆呆地面朝大海,从海风的呼啸中,去想象美人鱼所经受过的刺骨寒冷、锥心痛苦和致命浪漫。

记得小时候给孩子讲《海的女儿》,孩子对坚贞的爱情似乎不大能体察,只是为美人鱼不能说话而万分苦恼。孩子问:"美人鱼没上过学吗?"

我说:"这和上学有什么关系呢?"

孩子说:"就算美人鱼嗓子哑了说不出话来,可以写一张字条给王子啊,王子一看不是全都明白了?"

我张口结舌,只好说:"海底是没有学校的。"

孩子穷追不舍,说:"那她爸爸可以教她啊,她爸爸不是国王吗?国王肯定会写字的,要不怎么能当国王?"

我急中生智,总算想到了一个解释,我说:"海底王国和人间使用的不是同一种文字,是外语。就算是美人鱼给王子写了字条,王子也不认识……"

惊出了一身汗,才把这段公案应对过去。想想看,如果至善至美的小美人鱼都可以是文盲,早就厌学的孩子们,理由和狡辩一定更多了。

看完了海的女儿,就该去看她爸爸的雕像了。美人鱼的爸爸不是海底的国王,而是丹麦伟大的文学家安徒生。

丹麦到处都有安徒生的雕像,我最喜欢的是哥本哈根市政厅南侧那尊青铜像。早知道安徒生相貌不佳,便做好了看到一张难看的脸的准备,但这座塑像一点都不丑。晚年的安徒生表情安详,头戴一顶18世纪流行的绅士高筒礼帽,挂着一根手杖,有一种若隐若现的沉思和羞怯,据说这是按照1875年安徒生70岁时的样子设计的。游客们纷纷爬上台阶,和铜制的安徒生合影。因为雕像高大,一般的人站在那里,只能到达安徒生的腰际。据说摸到"安徒生"的手、膝盖或是裤脚和鞋子,都可以沾到大师的灵气。这些常常被游客汗手所摩挲的地方,油亮而紫红,好像镶上了红色的补丁。

这位把童话作为献给全世界儿童最好礼物的大师,自己始终不曾有过孩子,几度情场失意。15岁那年他来到哥本哈根,一生中的大部分时光都是在哥本哈根度过的。

看完了雕像之后,就是寻找安徒生的故居。据说安徒生在哥本哈根住过不止20个地方,现在只把一部分开辟出来供游人参观,最具盛名的是在新港。

新港其实并不新了,早在1673年,当时的丹麦国王哈丁古斯二世为了实现"要让哥本哈根成为跟世界做贸易的城市"的诺言,下令开凿运河将朗厄里尼海的水引进哥本哈根。而在丹麦语中,哥本哈根就是"商人的港口"或者"贸易港"的意思。只是哈丁古斯二世国王并没能想到他的这一纯粹为了发展经济而进行的开凿,最终成就了哥本哈根这座城市的诗情,以及安徒生那些充满了幽默和幻想的童话。

新港狭长的港湾里停满了五颜六色的游艇和帆船,樯桅林立,帆影摇曳。运河两岸伫立着当年码头工人以及琥珀商人和海员们居住的房子,每栋房屋的颜色都不相同,亮蓝、粉红、金黄、春草绿……在夕阳的余晖里,这些五颜六色已有几百年历史的老房子不可思议地年轻。街边是一排排支着太阳伞、座无虚席的露天酒吧,游人鼎沸。

坐在运河边长长的木头上,听着优雅的爵士乐,看穿梭在运河上的游船,一下子分不清到底是在21世纪还是在19世纪。据说因为施行严格的保护措施,这里的建筑和两百年前没有丝毫区别。

这条街是安徒生的心灵栖息地。在街的路口有一座安徒生雕像,雕像的铭牌上记载着安徒生曾分别于1834—1838年、1848年和1875年相继在这条街的20号、67号和18号居住并写作。在这里,他得到过戏剧家、诗人、贵族乃至国王的帮助和垂青,渐渐声名鹊起。只是不巧,20号故居正在修整,我们无法入内参观。在门口和林立的脚手架合影之后,我不停地向对岸眺望。我在寻找房屋与房屋连接的拐角处,我记得在《卖火柴的小女孩》中,那个可怜的小女孩冻饿交加,就是在一处墙角划完了她所有的火柴。我想安徒生写作这篇童话的时候,一定想起了窗外的这些楼房。他坐在窗前,倾听着运河上木帆船的摇橹声,看着河边酒吧里扯着嗓子不停地举着酒瓶子正在寻欢作乐的海员,想象着一把火柴像火炬一样燃烧……

在丹麦的街头徜徉,我还是念念不忘那个独腿锡兵。

我向导游述说心愿,问在哪里可以买到一个锡兵。导游说:"克伦古堡。"从此心中一直默念"克伦古堡、克伦古堡",好像小孩子买酱油醋,在走向商店的路上不停地嘟嘟囔囔,生怕忘却。

克伦古堡,位于哥本哈根北面海滨,建筑在岩石上,半截身子探进海中。几百年来,它一直是守卫哥本哈根的要塞,至今还保留着当时的炮台和兵器。

克伦古堡位于丹麦与瑞典之间最狭窄的海域,扼住了波罗的海的入口处,名字的意思是——皇冠之堡。这个古堡不仅因为战略地位重要而闻名,更因为它是莎士比亚名剧《王子复仇记》(《哈姆雷特》)的发生地。历史上真实的"王子复仇记"是丹麦内陆的故事,莎翁玩了个"乾坤大挪移",将它搬到了这里。

为什么要移花接木?因为当年的克伦古堡之豪华雄冠北欧。早在15世纪,当时统治全北欧(包括丹麦、瑞典、挪威、芬兰和冰岛的"斯堪的纳维亚联合王国")的丹麦国王埃里克便看中了赫尔辛格这个极具战略性的瓶颈地带,在此筑堡,向来往北海和波罗的海的商船征税,收取买路钱,约略等同于现今的高速公路收费站。北欧的海上贸易非常活跃,埃里克和他的继承人财源滚滚。赫尔辛格遂从一个渔村一跃成为名震欧洲的海港重镇。后来,丹麦国王弗雷德里克二世娶了年仅 15 岁的表妹苏菲。为了给新王后提供一个舒适的居住环境,国王斥资把阴森湿冷的中世纪式样的克伦古堡改建成文艺复兴式的豪华行宫。2000 年,克伦古堡被联合国教科文组织列入世界古迹名单中。

然而,走进城堡,感受到的主体风格依然是阴暗和压抑的,虽然屋外阳光灿烂。跟着导游,可在古堡的四翼参观丹麦王族当年的会客厅、起居室、寝室等,看到皇室名贵的家具、摆设、日用品和餐具。古堡的庭院里还有一座精致的小教堂,以供王室成员之用。

比较振奋而有生气的是武士大厅,据说当年是弗雷德里克国王为了讨好酷爱跳交际舞的苏菲而建造的舞厅,全长 63 米,为当时全欧洲最长的大厅,金碧辉煌,极负盛名。就是今天看起来,也还有不可一世的奢华之气。

堡内除了大厅宽阔之外,到处都很幽暗,的确是发生幽怨故事和血腥政变的好地方。

导游特别提示要留意墙上的七张挂毯。初看起来,这些挂毯除了规模较大之外,并没有非常特别的地方。可是中国人对"大"是有很强的免疫力的,单凭体积来讲,还不足以让我们惊奇。挂毯的主色调是咖啡色,不知是因为年代久远褪了色,还是皇室就喜欢如此暗淡的风格。在一派昏暗之中,在任何角度都可以看到丝毯中的某些部分在闪闪发光。据说这是金线的光芒,它们是用真正的纯金丝编织而成的。

丝毯的主题基本上是人物,为丹麦历代国王和王室成员。当年无数工人不停劳作了整整 4 年,一共编织出了 43 张丝毯,每张的面积都是 12 平方米(3 米×4 米)。这些价值连城的挂毯,只有 14 张保存至今——哥本哈根的国立博物馆和克伦古堡各藏一半。

在《王子复仇记》里,有一段弄臣波洛涅斯躲在"帘子"后,结果被哈姆雷特误杀的情节。有学者猜测,莎翁所说的"帘子",其实指的就是这种挂毯。听到了这个说法,再看那些暗淡的挂毯,就有些悚然。

克伦古堡因莎士比亚而得大名,但只在城堡的外围有一尊小小的莎士比亚像,令人有些费解。如果没有莎士比亚,没有《王子复仇记》,克伦古堡能有今天这样显赫的声名吗?查了一下资料,在世界十大著名古堡中,克伦古堡并未列在其中。如今在人们的心里,它毫不逊色地跻身于世界上最著名的城堡之列,恐怕不是因为并不算很大的"武士大厅",也不是因为那些容颜沧桑的挂毯,而是因为一位作家的一支笔。

好在每年8月间,克伦古堡都会举行与莎士比亚相关的一系列活动。听说从20世纪初起便几乎年年举行《王子复仇记》的公演,许多著名的演员如罗伦斯·奥利华、费雯丽和肯尼斯·布莱纳夫等,都曾在这里演出过。克伦古堡里有他们演出的巨幅剧照,很多游人在此合影。

在克伦古堡,可以远眺四公里外的瑞典小镇海辛堡。有段城墙很像哈姆雷特徘徊叩问的场景,不知他是不是在这里看到了鬼魂。这样一想,纵然是在烈日下,也生出阵阵寒意。今天丹麦和瑞典很友好,渡轮码头都不设海关,人们可自由来往。但在15—17世纪,两国为了争夺波罗的海巨额利益的霸权,锲而不舍地打了两百年的仗。最残酷的海上战场,就在这里。

听导游说,莎士比亚自己也演过《王子复仇记》。我们忙问他莎翁扮演的是谁。导游说:"猜猜看。"有人猜是哈姆雷特,有人说莎翁没有那样高大英俊,可能演的是弑兄霸嫂的叔叔,还有人说他不会男扮女装演了美女或是皇后吧?看大家猜得辛苦,导游索性揭开谜底:

"莎翁在戏中演的是鬼魂。"

大家就笑起来,城墙就不恐怖了。

到现在为止,我还没有买到锡兵,甚至连一个锡兵的影子也没见到,不由得暗暗焦急。导游让大家自由活动,对我说:"你跟我走吧。"

下窄窄的楼梯,台阶之险峻,估计在数百年的历史里,一定让若干宫女摔得鼻青脸肿。好不容易走到一处旅游商品销售点,推开门一看,我不由得欢呼起来。

无数的锡兵列队站在玻璃橱窗中,个个雄赳赳气昂昂,好像在接受检阅。导游说:"你挑吧!"然后放下我,回去照顾大家。

这些锡兵都是朴实无华的金属色,仿佛暴雨前厚重的阴云。大的有一拳高,小的只有一厘米,戴着头盔,长满络腮胡子,目光炯炯。虽然形态不一,但每一个都精神饱满,荷枪实弹,随时准备上战场的架势。

我说:"我要一个锡兵。"

售货大妈(真的不能称之为小姐,足有50岁了)拿出一个手持盾牌的锡兵,那张盾牌上刻着海扇贝的族徽图案,很是骁勇。

我摇头说:"No。"

她又拿出了一个锡兵,这个锡兵没有拿盾牌,改成拿一柄长剑,寒光凛凛。

导游已经走了,语言不通,我用手势比画着告知她,也不是这个。

大妈脾气不错,思忖起来。我指指锡兵的武器,然后做了一个射击的动作。她看懂了,拿出了第三个锡兵。

这次对了。这个锡兵不是拿着盾牌,也不是舞着长剑,而是提了一支枪。

可惜的是,这不是毛瑟枪,而是一支花里胡哨的短枪。

毛瑟枪是德国人毛瑟发明的一种长枪,在安徒生那个时代,是一种新鲜兵器,类乎今天的手提式导弹吧。安徒生发给锡兵一支毛瑟枪,除了他紧跟世界潮流之外,也说明安徒生实在是很喜爱锡兵,给他装备了最先进的杀伤性武器。

大妈再次思忖,我拼命比画,夸张地表现着枪支的长度,简直快把毛瑟枪形容成大炮了。大妈心领神会,终于从锡兵阵营中拎出了一个肩扛长枪的锡兵。

哈哈,终于大功告成了。这就是那个坚定的锡兵,扛着毛瑟枪,等待着他如火如荼的爱情。

大妈也很高兴,拿出一个精致的小盒子,要把锡兵打包。这时,我突然发现了致命的错误——这个锡兵是健全的!也就是说,他的两条腿都完好无缺!这个锡兵——不是那个锡兵!

我急忙阻止了大妈的进一步包装,急赤白脸地说:"我要一条腿的锡兵!"

看着她茫然的神情,我知道她完全猜不透我的意思。急中生智,我来了个金鸡独立:把自己的一条腿尽量藏起来,晃晃悠悠地站在那里。以我的老胳膊老腿,完成这个动作并不轻松,跟跟跄跄几乎跌倒。

大妈终于恍然大悟,口中发出"呜呜"的声音,表示她完全明白了我的要求。我以为这一次大功告成了,但老人家拿出来的还是零件周全的锡兵,嘴里还不停地说着什么,脚下还摆动着。

可惜我听不懂,也不知道再如何表演才能得到独腿锡兵。正在百般为难之际,导游来找我,这才听懂了大妈的告白。原来游人们都喜欢买一条腿的锡兵,店里刚好断货了,最快也要几天后才能供货。目前,只能向我提供两条腿的锡兵。

怎么办呢?好失望啊。要么,就永远留下这个遗憾,让那个一条腿的锡兵活在记忆中;要么,就买下肢体健全的锡兵。

大妈冲着导游说着什么,导游却不忙着翻译给我,频频点头。我问导游:"她在说什么?"

导游说:"她还在推销两条腿的锡兵。"

我问:"她具体说了些什么呢?"

导游说:"她说,真正的一条腿的锡兵其实并没有完成他的爱情理想,还在进行中。完成了爱情理想的锡兵,已经不存在了,和他心爱的人一道化成了一颗锡心。在人们心里,他就是个健全的锡兵。"

我不知道这是不是一篇非常成功的推销词,总而言之,我被它打动了。是的,一条腿的锡兵,只是他刚刚被制造出来时的模样,之后他就面目全非了。锡兵最完美的时刻在他熔化的瞬间。

我最后买下了一个手脚健全的锡兵,肩扛着毛瑟枪。他是用那把锡汤匙做成的 24 个完整的锡兵中的一员,我猜想,在他的心中一定怀念着那个同根生的兄弟,虽然他已经变成了一颗小小的锡心。

在印度河上游

第一眼看到狮泉河,瞬间即被震撼。

它的河床不很宽,闲散地躺在布满红柳的沙砾滩上,好似大战后失去血色有几分苍白的蟒蛇。它的河水也不很急,泛着细碎的粼花,仿佛那受伤的蟒,正在呻吟着休养生息,以图再战。

使我惊讶的是它的纯净,水的一种至高无上的状态。当你看到一小管蒸馏水的时候,会惊讶它的透彻和洁净;当你看到一瓶蒸馏水的时候,会叹息它的清爽和工艺;当你注视着一条滚滚而来的大河,在傍晚和黎明探视它,排除阳光闪烁的金斑干扰的时候,你如同与一条通体透明的恐龙对视。洞穿它每一个旋涡的脏腑,分辨出每一块卵石的纹路,那一刻,你会感到水的至清无瑕是一种巨大的压迫与净化。

狮泉河水是由高峰上万古不化的寒冰融化而成,那时候,还没有矿泉水、太空水这样雅而商业化的称呼,我们直呼它为冰川水。

在寒冷而不结冰的日子,狮泉河是温顺而峻峭的,如同一把银光闪闪的藏刀,锋利地切割着高原峡谷,蜿蜒向远。我查了地图,知道它流经国界之后,就成了大名鼎鼎的印度河,最终汇入印度洋。

我不知道它为什么叫狮泉河？问过很多人，都说，顾名思义呗，可能是狮子像泉水一样地跑过来，或者是河水像狮子一样地跑过去吧？

不论谁像谁，那狮子一定有着雪白的长长的鬃毛，跑动起来，好似雪雾掠过山巅；它愤怒的时候，吼声会引发连绵的雪崩。

在高原上阳光最充沛的日子，我们接到赴狮泉河畔抗洪的通知。我看看天，天是那种雪域特有的毛蓝色，如同"五四"后革命女生新做的旗袍，干爽平整，没有一丝乌云。太阳把亿万根金针，肆无忌惮地从高空镖射而下。我感到光芒从军装罩衣的缝隙刺进棉袄深处，使僵硬的老棉花里蕴藏的冷气，渐渐发酵酥胀。

"这样的天，怎么会发洪水呢？瞎指挥吧？"新兵的我，不知天高地厚地说。

老兵拎着铁锹，一路小跑说："你那是平原的皇历；在高原，越是有太阳，越是发洪水。水是阳光的孩子！快走吧！"

我这才恍然大悟。在阿里，有一条特殊规律——如果连续出现几个晴空万里的日子，你就要到狮泉河防洪。

当兵的人，洗被子是个大工程，除了费力，主要是缺乏工具。每个人只有一个小脸盆，洗一件军衣就爆满，泡沫横飞；若把被子塞进去，活似大象进了茶壶，涌得皂水四溢，泛滥成灾。我提议，单是洗，就在脸盆里凑合了；透水的时候，到狮泉河去。让河水这个天大的盆，把我们的军被冲刷一净。

我们的营地距狮泉河不过百余米，不一会儿就到了。当我们兴高采烈地把军被放到狮泉河里时，立即发现失算了。狮泉河绝不是一个温顺的女仆，它躁动着，在表面上虚怀若谷的水波下，掩藏着湍烈的暗流。军被一入水中，瞬间就被水流展开，好像一堵绿色堤坝，斜着立在水里,堵住了狂放不羁的冰川之水舒展的手臂。

我们用手攥着军被,手指上感到有巨大的冲击力,好像拽着一只大风筝,随时都会凌空而起。河水愤怒地冲撞着巨帘,军被膨胀成可怕的弧形,好像风暴中就要崩裂的船帆;河水幸灾乐祸地激起漩涡,戏耍地兜着我们的军被绕圈子,好像那是它抽打的一只只翠绿陀螺。我们感到了越来越大的吸引力,狮泉河在粗暴地邀请军被和它的主人,一道共赴水中央。

"姑娘们,快松手!否则会被卷进狮泉河的!"远处有人看到了我们的危险,大声叫道。

我们置之不理。真是开玩笑!一松手,被子就被龙王爷借走了,今晚盖什么?此刻已完全不幻想狮泉河免费帮我们漂洗被子了,最要紧的是在激流中把军事财产抢救回来。于是,拼命捏住仅剩在手中的被子角儿,好似那是网绳。被子像大鱼,不安分地甩动着。手被泡得发白,指甲因为用力和寒冷,已变得青紫,渐渐地失去知觉;骨节因为负重和要命的扭转,已肿胀如镯。

眼看单凭手的力量,无法和内力深厚的河水抗衡。随着时间的推移,手指渐酥,气力越来越小,眼看就攥不住了,被角一丝丝地从指缝拔出,马上就会漂逸而去。不知是谁喊了一句:"看我的!"眼瞧着她的被子就像被施了魔法,"嗖"地就脱离了险境,朝岸上卷去。我赶忙一眼瞟去,学习先进经验。原来那女孩儿跳进了岸边的浅水里,把军被缠在了腰上,下半身水淋淋的,终于控制住了局势。狮泉河再猖獗,一时也卷不动百八十斤重的人,被子就虎口脱险了。

我们都忙不迭地照此办理,不一会儿,一一化险为夷。站在岸边,抱着被子,任狮泉河水从被角和裤脚流淌不息。

赶来援救的老兵们说:"我们这些汉子都不敢让狮泉河帮着洗衣

服,知道它暴烈无比。你们这些女娃啊,怎么比男人还懒!"

我们把被子放进脸盆,嘻嘻哈哈地往回走。刚开始所有的脚印都是湿的,且淋漓模糊巨大无比。走过红柳滩,沙包舔走了一些水分,脚印就只剩下半截,好像一种奇怪的小兽在奔逃。大家都说,今天的被子洗得真干净!仔细端详,军被的绿色,已被激流抽打出一缕缕白痕。

狮泉河结冰,如梦如幻。

那是一日清晨,我们按照惯例,到狮泉河边出操。走着走着,就觉得异样。狮泉河寂静无声,好像已经不复存在。平日的狮泉河大智若愚,也不好喧哗,但仍有一种男低音似的轻啸,在山谷中贴着巨石回荡。我们熟悉它,就像倾听高原的呼吸,此刻,怎么一夜间就无端地沉寂了呢?!

走到河边,大惊失色。狮泉河在骤然而至的严寒中,瞬间凝固。高高的水浪腾在空中,卷起优美的弧度,僵硬如铁;周围簇拥着迸溅的水珠,若即若离,与主浪以极细的冰丝相连,好像逃婚的孤女最后回眸家园。狮泉河被酷寒在午夜杀死,然而,它英勇地保持了奔腾的身姿,一如坚守到最后一分钟的勇士;它坚守了一条大河无往而不胜的气概,只是已粉身碎骨、了无声息。

我们被骇住了!无论从黄河长江还是更冷的东北来的兵,都说从未见过这种奔腾中凝固的奇观。我怯怯地走过去,轻轻地抚摸着波浪。它冷硬尖锐、千姿百态的曲线,流畅无比,滑润若骨;浪尖绝非平日所见那般柔软,简直可以说是很锋利的,如短剑一般直指前方,切割着严寒,触之铿然有声。不一会儿,手指就像五根空中钢管,把脏腑的热气偷漏给了冰浪。那朵吸走了我体温的浪花,姿容不改,只是花心沁了一点点雾气,显出晶莹的朦胧。

所有的动力都来自内心的沸腾

是的,平原上的人,难得有机会抚摸到如此坚实的浪花,它钢筋铁骨,铮铮作响。平日我们在海边探着手指,沾了一手水,自以为抚摸浪花的时候,浪花其实早已冷漠地却步抽身了。我们摸到它蜕下的壳,至多只能算是它的背影甚至残骸了。

狮泉河的支流,是一条条自雪山而下的小溪。在温暖的季节,它们匍匐在石缝里,并没有一定的河道,肆意流窜着,好像撒欢的野鼠。下乡巡回医疗的救护车,常常会陷在这样的水流里,前进不得,后退不得,引擎徒劳地轰鸣着,在山谷中发出空旷的回声。

"姑娘们,你们到远处的岸上歇着吧。"同行的老医生边挽着袖子,边向我们挥手说。看来得下水推车了。

"我们不走,为什么要赶我们走呢?多一个人不是多一份力量吗?"我们不走,也跟着挽袖子。

"狮泉河是不喜欢女人的,所以,你们必须得走。"老医生不容置疑地命令。

没办法啊,当兵就是这个样子,每个老兵都好像你的再生父母,你必须服从。

我们几个女孩子,愤愤地向远处走去。脚都酸了,认为走得够远了(高原是很容易疲乏的),刚要停下来,一直用眼光监视着我们的老医生,大声地喊道:"不行,太近了,还得走。走得越远越好!"

我们只好沿着小溪向上游走去,走几步,停一停,直到老医生不再用声音的鞭子驱赶我们。这时回过头去,只见人已小得像苍穹下的一颗绿豆。

你们怎么推车呢?我们呆呆地看着流动的河水,天渐渐地黑下来,河水变得更加冷蓝了。

喔,原来男人们都把衣服脱下,下河推车了……我们几个女孩子,谁也不再说话,只是把手伸进黄昏的河水,感受到手指的麻木,一寸寸地从指甲向胳膊根儿处蔓延,用这种愚蠢的行为,和战友同甘共苦。也许,我们的体温会使冰冷的狮泉河水提高一点温度,当它流到下方的时候,会使推车的人,少受些寒冷?

我在西藏阿里军分区工作了十一年,狮泉河流经我的整个青年时代,它清澈澄净,洗涤着我的灵魂。

在这个物欲喧嚣的世界上,我怀念那种纯净的水。纯净而有力量,是很高的境界。复杂常常使人望而生畏,很多种因素混合在一起,叫人摸不着底细,以混浊佯作高深。我不知道狮泉河是不是世界上海拔最高的河,但我想它的透明和清澈,该是在地球上名列前茅的。当我默默地站在它的一侧,凝视着它的时候,我会感到一种伟大的包容和冲决一切的勇气。

人的精神是从哪里来的?我以为很大一部分,甚至关键性的启示,是从大自然而来。人在年轻的时候,能够和自然如此贴近,远离城市,孤独地走进大自然的怀抱,你会在一个大的恐怖之后,感到大的欣慰;你会感到一种力量,从你脚下的大地和你头上的天空,从你身边的每一棵草和每一滴水,涌进你的头发、睫毛、关节和口唇……你就强壮和智慧起来。

读书也会使我们接触到这些道理,但是,我们记不住它。大自然是温和而权威的老师,它羚羊挂角、不露声色地把伟大的关于生命和宇宙的真理,灌输给我们。

你在城市里,有形形色色的传媒,有四通八达的因特网,有权威的红头文件和名不见经传的小道消息,摩肩接踵;你几乎以为你无所不能,你了解了整个世界。但是,且慢!在人群中,你可能了解地球,但你永远无法真正逼近——什么是宇宙——这样终极的拷问。

你必得一个人和日月星辰对话,和江河湖海晤谈,和每一棵树握手,和每一株草耳鬓厮磨,你才会顿悟宇宙之大、生命之微、时间之贵、死亡之近。我以为在很年轻的时候,有机缘迫近这番道理,是一大幸运。你可以比较地眼界高远,比较地心胸阔大,比较地不拘一格,比较地宠辱不惊。

人是自然之子,无论上山下乡在历史上做如何评价,它把无数城市青年驱赶放逐到自然与社会的最原始状态,使这些人在饱尝痛苦的同时,深刻地感受到了自然的博大与森严。

为什么要到非洲

关于非洲,你了解得可多?恕我问你几个小问题。

你可知道非洲的全名?

当我如此发问时,听到的朋友先是一愣,然后漫不经心地回答——非洲不是就叫非洲吗?难道还有其他名字?

我说,亚洲的全名叫亚细亚,欧洲的全名叫欧罗巴。南美洲叫南亚美利加洲,北美洲叫北亚美利加洲。以此类推,非洲也应该有全名的。

朋友怔了一下,缓过神后说,那不一定。凡事皆有例外。比如南极洲,肯定没有另外的名称。你就别卖关子了,直接说吧。

看我固执决绝的样子,该人假装认真思忖后说,非洲的全名,莫不是"非常之洲"?

非洲的确可以称得上是非常之洲,但它的名字不是来自这个说法。我纠正道。

那就真是不晓得了。请告诉我吧。朋友妥协。

美国华盛顿的约翰·霍普金斯大学保罗·尼采高级国际问题研究院国际发展项目的总监布罗蒂格姆教授,说过这样一段不中听的话:"根据我的观察,在中国,关于非洲的认识极为肤浅。鲜有中国大学教授开设与非洲相关的课程,对非洲文化、历史和政治经济的理解也很少,因此在这个方面有着巨大的欠缺。如果你想向外走,但对外部世界的理解又很少,这是件非常困难的事情。因此,在中国,这种文化敏感性和对投资国家的政治经济的了解亟须加强。"

非洲的全名叫"阿非利加洲"。意思是:阳光灼热的地方。我说。关于这个名字的由来,众说纷纭。

第一种说法:古时有位名叫阿非利加的酋长,于公元前2000年侵入北非,在那里建立了一座城池,就用自己的名字命名了这座壮丽的城池。由于这座城市叫阿非利加,后来人们便把这座城市周围的大片地方,也叫作了阿非利加。

第二种说法:"阿非利加"是一位女神的名字。公元前1世纪,居住在北非的柏柏尔人,在一座庙里发现了一位身披象皮的年轻女子塑像,她名叫阿非利加。柏柏人于是拜认了这位女神做自己的守护神,然后以女神的名字"阿非利加"命名了这块广袤荒凉的大陆。

第三种说法:阿非利加是迦太基人常见的名字,通常认为它和腓尼基语的"尘土"相近。于是,有人认为,这片沉寂的大陆很可能是由迦太基人命名的。

第四种说法:阿非利加来源于柏柏尔人的词汇,意为"洞穴"。原意是指在这一广大地区,生活着穴居人。

第五种……暂且打住。关于非洲命名的由来还有许多种说法,时间有限,恕我只拣几种常见的源头说罗列在此。

关于名称的起源,也许并非最重要的事情。就像人总要有个名字,不过是个符号。好在关于非洲后来的发展进程,各家的说法不再继续纷乱——古罗马人通过三次布匿战争,打败了迦太基人,建立了阿非利加行省(这省也太大了!)。之后罗马帝国的版图不断扩张,阿非利加的名字随着罗马人的铁骑,疯狂地延展并传播。它从最初只限于特指非洲大陆的北部地区,扩大到从直布罗陀海峡至埃及的整个东北部辽阔区域。于是,人们把居住在这里的罗马人和本地人统统叫阿非利干,即阿非利加人。再以后,这个词继续野火般地蔓延不止,直到今天泛指整个非洲大陆。

让我始终心生疑惑的是——阿非利加,按照中国人的习惯,应该称它为阿洲,不该取第二个字音命名啊。就像我们不能把亚细亚说成是细洲,不能把欧罗巴称为罗洲。

先说说非洲的面积吧。从小学地理,讲到每个省份或地区,首先就是记住面积。这很单调且需要死背,那时完全不明了面积的重要性,觉得就是一个枯燥的数字。随着沧桑感的增加,才明白这个指标的重要性。找男朋友一定要问身高,所以对于某个地域的了解,不知道面积,历史就无从谈起,所有的了解都是镜花水月。

在地球上来来回回走了几趟,才发现面积这个东西实在是要命的。一个国家如果没有了面积,那就是亡国。就像我们每个人挥之不去的集体无意识和祖先占据的面积,也密切相关。泱泱大国自有妄自尊大、满不在乎的意识沉淀在胸,弹丸小国、立锥之地的子民,多见谨小慎微、见风使舵的秉性遗传。所以,无论你因为幼年的考试而对面积等数字多么深恶痛绝,也请心平气和地记住非洲的面积。

非洲大陆包括岛屿,约为3020万平方千米,相当于三个多一点儿的中国面积。南北长约8000千米,东西长约7403千米。约占世界陆地总面积的20.2%。在这块土地上,分布着54个国家和5个地区。

在去非洲之前,我对非洲的了解很有限。不了解并不等于没有先入为主的印象,正是因为不了解,所以包括我在内的某些人的刻板成见才越发冥顽不化。

偏见这个东西的真正意思——你好奇和感兴趣,但所知甚少。

早先我一想到非洲，脑海中涌出的画面大致有这么几幅。

黑如漆墨的当地人、荒芜的草原、无尽的沙漠，还有惊慌蹦跑的羚羊和懒散伟岸的雄狮……哦，说不定你也是这样想的。我们都是《动物世界》的拥趸。

骨瘦如柴的百姓、铁皮房顶的城市、艾滋病的泛滥和埃博拉的高死亡率、赤裸上身的原始部落居民和政变……哦，你是个关心世界风云的人，每晚都会看《新闻联播》。

如果你关注有摄影界奥斯卡之称的"荷赛"（世界新闻摄影比赛，简称"WPP"），你会记起肋骨如刀的老人、裂如龟壳的土地、倒毙的鸟禽、嘴唇上趴满了苍蝇的儿童……

早年间我们曾高呼过口号：解放世界上三分之二生活在水深火热之中的人民……现在我们知道其中很多人过得比我们好，但也固执地相信还是有挣扎在黄连中的苦人。如果一定要你落实水深火热的存在感，非洲大陆恐怕是当仁不让之地。

在非洲，一位当地黑人知识分子对我说，把非洲比作一只长长的象牙，那么，它的两端一点儿都不穷。南部的南非，就是一个富裕国家，它的国民生产总值超过了比利时和瑞典。非洲北部的突尼斯与摩纳哥，加上埃及，都有相当不错的生活。真正穷苦的地方，多集中在非洲中部。

说起中非，想起1995年参加世界妇女大会时，看到非洲妇女携带的宣传画。一位老女人骷髅般地俯卧在地，衣不蔽体，周遭黄沙漫天。只有从她上翻的白眼球上，才能依稀分辨出她尚有一丝气息游移。她濒死的身影上，印有"埃塞俄比亚灾民"字样。

我问起埃塞俄比亚当今的状况。非洲知识分子说那是因为当年遭了大旱，加之人祸，现在已改观。1995年至2011年间，埃塞尔比亚的极度贫困人口减少了49%。

第四辑 人生纷繁，素履而往

印象中的非洲，除了穷苦，就是酷暑难耐，几乎不适宜人居住。追本溯源，这个看法估计来自非洲拥有撒哈拉大沙漠。它是世界上最大沙漠。不过撒哈拉大沙漠尽管很大，但并不囊括非洲的全部。就算它遮天蔽日，也只占到非洲大陆总面积的32%。非洲其余的面积还是适宜人居住的宝地。那些位于赤道上的国家，美若天堂。

你可能会反驳，赤道多么炎热啊！是的，赤道像条火绳，红艳艳地绑在非洲腰间，但身临其境方觉那里并不炎热。要知道决定自然界温度的，除了纬度这个因素，还有个大智若愚的狠角色，那就是高度。不要忘了非洲是高原，海拔每升高1000米，气温就会下降6摄氏度。不可一世的纬度在温和隆起的高度面前倒地便拜，居了下风。那些被赤道腰斩的国家，比如肯尼亚、乌干达、刚果（金）和刚果（布），还有加蓬，由于地势较高，年平均温度基本维持在20多摄氏度，犹如咱们云南的昆明，四季如春。

实不相瞒，之前我还有一个诡异的想法，觉得那里遍地行走着威风凛凛、头插羽毛的酋长，野生动物东游西逛、横冲直撞……百闻不如一见，真相并非如此。即使是在非洲的国家公园和私人领地的野生动物保护区，你能不能看到种类和数量足够多的野生动物，也完全没有保证。一切取决于你的运气，野生动物比想象的要稀少很多。到了非洲未曾和多种野生动物晤面，只得悻悻而返的旅人绝不在少数。只是他们大多不说，反正看见还是没看见，只有非洲无言的天空知道。说到神秘莫测的酋长，对不起，除了在原住居民保护区看到那些身披特制服装的表演者，真正手执权杖的土著酋长，我是一个也没见到。很多非洲国家已渐渐跨入了现代化的门槛，少许保留下来的酋长们，无奈地隐没在荒野深处，一般人无缘相见。印象是传说。

最后再来说说非洲人的肤色。习惯上总是说"黑非洲"，好像非洲都是黑色人种。从南到北在非洲大陆几万里路（曲曲折折，把各种交通工具都算上）走下来，才发现这块土地上更多的是混血融合的人。惊奇地发觉黑肤色并不是铁板一块，而是分为很多层次。有黝黑发亮的炭黑、像哑光一样能吸收所有光线的深黑、微微泛着黄色的棕黑、更为明亮的黄黑，还有稀释如淡墨水的浅黑……无数细微的差别，让你觉得人的皮肤原来可以如此富有层次感。常常会看见打着太阳伞出行的黑人女子。瞧着艳丽花伞下的黧黑面孔，我有时会毫无恶意地思忖——都黑成这样了，阳伞的用处几近于无吧？但听到埃塞俄比亚人非常正式地说，我们不认为自己是黑色人种，只是被晒黑的人。

非洲的人种，大而化之地说，在撒哈拉沙漠以南地区，生活的是土生土长的非洲黑人。而在北部非洲，如阿尔及利亚、埃及、摩洛哥、突尼斯等国，是白色人种的阿拉伯人。而在马达加斯加，则是黄种人。

在非洲度过了几十天，实在是走马观花，浅尝辄止。不过，我的若干误解渐渐地被澄清。愿把这些心得与更多的人分享。好吧，地理概况暂且说到这儿，以后我找机会再卷土重来。现在坦诚交代我为什么要去非洲。

所有的旅行都是有前因后果的。那种所谓"一场说走就走的旅行"，基本上都是对旅行的敷衍了事和不求甚解。

世上没有无缘无故的爱和恨，也没有无缘无故的旅行。越是无缘无故说走就走，原因越是隐藏很深难得破解。

2008年，我乘船环球旅行，走的是北半球航线，主打人烟稠密的亚洲、欧洲、美洲。对于非洲，只是轻轻掠过了北部，通过埃及的苏伊士运河。本老妪决定在有生之年去一次非洲，趁眼已花耳未聋这当口儿，瞻仰这块神秘大陆。

一个想法就像一颗橘子的种子。可惜没有魔术师，不能让橘子籽立刻长出绿叶,挂满金灿灿的橘子。咱普通人对于心底的念想,能做的事儿只有积攒盘缠和等候时机。

等待这事儿,不能太着急,也不能太懈怠。太着急就容易仓皇,太懈怠了就容易碎弃。于是我开始呼风唤雨,每日兴起法术——呼风就是天天早上都想想要去非洲这件事,期望吸引力法则,让我心想事成;唤雨就是高度留心和非洲有关的一切信息,集腋成裘。

自我大兴法术之后不久,收到一家旅游杂志的电话,说他们看到我在新浪上写的一篇博文,内容是在加拿大寻找北极光的事。他们说很想采用这篇博文在杂志上刊出,征询我的同意。此等天上掉馅饼的事儿,我自然忙不迭地表示赞同。临放下电话的时候,对方说,毕老师可还有什么要交代的事儿?

我很没出息地说,除了寄样刊,记得付稿费啊。我正在攒去非洲的盘缠呢。

对方很周到地说,稿费虽微薄,一定会速付,请放心。同期杂志上也有关于非洲旅行的信息,您可以留意。

于是,盼着那期杂志。不是为了自己的文章,而是为了非洲的资讯。杂志终于到了。相关的文章是介绍一列叫作"非洲之傲"的火车,顶级奢华,终年驰骋在非洲大陆上,有多条线路可供挑选。最精彩的是它有一趟一鼓作气穿越非洲的旅程,两年发一趟车。我一边看,心跳一边加速,好像那火车喷出的白烟已经弥漫在眼前。文章结尾处,留有一个用于联系"非洲之傲"中国总部的电话号码。

我迫不及待地抓起话筒,拨通后准备一诉衷肠,不料对方是电话留言。

我踌躇了一下,主要是思忖好的话都是对人说的,不知道面对机器说什么好。最后便结结巴巴地留言,说我对"非洲之傲"的旅程很有兴趣,把电话号码吐露给了那部机器。

放下电话,几乎不抱什么希望。一本杂志的发行量多大啊,一定有很多人看到这则消息,一定会有很多电话打过去。这个机构肯定忙得头昏脑涨。

晚上,我突然收到一个电话,来自新加坡。

一个很悦耳的男声,说他是"非洲之傲"在中国的总负责人,名叫金晓旭。他听到了我的电话留言,因为正在国外执行公务,现利用在新加坡转机的短暂时间与我联系。

我一时语塞,感动得不知道说什么好。完全没想到这家机构的负责人会如此敬业,对一个普通的咨询电话如此尽责。我原来准备好的一连串问题,一想到人家在国外的机场,花着高额的电话费,就问不出来了。我只是强调,我对"非洲之傲"很有兴趣,很想多了解一点儿这个项目的情况。金先生正好要登机了,他告诉了我"非洲之傲"的网址,让我先看看。如果有兴趣,等他回京后再与我联系。

我放下电话,立刻打开电脑,进入了"非洲之傲"的网页。点开首页上的五星红旗标志,进入了中文界面。我一边看,一边屏住呼吸,生怕自己喘气大了,吹走了好不容易得来的消息。看到每两年一次的从南非开普敦到坦桑尼亚达累斯萨拉姆的行程,原文中一句——"这是一次史诗般的旅行",让我顿觉喉咙口喷涌出一股腥甜气息。多年以来,每当我心潮澎湃之时,就会有这种心脏位置上提、动脉热血迸射的感觉。

很久很久,没有这样的感觉了。我渐渐老迈,甚至以为自己再也不会为了什么事情而高度激奋,没想到这一个非洲之行的页面就让我血脉喷张。

我记得很清楚,就在那一瞬,我下定了非洲行的决心。无论要花费多少金钱,不管要经历多少繁杂手续,哪怕山重水复、瘴气横行,我都要去非洲!

之后的准备工作,果然层出不穷非同小可。实在说,比环球旅行还复杂。环球旅行我走的是北线,主要是在第一世界发达国家转圈,各方面的沟通和安排都比较成熟顺畅。非洲则是第三世界的节奏,急不得恼不得。规则常常莫名其妙地作废,意想不到的变故更是家常便饭。除了少安毋躁,预留出更充足的时间和将耐心打磨得更柔韧之外,别无他法。

史诗并不是那么容易吟诵的。到非洲很远,比到北美和欧洲都远。万里迢迢,就是坐北京到南非的直航,也要飞行15个小时以上。我为了节省盘缠,买的是中途转机的票,加上在机场等候的时间,差不多要近30个小时。非洲诸项接待条件差,但旅行开销并不便宜,几乎和我全球游的费用旗鼓相当,要几十万元。再一点是非洲相对危险,除了战乱和治安方面的问题,还有闻所未闻的传染病。我有一个朋友的弟弟到非洲执行公务,在当地得了一种莫名其妙的脑炎,人事不省地运回国,虽经大力救治,还是在昏迷了一年之后与世长辞。

非常感谢金晓旭先生,他渊博的知识和勤勉的工作态度,给予了我巨大的帮助。如果没有他,我的这趟"史诗般的旅行",刚起笔第一行就得夭折。特别是当我疲于奔命实在应对不了规划旅途的无数烦琐细节,准备放弃某些重要项目的时候,他的苦口婆心和谆谆告诫,类乎指路明灯。他温暖的提点,让我重新燃起希望。他周密的安排,让我对这趟未知的旅程增强了信心。从某种程度上说,没有金晓旭先生,就没有我的非洲之行,也不会有这本书的问世。对此,我深深感谢并铭记心间。

终于,一切准备停当。我注射了预防黄热病的疫苗,口服了预防霍乱的丸剂,怀揣着治疗恶性疟疾的青蒿素,带着各种驱蚊剂和药品,加上简单的几件行装,一咬牙一跺脚,出发啦。目的地——阿非利加洲!

所有的动力都来自内心的沸腾

荒原上的古镇

维多利亚风格是很多中国人现时心心念念的一个时髦词。谁用了这种风格的建筑、装饰、器皿等等，哪怕只是一只镀金小盅，也像拿到了一个高大上的火罐，骄傲地在额头拔出紫廓。因为自家没有一个能和这伟大风格沾亲带故的物件，对它的特点基本上一团模糊。想象中应该是泛指英伦风，带点儿皇家气息吧。这次乘坐"非洲之傲"旅行，被这种风格腌泡其中，才多了一点儿了解。

它的命名来自英国的维多利亚女王。1837年，年仅18岁的肯特郡主维多利亚，登基成为英国女王，在位时间长达63年。它前接乔治时代，后启爱德华时代，被认为是大英帝国辉煌的巅峰。在维多利亚女王统治时期，英帝国控制着全球制海权，主宰了世界贸易，其广阔的殖民地遍布各大洲，达到了令人惊骇的3600万平方千米，号称"日不落帝国"。它具有占压倒优势的制造业，坚不可摧的海上霸主地位，再加上由它制订并主宰的世界金融体系，构成了英帝国傲视群雄、不可一世的三大支柱产业。同时，英国并不是只注重物质文明，还涌现出很多伟大的科学家和文学家。

于是，维多利亚女王的名字成了英国和平与繁荣的象征。英国人为他们无可匹敌的地位扬扬得意，宣称："北美和俄国的平原是我们的玉米地,芝加哥和敖德萨是我们的粮仓,加拿大和波罗的海是我们的林场,澳大利亚、西亚有我们的牧羊地,阿根廷和北美的西部草原有我们的牛群,秘鲁运来它的白银,南非和澳大利亚的黄金流到伦敦,印度人和中国人为我们种植茶叶。我们的咖啡、甘蔗和香料种植园遍及西印度群岛,西班牙和法国是我们的葡萄园,地中海是我们的果园。长期以来早就生长在美国南部的我们的棉花地,现在正在向地球的所有温暖区域扩展。"

好一个烈火烹油、繁花似锦的时代。维多利亚女王过世后,由她的儿子爱德华七世统治大英帝国。靠着老妈积累的鼎盛国力和巨大财富,这位英王更是开创了奢华、浮躁、享乐的统治风格,史称"爱德华十年"。

世界上许多河流、湖泊、沙漠、瀑布、城市、港口、街道、公园、学校、建筑物等等,都是以维多利亚女王之名命名的。比如澳大利亚的维多利亚州、加拿大维多利亚市、新加坡维多利亚纪念馆、香港的维多利亚港和维多利亚公园、塞舌尔群岛首都维多利亚,非洲最大的瀑布被命名为维多利亚瀑布,非洲最大的湖泊也被命名为维多利亚湖,等等。

第一次世界大战的枪声,中断了这个不断攀升中的帝国的奢华泛滥。

说起来,我最先知道这位大名鼎鼎的维多利亚女王,却是在医学课堂上,和某种严重的疾病相连。

英国的维多利亚女王共生育了九个孩子,女王虽然外表健康并且高寿,但她是血友病基因的携带者,女王把这种病遗传给了她的三个子女。幼子直接就是血友病患者,五位公主虽个个看起来正常,但其中有两位和女王一样,是血友病基因携带者。19世纪的欧洲盛行"婚床上的政治",各国王室之间政治联姻忙个不停。维多利亚女王的两位公主与欧洲王子结婚,基因继续繁衍遗传。这个可怕的疾病传入了西班牙、德意志和俄国王室。

从此,血友病也被人们称为"王室病"。

都怪我当过医生的经历,动不动就扯到得病,好了,回来。在维多利亚和爱德华这娘儿俩执掌政权的历史阶段中,英国富裕的中产阶级数目剧增。一下子拥有了大量财富,加上摇身一变被刷新成上流身份,新兴的富商和资产阶级既渴望古老贵族的奢侈,又期望有所突破和超越。他们开始注重生活品位,饮食上也日渐考究,对居住环境改换门庭格外上心,对室内装饰样式也求新求异。这帮新富豪对风格的准确性其实没什么兴趣,只希望密集地展示财富和炫耀自己从大千世界搜集来的珍奇百物。凭借着无可匹敌的海上优势和广袤无垠的殖民地,巨大的财富积累使得他们可以尽情挥洒想象力并付诸实施。他们有能耐这样显摆,从遥远的国度搜刮来各式各样充满异国情调的精品,用奇花异草装饰庭院,在食品中加以各种香料烦琐烹制,研制规定出令人眼花缭乱的进餐礼仪……争相斗艳、不辞劳苦。他们对家具的要求也越发吹毛求疵,既要舒适,更要显得奢美华丽。超大尺寸和过分的饰物应运而生,所有材料都不必要的加厚加长,轮廓一定要突出饱满。复杂的雕琢、精细的垂花比比皆是。所有这些外在的形式都不单单是为了实用,而是成了标榜身份的象征。

如今已经成为英式餐食标志的下午茶,也形成于这个时期。起因据说是维多利亚女王的女侍从官——安娜女公爵,每到下午就会觉得饥饿,便让仆人拿些小茶点来吃,外加女官们无所事事地聊天。(安娜女公爵该不是有低血糖吧?我出于医生的癖好,忍不住暗自揣度。)这习惯从宫廷流出来,贵族和新兴中产阶级纷纷效仿,于是下午茶渐成英国人的例行仪式。

你很难把维多利亚风格一语概括。它如同一只斑斓多彩的大筐，把各种民族和历史的装饰元素一股脑地攒在一起。哥特式、文艺复兴式、罗曼式、都铎式、意大利式，加上陌生的东方元素……兼蓄杂糅，整个一个大掺和。说白了就像是各种文明风格的一通乱炖，加上工业革命以来的现代元素和新材料也大显身手，混合起来，变成了一种没有明显样式基础的创新运用，又以其矫揉造作的繁文缛节大行于世。

然而，它毕竟成就了一种炫目的辉煌。它在建筑、家具、时装、器皿等领域广泛应用，随之扩展成一种奢靡生活方式的代名词。它的本相是随心所欲地把若干种风格元素混搭起来，虽是没有多少计划性的大拼盘，但由于原本艺术风格的强大美感力量，叠加后形成了视觉上具有绝对冲击力的惊世华美。最终奠定了它以无可掩饰的优越感，绮丽地白着眼珠傲视世界的格局。

不由得想，维多利亚时代，我们的祖国是怎样的？灾难深重，挣扎在半殖民地的边缘，真是和这种风格南辕北辙、格格不入。

"非洲之傲"在日暮时分抵达荒原上的一个小镇，在告知了重新开车的时间后，列车方请乘客们下车游览。悄无一人的站台外，有一辆色彩斑驳的双层游览轿车默默等待。旅客们纷纷上车预备游览小镇，我可不想下了火车再坐汽车，就在空无一人的街上信步走动。

这里曾是布尔人重创英军的战场。落日西斜，小镇上没有任何居民出没。按说这并没有什么稀奇的，我到过世界上一些著名的废墟，也曾在废墟中的旅店落脚。暮色时分游人散去后，会让人生出鬼影幢幢之感。但这个小镇不是废墟，它保养得非常好，维多利亚式风格的建筑美轮美奂，老式的路灯杆上，新式的灯泡迸射出明亮光线，虽然天还不太黑，但它未雨绸缪地亮了起来。道路两旁绿树成荫，修剪有序，长满浮萍的小湖中心还有鸭子在慢吞吞地游动。苗圃都精心打理过，鲜花盛放，香氛幽幽。路旁有老式的加油机，漆色明朗，明显露出等着供人们拍照的用意。钉着铭牌的银行和邮局虚掩着门,好像时刻等着人们推开存款、取信。不过当你真的想要推门而进时,才发现内里的门已经落锁。

有一家古老的药房,门却是可以推开的。我想这也符合规律,虽说天色晚了,但邮局和银行可以打烊,药铺应该营业。我饶有兴趣地走进去,却饱受惊吓。在反射着古董之光的瓶瓶罐罐之间,立着一个男人,西服笔挺,戴着金丝眼镜,双手正在取药。我一个踉跄,才发现是个仿真度极高的蜡人,塑的是旧时代的药剂师。

唉,这街口什么都有,就是没有人。远远地看到一个人影走动,急忙赶上前想问个究竟,走近了才发现也是"非洲之傲"上的游客,正满脸狐疑地东张西望。

这一切,在非洲旷野越来越深沉的暮色中交织出几分诡异。周遭像是硕大的仿古布景,剧组的拍摄也已完毕,此地人去楼空。但它千真万确是个真正的古镇,有过辉煌的历史。

终于,我在火车站附近找到一位工友。他穿着铁路制服,肤色呈现出一种暗淡的浅棕色,好像是多次混血后的当地人后裔。我见到了救星,忙问他小镇现在有多少人。他低着头,并不看我,好一会儿避而不答,最后看实在拖不过,才说这里连一个警察都没有。我愣了半响没醒过神来,不知道这答话的意思是说此地治安甚好,还是说这里根本就少有人生活,连警察也用不着了。思谋了一会儿,想这南非的治安似乎没有好到不需要警察的地步,后面一种可能性比较大。

我说,既然这里很少有人住,为什么看起来一切都保养得很好?谁在打扫街道?谁在修剪花木?谁在精心维护着小镇的美丽?

工友一直低着头,不看我,像是自言自语,早年的时候,因为火车开通和钻石开采,周围曾经有很多人生活,是个繁华地方。后来随着金伯利的衰落,这里的人都搬走了,很少有人长期住在这里了。现在这儿成了旅游的地方,一到节假日,会有人前来寻古。你们此刻来的不是时候,不是节假日,又是晚上,所以看起来有些凄凉。

他是个腼腆的人,这一番话断断续续说了半天,到最后也没回答我到底是谁在孜孜不倦地修缮、保养古镇。小镇的精致有序,实在不像是旅游机构能维护出的水准。我不得不再次追问——谁在维修小镇?

他想了想,吭哧着回答说,这些房屋都是以前的房屋。

我发现此人的一大特点就是答非所问。不过他此刻于我是如此宝贵,除他之外,我再也寻不到一个当地的活口了。

我夸张地点头表示赞同,说,是啊是啊,看得出那些房屋都有一些年头了。

这些房屋的主人是有后代的。他又积攒了半晌气力,才接着说。

哦!这些房屋主人的后代想必也都发达了,继承了祖业,妥加维护,一来对祖先有个交代,二来也可以让后人多了解一下那个时代的历史。的确是个好主意。

我详尽地表达自己的理解,表示充分领悟了他话中的深意。

此人总算在受到鼓舞后,破例地多说了几句。也不都是老住户的后人在管理这些房屋,也有对历史感兴趣的人,买下了这里的旧建筑,不断维护。他们还收集各种老物件,办起了博物馆。那边就有个展览,你可以抓紧时间去看一下,免费的。

这个慢性子人!为什么不早点儿告诉我呢?现在火车在小镇上已逗留了相当长的时间,马上就要开车了。虽说我有把握它不会把我甩在月台上,恩断义绝地轰隆隆地开走,但为一个人耽误大家的行程终是不妥。我刚想走,他拦住我说,有一位以前住在这里的老夫人去世后,把自己的东西捐献给这家小型博物馆了,你可以好好看看。

我赶紧向这个沉稳至极的工友道了谢,撒腿奔向他所说的博物馆。

这是坐落在火车道边的二层小楼。从进入房间的第一瞬间起,你就不由自主地踮起脚,屏住呼吸,蹑手蹑脚起来。你觉得自己是闯入别人家宅的不速之客,你未经主人许可擅自窥探隐私。你像一把锋利的小刀,刺入他人密室之中。

小楼里陈列着那个已经逝去时代的种种物件,比如酒具、家具、自行车等等。那个工友的话如同魔咒指引着我,我上下楼跑动,不遗余力地寻找老妇人的旧物。

想想看,一个人,如果把他所有的物品——从年轻时代到垂垂老矣,一应物品都保存完好,一丝不苟地收拾好,等到自己死后一股脑地捐献出来,心思何等缜密。后世的人按照他生前的喜好和习惯,一一按原样布置出来,这可构成了他一生的大数据。人们可以毫不费力地由此看出他是一个怎样的人,曾经怎样生活。细想想,有点儿可怖。

老夫人的一生,在这个博物馆里被彻底撕开,从此大白于天下。从头上的发卡到颈上的项链,从紧身褡到长筒丝袜,从盥洗用具到化妆品匣,从往来信函到文书文件,从头疼感冒吃的药到纳凉御风时的羽扇纱巾,从精致的蕾丝内衣到豪华奢靡的外套,从饮茶的镶着金边的杯盏到吃饭时的纯银刀叉,从下午茶的小碟子到安眠时覆盖的暖毯……老夫人真是无一不可对人言,和盘托出。她享用过那个时代最好的物品,大概实在不愿诸物随着自己肉身的寂灭而永远湮没。她像一个捐献遗体的人,剔去肉身,仅遗骨骼,将生平百态立体地矗在此处,供人们淋漓尽致地观赏。

给我留下的第一个深刻印象是——此人的衣服和帽子实在多。

她喜欢温婉的荷叶边,很多衣服上都留有这种精致手工镶嵌的痕迹。那复杂的编排中,带着灵动的轻柔,彰显着贵族的高雅神韵。

从衣服可以推断出，此夫人年轻时腰身纤细，上了年纪后依然身材窈窕。我私下里窃想——这也是她敢于全盘展示服装的理由吧。若是中年后成了水桶腰，估计也就自惭形秽地将衣服统统打包销毁了。

所有衣服上的扣子，都不是现在常用的化学塑料或金属的，甚至也不是螺贝的，它们全都是包纽，就是用与服装相同材质——服装是真丝的它就是真丝的，服装是兽皮的它就是兽皮的，严丝合缝地用手工把扣芯包裹起来。好像它们本身就是同衣服一道生长出来的，浑然一体。

再有就是无所不在的蝴蝶结，粉色的波点是她的最爱。我本来以为蝴蝶结是小姑娘的特权，不料它乃老少咸宜。闪亮的缎带打出板挺的蝴蝶结，结后还有长长的飘带。有的是粗而宽的带子，有的只是纤细的细绳……想来因为老家来自英伦岛，岛上多风，飘带便生出永恒的飞逸感，让那个时代的英国女子欲罢不能。

老夫人晚年的时候喜好立领，估计希望将脖子严严实实地包裹起来，以掩盖那出卖她年龄的颈纹。女子年轻的时候是包裹比裸露来得更神秘性感，年迈的时候，包裹也可遮挡岁月的痕迹。所以，遮挡和包裹万岁。

她持久地喜欢淡紫色，喜欢薰衣草般的浪漫。从她的发卡看，她有时是长发，有时也会梳着光滑优雅的发髻。她饮食考究，吃什么看不出来，但那一组组餐具上描金的花朵和烦琐造型，可让人想见她的考究和悠闲。

她喜欢上衣缝制羊腿袖。就是肩部上端蓬开，像丰硕的羊腿一样宽大，而一旦越过肘部，袖口突然收紧，逼近手腕处，简直就是贴着尺骨、桡骨的外侧缝制（原谅我又卖弄医学知识，就是咱们前臂的那两根骨头），她一定有纤柔的腕。同时她也爱着公主一样的泡泡袖上衣，这服饰同样能凸显小臂和手腕的玲珑。

只是这样的衣服,多么行动不便!她如何工作,如何行走,如何完成家务养育孩子呢?

正想着,我的脊背后面一阵发凉。我的第一感觉是——老夫人的灵魂,趁着暮色溜达过来了,在暗角处大睁着昏花老眼,微仰下颌,略带挑剔地审视着闯入者。她倒要看看是什么人对她的一生感兴趣,此刻她的面容浮现出不屑。要知道,在那个时代,她是不需要干任何活计的,也不必亲自抚育孩子。你这个来自东方的女人瞎操心!

我惊慌失措地四处巡睃了几眼,打算找到老夫人驾临的蛛丝马迹,比如飘动的窗帘或自行移动的羽毛笔。小站的远方起了薄雾,正是适宜幽灵出没的时辰。

并没有发现异象。于是我向虚空中莞尔一笑,算是问候。

我们以往看到过种种故物的展示,多半都是与伟人或重大的历史时刻相关。那些物件基本上是形单影只的,只是可有可无的附属品,是一篇长文的注释而非整体。固然这也包含着展示力,但终究是历史的零星碎片。比如我们看到伟人的床,床上铺着白布单子。我就会想,这可是当年的那块布?想来不是,因为那块布不可能保留到今天依然洁白。一定有人笑我吹毛求疵,跟一块无足轻重的白布过不去。我承认有时我是一个爱钻牛角尖的人。不过此地这个维多利亚时代的老夫人,提前把所有的牛角尖,都用她一生的器皿、衣衫,事无巨细、锱铢必较地封死了。她的前仆后继的物证兵团,让后人的想象力再也无法施展,乖乖地被她牵着鼻子揪到了往昔。

第一次如此真切地感受到了上个世纪甚至上上个世纪的此地风情,触摸到了另外一种全然陌生的生活温度,扪到老夫人气若游丝的脉搏,想到她盛年时的活色生香。在这之前,我对维多利亚时代服装的粗浅了解,就是油画上的女王肖像和贵妇们的装扮。再穷尽一点儿,可能来自那个会画画的美国老太太塔莎奶奶。她总是穿着有长摆的复古裙子,布料有麻和羊毛的粗糙纹理。虽然老人家的色彩搭配让人温煦,但你总疑心她就要摩挲着手掌,穿着这套衣裙去捡麦穗,生出这是乡下妇人的工作服之感。

太艰窘的人生,估计是没法子展示的。每人只有极少的衣着、器物,还要留着缝缝补补改穿改制,哪里存得下来呢?太动荡的年代也是没法子将诸物留下来的。就算大户人家衣物丰厚,但颠沛流离中携带的多是珠宝和食物,衣物等必是大多抛弃了。凡此种种贫苦和战火纷飞,中国的近代都占全了。除了皇族遗物,民间难得有完整的遗存了。

我且不评价眼前的展览是好还是无大意义,总之这是颇有意趣的展览。我不知道中国可有这样有远见卓识的老妇或老夫,从年轻时就一件不落地留存旧物,预备着有朝一日事无巨细地展示给后人观看?抑或从前没有,今后渐渐会有?

我想,这除了要有高度的自恋和优渥的物质条件外,还得有耐心和自信,坚定不移地认为自己是值得和盘托出的。当然了,还得有人愿意捐出足够的观赏场地和有人愿意观看。

"非洲之傲"一声鸣笛,缓缓驶离荒原上的小镇,夜色深浓。我把身体探出窗户,向路灯下一团镶着灰色淡边的黄色光雾挥挥手,与只有我能看到的维多利亚时代老妇人告别。

也许,并不是所有的东西都是越客观越好,若要寻找确凿资料,电脑可以给你太多帮助。不过,电脑百度某词条三页之后,几乎再无新意。

我不知道自己异国薄雾下的印象是否准确。凡人工的东西皆有粗糙不确之处,恳请谅解。

所有的动力都来自内心的沸腾

这是我的第 113 个国家

您到底去了多少个国家呢?他说,这个不好说。如果只是数护照上的印记,我已经到过 113 个国家了。

原本以为金子是奢华的,比如迪拜的帆船酒店内冲水马桶的金按钮。跑过去特地一看,那金按钮由于摸得人太多了,以至斑驳掉色,失却了黄金的华美,露出了黯淡的麻点。以为钻石是奢华的,比如镶在王朝权杖上的巨大艳钻。到了伊朗听人细讲,才知晓由于争夺它的光芒,引发了战争致血流成河。再如高楼大厦是奢华的,全世界都在努力建造最高的摩天楼。在台北,听到当地朋友不无惆怅地说道,101 大楼曾经是最高的,现在已经降为世界第四了。又比如满汉全席是奢华的,找到极其稀少的食材再用极其繁复的方法烧制出的菜肴,单听那过程就令人动容。不过,据有幸吃过的人说,头十道八道菜还能分辨出滋味,再往后,就都是一个味了。我孤陋寡闻,但也曾见过把大象鼻子切成极细的肌肉缕,再用冬笋丝捆扎成稻秸状,然后油炸再加烹浇酱汁……听完主人略带显摆的介绍之后,我的筷子掉到地上。

还有近年兴起所谓的低调奢华——一次到某位朋友家做客,在洗手间里,她指着放香皂的精细小盘子说,这个是宋代的瓷,在拍卖会上,会值多少多少多少万元,搁在我家,便是寻常,只配盛些杂物。我吓得忘了从幼儿园起就牢记的饭前便后要用肥皂洗手之训,欠着身子离那小碟十万八千里地用清水草草冲了几下手指,慌不择路地逃出了厕所。

我一普通凡人,在我有限的见识里,以为以上种种,便是奢华了。

在"非洲之傲"上,渐渐懂得了什么才是真正的奢华。

不过此刻,还是好好体验这份难得的时光和旅途中的种种遇见。让我感兴趣的不是奢华,而是火车沿线的风光,再有就是"非洲之傲"上的人了。

列车长啊,服务生啊,修理工啊,应该都是有故事的人。只是在他们的脸上,永远带着礼节性的微笑。我想说,我和别的客人不一样,我也是受苦人出身,咱们是同样的劳工阶级。但估计他们不信,职业的训练让他们把客人们当作另外一个品种,鸿沟无法只凭几句告白填平。假如我们在列车的走廊相遇——不管"非洲之傲"多么豪华,走廊的宽度也还循着绿皮火车的前世尺度——两人相逢若要通过,必得每个人都壁虎似的贴向自己那一侧的墙边或窗户,来一个亲密的擦肩而过。在"非洲之傲"上,如果客人和工作人员相遇,工作人员会微笑着在第一时间向后退去,一直退到他刚刚走过的两节车厢连接处,闪出道路以供客人顺畅通过。

在我的习惯中,两个人都挤一挤,片刻就解决了矛盾。如果其中一个人抱着东西("非洲之傲"上的服务人员常常要运送饮料、需要洗涤的衣物、打扫卫生的工具等等)实在难以通行,那么本着轻车让重车的原则,空身的人应该谦让负重的人,主动退回车厢交接处,让负重的服务人员先过。

但是,轻车让重车的原则在"非洲之傲"彻底失效,取而代之的规矩是服务人员永远谦让客人。无论这个客人多么瘦小灵巧，无论工作人员负载多么沉重，都是工作人员避让，让客人可以无拘无束地通过狭小通道。

我总是没法说服自己遵循这一客人优先政策。狭路相逢时刻，我会首先停下脚步，然后向后退去，示意对面负重的服务人员先行通过。然而，他们坚辞不从，总是固执地示意我先走，以至我发现再坚守下去，只会让对方在列车的颠簸中更长时间地负重等待。我只好抱愧地快步走过通道。这就是"非洲之傲"的秩序，它的背后是等级制度挥之不去的暗影。

客人们之间倒是谈笑风生，毫无芥蒂。旅客大多为老年夫妻。列车就像一个有20多户人家的小村庄，互相之间会走动，但来往并不频繁。基于西方人的礼仪，也不会邀请对方到自己的车厢做客，最多的接触地点就是餐厅和观景车厢了。

观景车厢在某种程度上是大家的公共大客厅，近似三面通透的阳光房（不透光的那一面是列车的连接处）。巨大而舒适的沙发像被晒暖了的海浪，簇拥着旅客们慵懒的身躯。饮品丰富，服务生随侍左右。在这里可以深切感受到火车的速度，你可以细密地观察世界，但这个世界却拿你无可奈何。你在持续向前，世界飞速退后。为了保护客人们的眼睛不受蒸汽机车常见的烟尘之苦，"非洲之傲"还为大家准备了特制的风镜。躲在它略带茶色的镜片后面，不动声色地向外看，世界就更像是古老的纪录片。

某天我在观景台上，遇到了史密斯先生。因为不是必须穿正装的场合，他穿着藏蓝色条纹背心、淡米色的冲锋裤，略显佝偻的身材，显出几分不合时宜的干练。

你可能要说，干练还分时宜吗？什么人干练不都是好现象吗？关键是我已打探出来，史密斯先生是整个"非洲之傲"列车上最老的乘客了,整整 87 岁。我深深记得中国的古话——七十不留宿,八十不留饭。这都马上要近 90 岁的人了,中国话里已经没有形容如何对付这个年纪旅行者的话语了。估计要是强行编一句的话,该是"九十不留言"了。相互谈话都要小心谨慎啊,一句不合,老人家躺倒在地、口角流涎,你就脱不了干系。

史密斯先生的干练,让人打消了这个顾虑。我说,您走过多少个国家了?

他眺望着远方说,哦,很多很多了。包括你们的国家,中国。

我点点头,这个列车上的驴友都是旅行者中的老饕。中国是他们的必游之地,所有人都曾告诉我,嗨!我到过你的国家。

我说,您对中国有什么印象?

他说,中国很大,所以一次是逛不完的。我从 60 岁开始,大约每隔五年就要到中国去一趟。中国的变化太大了,我有时拿出上个世纪 80 年代在中国拍摄的照片和现在的照片一对比,简直以为已经到了另外一个国家。

我说,别说您五年去一次,我就生活在中国,有的时候那变化也快得让我不认识。

史密斯先生说,我到过世界上很多国家,没有一个国家在这样短的时间内发生这样大的变化,中国是独一份。我不知道这究竟是好还是不好,希望是好的吧。作为一个旅行者,我们没有资格对所在国家的人说三道四,只能在一旁默默地看。

我把话题又拉了回来,您到底去了多少个国家呢?

他说,这个不好说。如果只是数护照上的印记,我已经到过 113 个国家了。

我说,什么叫只数护照上的印记?

史密斯先生说,比如我们这次经过津巴布韦,海关在我们的护照上打个戳子,这就是印记了。但是,我们对津巴布韦了解多少呢?我们只是乘飞机浏览了维多利亚瀑布,在赞比西河上划了划船,凭吊了一下大英帝国的利文斯通博士……当然,有的人还逛了逛国家公园,买了木雕或一些特产,但是,你对这个国家真正了解多少呢?除了酒店以外,你到过普通人的家吗?我不敢说完全没有,但真是非常匆忙。这在我的记录中,就算是只有印记的国家。如果像对中国那样比较多一些的了解,在我看才算是真正到过。

我不禁肃然起敬,想起了咱们盛行的欧洲 11 天 13 国旅行,估计在史密斯先生这儿,连印记也算不上了,只能是风掠。我按捺下为国人匆忙旅行的辩解之心,问道,那么您可以算是到过的国家有多少个呢?

他说,大约有 90 个国家吧。

我说,您可以说说名字吗?

史密斯先生微笑起来,说名字吗?记不全了。我看到很多旅行者津津乐道他们走过多少个国家,把那些国家的名字像食谱一样挂在嘴上。他们积攒抵达过的国家名称,就像小孩子在储钱罐里不断投下硬币一样。对我来说,那些国家的名字并不重要,我也没有特意计算过。走过,看过,就是全部,计算是多此一举。记住每一个城市、每一顿餐饭,就算是美食美景,也没有必要,是微信时代的无事生非。随着我走过的地方越来越多,我就越来越觉得国家之间的区别并不重要,在这个世界上生活着的人,相同点远远多于不同点。所以,这个世界才是有希望的,对吧?我要用我的时间,赶快去看看没有去过的国家和城市。看看蛮荒,察看文明与野蛮,把人生快乐地走完,然后到达最后的目的地——天堂。

他说这些话的时候,目光并不看我,而是看着远处。目光也不聚焦,散落在车尾处的大片弧形区域,好像一部老式雷达在扫描。

第四辑 人生纷繁，素履而往

我大声说，您讲得可真好！

我的话被汹涌向前的气流甩在了铁轨上。

旅行就是听故事。听不同的故事，听别人的故事，听你想象之外的故事。

这时火车靠近了一个城市。在非洲靠近某个城市之前，一般先要遭逢一大片贫民窟，好像西餐的前菜。基本上是用铁皮盖搭个屋顶，支柱是纸箱、木板或随便找来的树枝、铁丝等等。有一片区域是此地的公共厕所，蹲位一律面向铁轨，有些人正方便中，他们捧着脸在用力。看到有列车通过，就龇出雪白的牙，笑。

我们站在观景车厢，距离他们只有咫尺之遥。列车驰过掀起的风，将他们的头发吹拂而起。

史密斯先生说，我觉得中国在建设中有一点很可取。

我说，哪一点呢？

史密斯先生说，那就是在北京上海这样的大城市周围，没有形成贫民窟。这很不容易，希望中国能保持。

我问他，您一年有多少时间在外面旅游？

他说，所有的时间。

我说，圣诞节也在外面过？

他说，是的。我看过很多国家的圣诞节。节日特别能突显一个国家或一种文化的真相。

您过这种四海为家的生活多少年了？我问。心底有一个小小的阴谋，我想知道史密斯先生有多少钱。

27年了。史密斯先生说。

掐指一算，87减去27，等于60。我说，您一退休就开始云游了。

史密斯先生说，是的。

我终于接触到实际问题，那您这些年来用于旅游的费用一定很可观。

史密斯先生说,没有计算过。不过,我确信在我离开这个世界的时候,还可以向慈善机构捐出一笔钱。

我说,您已经安排好了?

他微笑着说,是的。说不定我哪一天在哪一个地方就倒下了,但这也是我计划中的一部分。

至此,我几乎所有好奇的问题都得到了答案。就算是没有问出的问题,也不必再问了。

车上的乘客基本上都是来自第一和第二世界。和我们同样来自第三世界的客人是一对印度夫妇。他们并不像是印度电影中那样的俊男靓女,而是年近六十,有些沧桑老迈的中年晚期人。男子黑而矮,女子不自然地丰腴着,我判断好像因病引起了轻度浮肿。当游览纳米比亚私家公园的时候,我们同时乘坐一辆游览车。那女子因为怕风,裹着厚重的花头巾,和丈夫坐在最低一排。我们坐在最高一排,中间隔着一对美国夫妇。

狩猎车每次巡游大约两个小时后,会停在一处草木稀疏地休息,供大家方便。然后就是无所不在的茶点。服务人员会一丝不苟地准备洗手的水,放下折叠的餐台,摆满冰镇的饮料。从红酒到红茶,还有果汁和可乐,饮料就有七八种之多。当然,一定少不了依云矿泉水。点心的种类也很繁杂,夹心馅饼、牛油曲奇、各式酥脆的糕点。不过总是吃这种充满了黄油气味的烘焙食品,口中也淡。印度人带了一些充满了咖喱味道的小食,邀请我们品尝。

印度男人咔咔嚼着印度零食,说,我为乘坐"非洲之傲"准备了五年。

本来我以为自己为乘坐"非洲之傲"准备了两年,已是旷日持久,不想小巫在此拜见大巫。

我说，为什么要提前准备这么长时间？

他正好被一大口芥末呛得说不出话来，便由病弱夫人代他回答说，他是100多家医院的主人，所以每当我们出发之前，都要仔细安排时间，以免和工作冲突。

我的上苍！100多家医院，这是什么概念？我脑海中立刻把协和、中日友好、同仁、宣武、中医研究院，加上看牙的口腔医院、管生孩子的妇产医院，还有令人望而生畏的肿瘤医院、精神病医院……通通叠加到一起，也不过十几座吧。了不得！我敢说，在中国，没有任何一个人可以说我是100多家医院的主人。就算是卫生部长也不能口出此言，虽然他能把100多家医院的院长找来开会，但仅此而已，那些医院并不是他的。

我目瞪口呆，对面前之人肃然起敬。我说，很早以前我当过医生，对院长满怀尊敬。请问，您是在哪里读的医科？

印度百院之长微笑着说，我并不曾读过医科。我的工作不是给人看病，而是投资医院，这是我们家族的产业。

我说，那您需要管理医院吗？就是每年到一家医院巡视三天，也会忙得没有假日。

印度百院长说，其实我也不会管理医院，那也是需要专门的人才去做。

我对他的景仰啪的一落千丈，说，您既不看病也不管理医院，那么您只是往这些医院里投钱了？

印度男子说，您说得基本上对。我不但往医院里投钱，我也从医院里赚钱。我的医院遍布东南亚。印度的德里、孟买、加尔各答、昌迪加尔等等，都有我的医院。在马来西亚、新加坡、泰国等等，也有我的医院。

他说到医院时的表情，有点儿像农场主说在某某山上有我的土豆。

我说,那您这次到非洲来,会不会也想着在非洲某国投资一家医院?

他摇头道,唔,关于这一点,我从未想过。

我说,为什么呢？眼见得这里到处缺医少药,应该是非常需要医院的。

他说,这里的病人很多,不错。但是这里没有医生,人们也不会有钱看病。单有需求是没有用的,要看值不值得在这里兴建医院。除了慈善,没有人会在这里修医院。我更不会了。

他穿着绿色格子冲锋衣,面对苍茫的非洲大地,双手紧紧抱肘,我知道这个身体语言所表达的含义,在世界各种文化中都是——坚定拒绝。

我想说,中国在非洲大陆建了很多医院,但觉得有对牛弹琴之虞,就咽下去了。一时竟不知再谈点儿什么。正好这时茶歇结束,我们重新登上路虎越野车,去看动物。

我们车上的女工作人员拎着AK-47说,刚才休息的时候,我的同伴说那边有一头雄狮捕到了一头角马,正在大吃大喝,咱们现在就赶过去看吧。人们欢呼雀跃,我却为那头角马默哀。

车子一反常态地向某个地点赶去。平时它总是慢腾腾地挪动,四面窥探,好像一个蹑手蹑脚的闯入者,现在威风凛凛,铁骑奔驰。

不久,我们在一片林莽的空地上看到了那头雄狮。它身高体壮,健康成熟,毛发是深黄色的,长髯飘飘。请原谅,正确地讲那应该是雄狮的鬃毛,但我觉得它起到的作用和男性的胡须是一样的,没什么实际用处,只是帅,就借用了,恳请动物学家息怒。遥想它在奔跑的时候,鬃毛高高扬起,好像围了五条优质的毛围巾。

只可惜它此刻的毛发不再是黄色,也不再飘逸。因为俯身到角马的腹部掏吃内脏,深色鬃毛浸透了鲜血,成为一种肮脏的深咖啡色。鲜血像是上等胶水,将它的毛发凝成一缕缕的硬束,好像绛红的毛笔锋。

那只倒霉的角马现在已经不能被称为马了,它的半个身躯已经消失,只剩下四肢的皮毛和一团团的骨殖。早先喷涌而出的血,已将周围大约几平方米的衰草和沙石变成泥泞不堪的草毡。

人们俗称它为角马,实在有些文不对题。它的面部是放大的羚羊模样,估计当初命名者的第一眼是从屁股后面看到角马,它的臀部滚圆倒有几分像马。它正确的名字叫牛羚,是比较贴切的。

令人吃惊的是,在这样的杀戮之下,角马的头颅和尾部还保持完整。只是曾经低垂的鬃须,粘结成沉重的血坨。原本结成一簇的尾,成为一缕麻绳似的弃物。最令人惊奇的是,角马的弯角丝毫未曾受损,保持着宽厚优美的弧度,闪耀着角质层特有的油亮光泽。

我本以为自己当过医生,手起刀落地打开过人的胸腹,也一寸寸清洗过阵亡勇士的尸骨,按说看个动物世界的正常代谢过程,应该没有太大问题。但是,我高估了自己的承受力。面对如此血腥的场面,看到角马微闭的眼睑和带着体温的残肢,忍不住悲伤汹涌。还有那极为血腥的气味,将空气浸泡得完全不能呼吸,肺和胃都痉挛不已。

我不知道这种折磨要忍受多长时间才会结束,车上的人们难道要一直等到雄狮喋血到最后一刻才打算离开?我后悔没有问清如果不想观看怎样才能躲避,现在唯一能做的就是闭上双眼。但是,谈何容易!猛兽在前,我们的遗传密码根本就不允许你闭目塞听,它强烈地命令你瞪大双眼、耸起耳郭,双脚双腿的肌肉不由自主地绷紧,呼吸加快,随时准备逃命。

我斜了一眼巡守员的步枪。我们这辆车的巡守员是位年轻白人女子,她提着的 AK-47 成色还不错,闪着亮光。但如果雄狮来犯,我很怀疑这位年轻女子能否在第一时间击毙狮子。就算是最后可以把狮子打倒,但从狮子撕开角马脏腑的利索劲儿来看,它只需一扑,我们其中必有人会血染路虎……我正这样充满惊惧地想着,雄狮已经毫不恋战地结束了它的大餐,伸了伸懒腰,然后——它步履矫健地向我们的越野车走过来。

我们在动物保护区观看猛兽进食的时候,唯恐靠得不够近,现在才发觉,这不是电影,不是动物园,而是货真价实的猛兽杀戮现场。若是它意犹未尽,打算在正餐之后再来一道冰激凌,那我们这一干人等应该是个不错的选择。起码就算是看起来最粗糙的男人,也比那头毛发纷披的角马要细腻得多。

我坐在越野车的最高一排。如果狮子打算省劲的话,应该从底下第一排开始光顾。我忙中偷闲瞥了一眼印度百院长夫妇。只见男人一动不动地搂着妻子,从背影看不到他们的脸色,我唯一能确信的是妻子在猛烈地颤抖,她身披的那块毯子在上下起伏。

狮子的步伐慢条斯理,符合酒足饭饱的步态。它径直踱步过来,如果它不临时起意半路拐个弯,方向应该是——径直对着最低一排的座位。

我在那一瞬并不害怕,持置身事外的木僵状态。在出发前,导游曾告诫我们,如果和猛兽狭路相逢,你一定不要直视它的眼睛。在动物界,直视对方的眼睛意为宣战。

我尽量躲开狮子的眼神,但一步步逼近的雄狮脑袋委实太大,除非你像申公豹似的把自己的头颅掉个儿,不然完全无法躲避狮子日益逼近的脸孔。它在面对路虎很近处略微转了个弯,斜贴着路虎车身,向最高一排,也就是我的这排座位方向悄然逼近。

我眯起双眼,尽量让自己的瞳孔不聚焦,避免和雄狮的目光正面交锋,可我还是不可避免地瞄到了雄狮的眼眸。我距它的最近时刻,可以看清雄狮下巴上尚未凝固的角马血滴,沿着胡须形成一道不完整的弧线。它的眼角有厚重的眼屎,内眼角的黄白秽物足足有一颗蚕豆大小,像煮熟的鱼眼一样硬固。它的牙齿龇着,很黄,挂着角马零星的血丝。

我不曾想到,一个动物的眼神可以如此狡黠而凶残。或者说,凶残是可以想见的,但它不该狡黠。它是万兽之王,它是霸主啊,应该有王者之风君临天下、运筹帷幄的气度。为什么这样鬼鬼祟祟?极像一个卑鄙小人,眼珠乱转。

真希望我们的车变成直升机凌空而起,快快带我们离开这杀戮之地。但是,全车寂静,我们不能发动车。巡守员曾说过,当野兽靠近的时候,任何意外的声响都会高度激怒它。所以,只能无声无息。

狭路相逢勇者胜。如果车逃跑,猛兽就会认定你怕了它,会穷追不舍,几个箭步就会将车上的人扑下来撕碎。作为个体,你更不能跳下车来逃窜。不但因为你跑不过它,而且因为猛兽会把你当成车子这个巨兽掉落下来的片段,毫不留情地把你一口吞下去。

你也不能……

总而言之,车上的人什么都不能做,或者说能够做的唯一的事,就是等待,等待狮子的选择。

那头体型硕大的雄狮,把它硕大的脑袋俯下来,用鼻子闻了闻路虎车的后轮胎。我说过,我是坐在最后一排,几乎就在后轮之上。在某个瞬间,我想我和这个庞然大物,距离应该只有一尺多远吧。它无与伦比的巨头,就在我的腿边晃荡。它张嘴打了一个哈欠,那形态像极了一只放大了百倍的棕黄色大猫。当然这一切都是我透过自己眯缝的双眼偷窥到的,睫毛像一排黑色栅栏,将我的视线切割成破裂条索。

我以前总觉得老虎像猫,现在才发觉,毕竟同属一科,狮子也像猫。

雄狮闻了闻路虎的轮胎,它的眼神在一刹那出现了某种迷惘,然后是不屑,再然后,它垂下眼帘,转动它庞大的身躯,缓缓地……走了。

在整个过程里,我一直呆若木鸡。直到雄狮走出了十米远,我还在想它会不会只是使了个诈,下一秒猛地扑过来将我咬死呢?我身上唯一可以抵挡利齿的,是身披的混纺毛毯。刚才被迫观察到狮子的口腔,我判断它的门齿足有五厘米长。菲薄的毛毯对于它利刃般的牙齿来说,无异于一张山东煎饼吧?(我后来查了资料,说野生狮子犬齿最长可达到12厘米以上,估计那是从骨缝开始量的。我见到的这头雄狮已经不年轻,捕猎凶猛,牙齿磨损严重。)

雄狮走出百多米远后,司机轻踩油门,蹑手蹑脚地发动了车。路虎一溜烟抱头鼠窜而去,直到几公里外才停下来压惊。

我们问女巡守员,你害怕了吗?

她晃晃金色的头发说,害怕了,毕竟狮子离我们这样近。

我们说,狮子为什么没有吃我们?

女巡守员说,估计它已经吃饱了。它靠近我们,只是好奇。它闻了闻车胎,我想那种橡胶的气味是它不喜欢的。它又估量了一下车子的体积,比它自己要大。这样权衡之后,它就独自离开了。女巡守员抚着胸口,说,我很感谢你们。

我们齐声说,感谢我们什么呢?我们什么也没做啊。

女巡守员说,就是感谢你们什么也没做啊。如果你们做了任何事,比如说发出声音或者逃跑,事情的结局可能会比较悲惨。

到了下一个休息地点,印度百院长夫人说,我的身体一直在哆嗦,现在还没有完全停下来。毕竟我们在最低一排,狮子简直是擦着我们的肩膀走过去的。

我想,印度夫人身上的咖喱味,应该起了很好的保护作用。狮子的确连一秒都没有停留就离开他们,直奔向我们。

我问百院长,您可害怕了?

百院长说,有一点点。但是,害怕的感觉非常过瘾。

我说,天哪,这样的瘾,还是离得远点儿好。

院长说,我已经多次游览过世界各地的野生动物园,但这一次实在刺激。非常好,人一生必要有几次濒临绝境才好。

我问女巡守员,那只狮子还会回来吃它的猎物角马吗?毕竟它剩了那么多。

导游说,通常是不会的,那些残骸会留给鬣狗或秃鹫等食腐动物。大自然就是这样平衡着它的子民们,狮子位于食物链的最高端。

百院长听到这里,插言道,做人就要做到食物链的最高端。不必怜惜角马。

"非洲之傲"相当于一个小小的联合国,让我见识到形形色色的人。

我觉得,如果一定要在狮子和角马之间做个选择,我还是选做一只跑得更快的角马吧。祈望自己不要被狮子吃掉,能有更多的机会一次又一次地穿越大地上的马拉河。

印度百院长继续发挥他的观点,说,做人就是要像狮子一样奢侈。

我后来特地查了"奢侈"的含义。

"奢侈"在西方社会,普遍被认为是一种值得鼓励的生活方式,是积极的处世态度,提高自己的生活品质,是个人奋斗的重要目标。

"非洲之傲"的诠释是:奢侈就是时间与空间加之人工的极度铺排。

原本飞机几个小时的路程,现在要在时速几十千米的火车上,磨磨蹭蹭耗时14天才能抵达。原本可以乘坐50多位乘客的一节车厢，现在拢共只住了四个人。原本十几分钟最多几十分钟就可以吃完的伙食，现在每天共用五个小时。由此感受到人世间资源配备的不平等，起码是不平衡，明白了革命是如何爆发的……有一些东西必将掩埋在历史深处，任它渐渐远去。

掘出，也许是为了更深的埋葬。

第四辑 人生纷繁,素履而往

青尼罗河瀑布

　　大自然是一部洋洋洒洒的鸿篇巨制,瀑布是它随手挥就的五言绝句。在这种压缩版的肆虐暴力面前,渺小的你,亲历一种巨大的力量在面前徐徐绽开。

　　发源于埃塞俄比亚的青尼罗河,是尼罗河的妈妈。它在苏丹的喀土穆与父亲白尼罗河汇合,才诞生了大家熟悉的世界第一长河——尼罗河。尼罗河纵贯非洲大陆东北部,流经布隆迪、卢旺达、坦桑尼亚、乌干达、埃塞俄比亚、苏丹、埃及,跨越世界上面积最大的撒哈拉沙漠,从源头到入海口长达6500千米,最后注入地中海。在洪水期,这条伟大河流的水量,三分之二以上来自青尼罗河。人们常称尼罗河是非洲的母亲河,那青尼罗河就是母亲的母亲,算是非洲的姥姥河。它的源头在埃塞俄比亚西北部海拔2000米的高地,流经塔纳湖,然后流经一系列长滩,气势磅礴而下,形成一泻千里的水流。在这河流捶胸顿足之处,诞生了非洲第二大瀑布——青尼罗河瀑布。

　　我们启程到青尼罗河瀑布去。心生疑窦,在干旱的非洲,何以形成这样宏伟的水流?查了资料,方知号称"非洲屋脊"的埃塞俄比亚高原,拦截了大西洋丰沛的水汽,于是常常暴雨如注。充足的降水,在把大地切割成千沟万壑的同时,也汇聚出了非洲最高的湖泊——

塔纳湖。在当地语中,这湖的名称是"蓄水不干"的意思。

青尼罗河瀑布在我们当地被称为"冒烟的水",导游介绍。

这天吃了午饭从塔纳湖出发,大约60千米的路程,用了将近两个小时。路况相当不良,人被颠簸得五脏六腑移位,肚子都痛起来。我弱弱地问,青尼罗河瀑布怎么这么远?

头发极卷的黑人导游沉默寡言,这性格适合埋伏着狩猎,当导游有点儿大材小用。好在他该说的还是说:司机要给他家里送一点儿东西,在绕行。

哦,原来是这样。

到了一个土坯垒房的凋敝小村,司机的妻子已经站在路旁。她可能已经站了很久,身上披满了尘土,原本就看不出颜色的裙子,更加混沌一片。她也没有手机,司机事先也没有任何联络。那我只能推断——他们早就约好了在这个地方、这个时辰会面。我讥笑自己变态,在这种自身严重不适的情况下,还强打起精神好奇司机到底有什么宝贝要交给他的妻子。

司机是个大约40岁的中年黑人,窸窸窣窣地从座位底下摸出了一个肮脏的塑料袋,里面装着一些更加肮脏的小塑料袋。每个袋子都缠得紧紧的,让人一时无法窥探其内容物。越是看不清楚,越是想搞明白,又不敢赤裸裸地死盯,只好斜着眼观察。然而终是无奈,辨识不出。不过有一点儿总算看明白了,小塑料袋并不是肮脏,只是浑浊。

趁着司机和他妻子在车下短暂交流的当口儿,我问导游,他要送的是什么东西?

导游深深地看了我一眼,不答。可能观察后发觉我并无藐视之意,并非明知故问,这才简短说,剩饭。

哦,因为上午我们是在塔纳湖上乘船,并没有使用这辆车。那么这辆车可能就拉载过其他客人。午饭时,客人应有一些剩饭菜,司机就打了包,然后和妻子交接。这一切都是事先约好的,也就是说,交接饭菜是个经常性项目。我本来怕下午的游览太仓促,对绕路难免着急。现在理解了绕路的重要意义,剩饭剩菜理当快马加鞭处置,以防馊坏。

我用微笑迎接了和妻子告别后的司机,表示对此耽搁毫无芥蒂。

继续赶路。终于到达一个小村庄,沉默了一路的导游说,观看青尼罗河瀑布,您有两条路可以选。一条是走大路,路很远。单程大约要步行一个半小时。

按照我的常识,这似乎不可能。哪里有一个景点从进门到见到主角,需要这么久呢？我说,难道不能开车吗？

徒步线路,车不能进。导游惜字如金。

我想,他既然说了大路,那么应该还有其他的路。就问,仅此一路吗？

我暗地计算,此刻已是午后两点多,再加上回程两小时,路途便是四小时。照这个大路的走法,就算一刻也不停留,看一眼就往回赶,往返也要三个小时。时间太紧张。

还有一条小路。时间会节省一半。导游说。他接着补充道,您将看到伊甸园的景色。

什么？就是人类被上帝赶出来之前住的那个果园吗？我惊讶至极。看这周围穷乡僻壤的样子,不像有这等仙境潜伏啊。

是的。导游意志坚定地重复说。

我知道埃塞俄比亚信仰基督教,而且那传说中的神秘约柜,似乎藏在这个国家的某个地方。但关于伊甸园也蛰伏此地的说法,是第一次听到。

大路可否看得到伊甸园？我问。要把情况搞清楚。

走大路,你看不到伊甸园。导游异常肯定地说。

那么,我们走小路。我下了决心。我这个人有点迂腐,一般宁可远点儿也要走大路,特别是在这人生地不熟的非洲。小路吉凶莫测,但伊甸园诱惑了我。

好吧。那么跟我来。不知何时从角落处钻过来一个瘦高的黑人男子,穿蝈蝈绿的衬衫,微笑着对我们说。

我站着没动。这是个什么人呢?我问导游。

导游没有回答,只是摆头示意我们跟着这个人走。

我们便跟上绿衬衫,向迷蒙远山走去。一路上穿过遍地粪便的小村子,在泥泞不堪的土路上跋涉。我问沉默寡言的导游,为什么看不到一个游人?

导游说,因为走的是小路。

彻底的荒郊野地,甚至让人想起十字坡。我就不信一个著名景区,仿佛逃荒流浪的路径。正狐疑着,面前出现一条奔涌的大河,河水湍急,漩涡此起彼伏,声势颇大。

青尼罗河。导游说。

为什么它叫青尼罗河?我问。

因为和白尼罗河相比,它的水显出青色。导游回答。

这个回答基本上和没回答差不多。倒是那个绿衣小伙子,含笑插言道,当尼罗河两条最大的支流会合在一起的时候,河水的颜色有所不同,一条含泥土多一些,显得比较浑浊,所以叫白尼罗河。另外一条,就是咱们现在看到的这一条,河水清澈透亮,就被称为青尼罗河。现在我们要往上面走一段,渡口就在那里。

我说,往下走有没有渡口呢?

绿衣小伙子说,往下走就到了尼罗河瀑布区。渡船不敢太靠下游,那样万一不小心,就会被河水裹挟而去,船就会从50米的高度飞流而下。50米啊,相当于近20层楼那么高。他一边说着一边蜷身做出很恐惧的样子,好像我们顷刻就要粉身碎骨。

他很快就喧宾夺主,成了主讲人。而我们那原本就惜字如金的导游,将权力拱手相让,一言不发地跟着我们往前走,好像他也是初来乍到的游客。

我们到了渡口,百无聊赖地等渡船。我突然发现普天之下最具相似性的是河流。河边总是泥沙,河水总是湍急,水草总是那样缠绵,无人的渡口总是那样凄凉。

终于有了些许的生气。来了几个黑人孩童,他们没有书包,但是手中有一本书。还没等我发问,绿衣小伙子就告诉我,他们是小学生,家在对岸。他们每天要到河的这一边读书,现在放学了,他们再坐渡船回家。他们没有钱,买不起书包,只能带着书走来走去。

那些黑人孩子趁着等船的工夫,喃喃读着书页上的字。我刚想问新的问题,绿衣小伙子又开口正好回答了我的问题。他们坐船是不用买票的,每个月只象征性地给船夫一点儿小钱,或粮食啊,一把蔬菜啊,都可以抵船票钱。

这时渡船来了,真是一叶扁舟,船很小,颤颤巍巍,也没有任何救生衣之类的救险设备。我小心翼翼地上了船(不仅因为简陋,而且害怕晕)。船驶离岸边,顺着水流倾斜着向下游漂去。我心想,这船万一发生意外,就算你会水,就算有人救你,生还的可能性也很小。河水奔涌澎湃,且马上就会到瀑布区。

我看到一个黑人小女孩,在颠簸起伏的渡船上看书。我张张嘴,刚想问,绿衣青年又说话了。您是想知道他们会不会把书落到水里吧?没有。从来没有发生过这种事儿。他们的手指会像钩子一样把书抠得紧紧的。青尼罗河河水很仁慈,不会带走书,它爱河边的孩子,怎么会把孩子们的心爱之物带走呢?

这个绿衣服的小伙子不知是干什么的,为何一直跟着我们?好像和我们的导游达成了某种默契,现在成了实际上的领导。但导游并没有介绍过他……不管怎么说,此人深谙游客心理,读心有术,且总是恰到好处。

暴烈河水迅疾而下。可能是看出我目不转睛地盯着河水,有些紧张,绿衣小伙子岔开话题,说,夫人,您说我们脚下的这一滴水,要过多长时间,才能抵达尼罗河的终点地中海呢?

这是个难度很大的问题。不知道河水的平均流速,也不知道此处距尼罗河入海口的距离。在既不知道速度也不知道距离的情况下,求时间这个解,真是盲人摸象。我便瞎猜:一周?一个月?

哦,夫人。您的估计太乐观了。我们脚下的这一滴水,告别了瀑布之后流啊流,如果它有幸在途中经过撒哈拉大沙漠的时候,不曾被太阳收走,那么三个多月之后,它就可以抵达蔚蓝色的地中海了。绿衣小伙子富有诗意地说。想来这不是他偶尔想出的题目,而是有备而来。

我做出恰如其分的惊讶表情,以配合他的良苦用心。我说,哦!这么久!三个多月它才能跋涉到大海,你的话让我对船下的每一滴水肃然起敬。

他点点头,说,青尼罗河是值得崇拜的。

大约七八分钟,渡船到了对岸,我们深一脚浅一脚地踏上岸,四处泥泞。空气中弥漫着极细的水雾。不过这不是雨,阳光穿透水滴,明媚普射,净空中无一云丝。

这些水雾就是青尼罗河瀑布的杰作,它们喷溅的颗粒让这一带湿润无比。绿衣小伙子很有针对性地介绍。

泥泞中,我们已经渐渐逼近瀑布。虽然暂时还看不到它,既没有鸣响,也不见踪影,但空气中铺天盖地的湿润就是信使。

看！伊甸园到了！绿衣小伙子突然欢快地叫嚷。

转过一个小山包,景色已经和岸边有了显著的不同。山坡绿草茵茵,各种树木身形奇特,青翠欲滴。平日以为"嫩得可以拧出水来"是一句夸张的话,那么在此地完全应验。所有的植物叶脉都绿得恨不能刺瞎你的眼,鲜花彩艳得没了真实感,空气中看不到一丝尘埃。我估计PM2.5加上PM10,很可能趋向于零。阳光辉煌却没有任何烧灼之感,水雾清凉却丝毫不遮挡视线。这是一种让人舒适到奇怪的感觉。我也游历过很多瀑布,比如全世界排名第一、号称瀑布之母的南美伊瓜苏瀑布。排名第二位的尼亚加拉瀑布,它位于加拿大和美国的交界处,很多人都毫不迟疑地把它当作了世界第一大瀑布,其实是不准确的,估计占了交通便利的光。再比如位于赞比亚和津巴布韦交界处的维多利亚瀑布……和它们相比,青尼罗河瀑布既不是最大的也不是最高的,但瀑布周围的丰饶景色,举世无双。

绿衣小伙子轻声介绍,由于青尼罗河的高差有近50米,从塔纳湖奔涌而出的不竭水量,狠狠地砸向石质的河床,形成了无与伦比的水雾。维多利亚瀑布虽然也会形成壮丽的水雾,但它太高了,峡谷深达100多米,无法滋润周围的植物。伊瓜苏瀑布虽然落差没有那么大,但它的宽度断断续续达10千米,周围也不是峡谷地貌,也难以形成独特的小气候。尼亚加拉大瀑布周围太开阔了,纵是瀑布形成水汽,也无法聚拢在一个小范围内,让众多植物独自沐浴。

汹涌水流跌落的过程中,喷溅出众多负氧离子,也许对植物起到了神奇的润泽作用。总之在弥漫着淡淡青草鲜香的氛围中,聚生出了世界上最柔美、最鲜嫩的植被。无论是路边柔弱的小草还是颇有年龄的古树,一律风姿绰约、摇曳生情。充满了阳光透视的柔和水汽浴,或许正是伊甸园的产床。

青尼罗河每年的流量能达到40亿立方米。绿衣小伙子补充介绍。

难怪啦,有如此巨大的水流滋润着这片土地,所以它孕育出了人世间至美之地!我由衷感叹。

欧美游客会久久地停留在这里,说,这种景色就是他们心目中的伊甸园。绿衣小伙子加重语气说。

不过很快我就没有余力东张西望了,伊甸园里的交通乏善可陈,由于终年湿润,加上时不时地有阵雨降临,地面湿滑,四处积水。好在每隔半米,就有若隐若现的小石块,权当临时落脚点。你得像蟾蜍一样,准确无误地从一块石头蹦跳至另一块石头,艰难行进。石块并非正规园林铺设,是游人们为解燃眉之急,东一块西一块拼凑起来的,七扭八歪没个平坦面,间距也甚不齐整。最要命的是石块底面不牢,一脚踩翻,崩个满脸泥……

索性不走这劳什子的石块路了,干脆双脚踏入泥里。我以为豁出去满裤腿泥浆就能稳步前行,不想泥浆会像蚂蟥般地噆住旅游鞋底,让人步履维艰。

我半截湿泥糊腿,行动迟缓且险象环生。绿衣小伙子示意我还是在石块路上蹦着走,为了我的安全,他干脆自己站在泥浆中,伸手助我一臂之力。他对此地的小道很熟稔,哪里泥深,哪里水浅,都心中有数。他提前站在需要帮扶处,给我以协助,还忙里偷闲地眨眨眼,示意我抬头欣赏周围的景色。

喏,这是灯心草。那边是青檬果。还有无花果树、乳香脂树、金合欢、波斯夏……对了,这是西洋柏和恰特草,就是人们常说的阿拉伯茶……这路边上的是黄色雏菊,埃塞俄比亚人称它为十字纪念日花……

冒着在泥里摔个大马趴的风险,我时不时抬眼观赏这人间伊甸园。咦,怎么没看见苹果树?我看脚下稍微平坦些,抽个空儿把疑问抛出。

这里没有苹果树,但是有纸莎草。纸莎草比苹果树更重要。绿衣小伙子一边履行道路保障责任,一边指向更远处茂密生长的绿色植物。

纸莎草虽然名为"草",但也许是这里得天独厚的气候,它们绝无草的孱弱,硬邦邦地直立着,身高已达两米以上。加之丛生,便有了聚啸山林的强悍。它坚硬的茎秆呈三棱形,虽然看起来好像芦苇一般在湿润处讨生活,但它们高大强壮且羽翼丰满。顶部伞状的叶子,像美丽的披肩四下纷扰、婆娑曳动。纸莎草好像知道自己的祖先和古埃及的文明息息相关,翠绿傲然。

古埃及人利用纸莎草制成的纸,曾经流传到希腊人、腓尼基人、罗马人、阿拉伯人那里,使用了长达 3000 年之久。绿衣小伙子介绍。生产莎草纸的过程是——先将纸莎草茎的硬质绿色外皮削去,把浅色的内茎切成 40 厘米左右的长条,再切成一片片薄片。切下的薄片要在水中浸泡至少六天,以除去所含的糖分。之后将这些长条并排放成一层,然后在上面覆上另一层,两层薄片要互相垂直。将这些薄片平摊在两层亚麻布中间趁湿用木槌捶打,将两层薄片压成一片并挤去水分,再用石头等重物压制,干燥后用浮石磨光就得到了莎草纸的成品。在它上面书写文字,久藏不变,千年不腐。

我频频点头,由衷喜欢伟岸的纸莎草,背上驮着无比灿烂的古代文明。

夫人可知道谁是纸莎草的生死对头?绿衣小伙子问道。

美丽而任重道远的纸莎草也有天敌?我摇摇头,表示不知此事。这一分心不得了,脚下一滑,膝盖酸软,差点儿跪扑在泥水中。绿衣小伙子眼疾手快拉住我,他的手掌中注给我力量,帮我稳住身形。他的手指劲道有力,掌心干燥。这表明此一行的搀扶和解说,对他来讲轻车熟路，并不曾有丝毫紧张。

纸莎草的对头是来自你们中国的造纸术。公元8世纪，造纸术传布到全世界，纸莎草造纸只有退出历史舞台。绿衣小伙子说出答案。

我记起中国的蔡伦造纸，用的是烂渔网、干树皮和破布等，觉得和眼前亭亭玉立的纸莎草相比，虽物美价廉，但高贵不足。

在小伙子娓娓而谈中，我们走到了青尼罗河瀑布近旁。

它在我们对岸，兀自欢腾。奔涌的河水从50多米的悬崖上，自杀似的纵身一跳。它银色的身躯在空中旋转飞舞，伴随着震耳欲聋的呼啸声，胸腹着地，激起雨雾，珠圆玉润地跌宕着，再次腾起又再次坠落，形成遍地雪白的碎屑，如漫天飞雪。说起来，青尼罗河瀑布幅宽算不上太广，高度也比那些更险峻的瀑布略输一筹，但由于水量充沛，显出龙腾虎跃的嚣张气势。想想也是，有非洲最高的湖泊做后盾，青尼罗河就像腰缠万贯的纨绔子弟，在水量的使用上，出手豪放一掷千金。

在青尼罗河瀑布旁边，大家都缄闭双唇不吭声。不是不想说话，而是你说话没有丝毫用处。如果你说话，没有人会听到你说了什么，只能看到你的嘴唇嚅动。这种感觉很怪异，看着对方一脸茫然的神色，你对自己是否真正发出了声音，产生强烈的怀疑。

大自然伟大而暴烈的蛮力，在此一览无余。那是一种平素你看不见的宏大景象。城市的人以为雷鸣电闪、雨雪倾斜就是大自然的威力了，其实不然。还有飓风海啸、山崩地裂、火山喷发……只有极少的人曾经目睹这种奇观，但能活下来并声情并茂地转述给他人的极为稀少。相对安全的瀑布，是大自然牛刀小试的即兴之作。它为人们提供了可供观赏的角度，你在保证基本安全的框架里，偷窥到大自然疯狂的自得其乐。

大自然是一部洋洋洒洒的鸿篇巨制,瀑布是它随手挥就的五言绝句。在这种压缩版的肆虐暴力面前,渺小的你,亲历一种巨大的力量在面前徐徐绽开。它和你无关,千古独自咏叹。它傲慢地什么都不曾告诉你,你却在一瞬间明白了很多事情。你再次不无遗憾地明白自己是一枚无足轻重的草芥,幸好还会思考。

绿衣青年说,我知道在哪个角度留影最好,希望你能永远记住青尼罗河瀑布。

这些年来,由于走的地方渐多,我已经不再处处留影。最好的风光放在心里吧。不过小伙子一片盛情难却,依了他的选择,在这人间伊甸园里留个影像。我想,在这伊甸园里,自己是什么呢?不是亚当夏娃,也不是蛇。也无幸成为生命之树和智慧之树,当然也不配当苹果树和无花果树……那么就只能是伊甸园里的泥土了。

绿衣小伙子指指太阳,说天很快就要暗下来,将要起风雨,咱们要赶快离开。

我问了他一句,你可知这里的大路如何走?

他愣怔了一下,指了指远处一条平整的公路说,那就是大路。

我说,我们从大路返回吧。我们已经看过了伊甸园,大路相对平坦,你不必帮我,也可以省力一些。

他显出为难,说,咱们别走大路。那样就要出大门。

我听了却不得要领,思虑了一下方才明白,这小伙子领我们走的小路,避开了青尼罗河瀑布区的大门。估计是领着客人逃票了。

只得跟随绿衣小伙子原路返回。一路上,他依然在所有需要帮扶的地方伸出援手,让我得以安全回到我们下车的地方。分别的时刻到了,我向他表示由衷的感谢。他充满期待地看着我,我知道,这是讨要小费的姿态。

我取出五美元给他。

绿衣小伙子的脸色沉暗下来，翻了翻白眼，说，您这样对待您的导游，难道不觉得太少了吗？

埃塞俄比亚的公务员每个月的平均工资是 20 美元。我是找了正规旅行社付了每天大约 800 美元的代价来此旅行，还要额外付给当地导游和司机小费，这些都是旅行条款中明文规定的。我不明他的身份，他领着我逃票，这让我觉得不妥。在不到两个小时的时间内，他得到了国家公务员大约一周的薪水，应该说得过去了。

看到我的迟疑，他僵硬地抽动了一下嘴角，算是微笑。说，我正在求学，学费很贵。希望您能看在鼓励一个非洲年轻人上进的分上，再给我一些钱。

绿衣小伙子深谙旅行者的心理，他的这些话打动了我。想起他一路上那些知识的介绍，我又拿出五美元给他，他这才笑逐颜开地走了。

晚上在酒店吃饭时，我遇到了一位中国工程师，他在南苏丹工作过多年，对这里也熟门熟路。听了我的经历后，他说，通常这种情况，你给他一美元，就很恰当。您遇到的的确是位高手。一般来说，由于很多非洲部落从原始社会进化过来不久，他们信奉原始共产主义，认为你既然比我富裕，你就应该给我。我只要多说一句话，你就不好意思了，掏出更多的钱给我，这是我的胜利。谁让你的钱多呢！而且，您这样乱施慷慨，会助长当地人不劳而获的习气。

我无言。惭愧而无奈。

图书在版编目（CIP）数据

所有的动力都来自内心的沸腾 / 毕淑敏著. --北京：
人民日报出版社，2017.9
ISBN 978-7-5115-4891-7

Ⅰ. ①所… Ⅱ. ①毕… Ⅲ. ①散文集－中国－当代
Ⅳ. ①I267

中国版本图书馆 CIP 数据核字（2017）第206233号

书　　名：	所有的动力都来自内心的沸腾
作　　者：	毕淑敏
出 版 人：	董　伟
责任编辑：	陈　红
装帧设计：	刘　晓
出版发行：	人民日报出版社
社　　址：	北京金台西路2号
邮政编码：	100733
发行热线：	（010）65369509　65369527　65369846　65363528
邮购热线：	（010）65369530　65363527
编辑热线：	（010）65369844
网　　址：	www.peopledailypress.com
经　　销：	新华书店
印　　刷：	三河市恒升印装有限公司
开　　本：	710 mm×1000 mm　1/16
字　　数：	231千
印　　张：	19
印　　次：	2017年11月第1版　2017年11月第1次印刷
书　　号：	ISBN 978-7-5115-4891-7
定　　价：	29.00元

书目表
SHU MU BIAO

书名	定价	书名	定价
童年	18.00 元	冯骥才精选集	28.00 元
名人传	20.00 元	张贤亮精选集	28.00 元
鲁滨孙漂流记	20.00 元	汪曾祺精选集	28.00 元
汤姆·索亚历险记	18.00 元	高晓声精选集	28.00 元
汤姆叔叔的小屋	16.00 元	沈从文精选集	25.00 元
假如给我三天光明	23.00 元	林海音精选集	25.00 元
泰戈尔诗集	20.00 元	林徽音精选集	18.00 元
老人与海	16.00 元	鲁迅精选集	21.00 元
金银岛	16.00 元	老舍精选集	20.00 元
瓦尔登湖	20.00 元	萧红精选集	21.00 元
在人间 我的大学	30.00 元	徐志摩精选集	21.00 元
战争与和平（上下）	70.00 元	朱自清精选集	21.00 元
母亲	24.00 元	艾青诗集	28.00 元
基督山伯爵（上下）	65.00 元	海子诗集	28.00 元
红与黑	28.00 元	迟子建精选集	28.00 元
堂吉诃德	40.00 元	毕淑敏精选集	29.00 元
三个火枪手	37.00 元	林夕精选集	28.00 元
简·爱	30.00 元	刘心武精选集	28.00 元
飘（上下）	58.00 元	贾平凹精选集	28.00 元
海底两万里	23.00 元	白洋淀纪事	29.00 元
古希腊神话与传说	31.00 元	唐诗三百首	25.00 元
钢铁是怎样炼成的	25.00 元	宋词三百首	31.00 元
复活	28.00 元	寂静的春天	20.00 元
呼啸山庄	20.00 元	我是猫	26.00 元
福尔摩斯探案集	37.00 元	给青年的十二封信	15.00 元
大卫·科波菲尔（上下）	52.00 元	谈美书简	18.00 元
巴黎圣母院	29.00 元	奇迹总会有	30.00 元
悲惨世界（上下）	65.00 元	三千里地九霄云	30.00 元
傲慢与偏见	20.00 元	顾城诗集	28.00 元
莎士比亚戏剧集	20.00 元	西游记（上下）	46.00 元
猎人笔记	22.00 元	水浒传（上下）	56.00 元
昆虫记	18.00 元	三国演义（上下）	40.00 元
镜花缘	31.00 元	红楼梦（上下）	56.00 元
四世同堂	59.00 元